A

CES LIENS QUI NOUS SÉPARENT

*Traduit de l'anglais
par Vanessa Rubio-Barreau*

GALLIMARD

Photo couverture : © 2017, Gallery Stock

Titre original : *The Whole Thing Together*
Édition originale publiée aux États-Unis par
Delacorte Press, une marque de Random House Children's Books,
un département de Penguin Random House LLC, New York.

© Ann Brashares, 2017, pour le texte
© Éditions Gallimard Jeunesse, 2017, pour la traduction française

*Ma profonde gratitude
et toute mon affection à mes chères amies
Nancy Easton, Bethany Millard, Janice Meyer
et Elizabeth Schwarz, qui m'ont aidée à aller
au bout de cette histoire – et de toutes les autres –
au cours d'innombrables kilomètres,
au fil des saisons, à Central Park.*

LA FAMILLE THOMAS-HARRISON, EN BREF

Lila Harrison a épousé Robert Thomas
Ensemble, ils ont eu trois filles :
Emma, qui a maintenant 22 ans
Quinn, qui a maintenant 21 ans
Mattie, qui a maintenant 19 ans
Lila et Robert ont divorcé.

Lila s'est remariée avec Adam Riggs
Ensemble, ils ont eu un fils
Ray, qui a maintenant 17 ans
(Adam a deux enfants d'un précédent mariage :
Esther et George,
qui sont tous les deux près de la trentaine.)

Robert s'est remarié avec Evie Stone
Ensemble, ils ont eu une fille :
Sasha Thomas, qui a maintenant 17 ans

CADRE

Une maison au bord d'un étang, à Wainscott,
dans la péninsule de South Fork, à Long Island
La maison de Lila et Adam à Brooklyn
La maison de Robert et Evie à Manhattan

1
LES ALÉAS D'UNE RELATION QUI N'EXISTAIT PAS

Pour lui, l'odeur de la maison, plus que toute autre, était l'odeur d'une fille qu'il ne connaissait pas.

La maison, ce n'était pas la vieille bâtisse en brique de Carroll Street, à Brooklyn, où il habitait la semaine, mais cette grande demeure au bord d'un étang, qui dominait l'océan, sur la péninsule de South Fork à Long Island, dans une petite ville nommée Wainscott. Il y avait passé la moitié de ses étés et la moitié de ses week-ends depuis sa naissance.

Ray était assis par terre, au beau milieu de sa chambre, entouré de piles de livres, vêtements, vieux jouets, couvertures, imperméables, cannes à pêche et matériel de sport. Il inspira profondément, cherchant sa présence dans tout cela.

C'était une odeur ancienne, familière et nostalgique, associée à la joie et à la liberté de l'été, qui faisait entrer l'extérieur à l'intérieur. C'était aussi une odeur changeante, renouvelée une semaine sur deux par le parfum d'un nouveau shampooing, d'une robe neuve, ou du truc brillant qu'elle se mettait sur les lèvres.

Soudain en manque, il se leva et s'allongea sur son lit où son odeur était toujours la plus forte. Retrouver l'intimité de la nuit le réconforta instantanément. Il faisait toujours de plus beaux rêves ici, presque jamais de cauchemars, alors qu'à Brooklyn, il les enchaînait.

Il resta étendu là, en short et T-shirt, laissant pendre dans le vide ses pieds sales et pleins de sable, par respect. C'était récent ; autrefois, il n'aurait jamais pensé à un truc pareil.

Dormir dans ce lit, même si c'était très agréable, était devenu perturbant depuis environ un an. Agréablement perturbant. Agréablement frustrant. L'odeur, avec ses nouvelles nuances, était aussi excitante que réconfortante. Il ne savait pas exactement ce qu'étaient ces nuances, mais elles troublaient ses nuits d'une façon inédite.

– Comment ça va par là ?

Il se redressa subitement. Sa mère frappa et entra dans un même mouvement.

– Tu fais la sieste ? s'étonna-t-elle.

– Non, je voulais juste…

– Tu as vidé tout le placard ?

Il lança un regard à l'obscur cagibi.

– Presque. J'ai essayé de ne pas toucher à ce qui appartient à Sasha. Mais nos affaires sont mélangées. Pour certains trucs, je ne sais plus.

– Ce serait plus facile s'il y avait de la lumière là-dedans, remarqua sa mère.

Il acquiesça. Il n'avait pas dû changer l'ampoule depuis au moins deux ans. Il n'avait pas rangé depuis bien plus longtemps que ça.

– C'est bon, je peux y aller ?

Lila le toisa.

– Tu es sérieux ? Tu as tout mis par terre, là. Maintenant, il faut que tu tries.

– C'est pour ça que je m'étais recouché.

Elle rajusta le bandana qu'elle avait noué autour de sa tête. Son pantalon était maculé de taches de peinture et d'argile.

– Si tu voyais la cuisine ! Estime-toi heureux que je ne te demande pas de m'aider en bas.

Il se leva, pas franchement emballé.

– Pourquoi on fait tout ça, déjà ?

– C'est une idée des filles.

– Elle est très bien comme ça, cette maison.

– Les autres vont s'y mettre aussi, la semaine prochaine.

– On aurait dû leur dire de commencer d'abord.

– Allez, au boulot, Ray. J'ai laissé des sacs-poubelle et des cartons dans l'entrée. Ce que tu veux garder, tu le mets dans un carton que tu pourras apporter ensuite dans la réserve pour le ranger soigneusement sur les rayonnages.

Il jeta justement un coup d'œil aux étagères de la chambre. Avec Sasha, ils s'étaient réparti tiroirs, étagères et placard selon un accord implicite. Et ils s'étaient également disputé tiroirs, étagères et placard selon un désaccord implicite.

La plupart des livres étaient à elle. Toute sa collection de *Harry Potter*, avec les *Narnia* et *À la croisée des mondes*. Il avait ajouté *Bilbo le Hobbit* à sa série du *Seigneur des anneaux*. Il avait lu presque tous ses bouquins – à part les trucs de filles –, parfois en même temps qu'elle. Il était outré lorsqu'il était en train de lire un de ses livres, par exemple le dernier *Harry Potter*, et qu'elle le remportait à New York.

Il déplia un sac-poubelle pour ses vieilles BD et une pile de paperasses de l'école. Au milieu de tout ça, il aperçut un antique devoir de science de Sasha (dix-neuf sur vingt) et sa fiche de lecture sur *La Toile de Charlotte*. On ne risquait pas de confondre son écriture ronde et régulière avec les pattes de mouche qu'il gribouillait au stylo.

La vitrine consacrée aux coquillages, bris de verre poli, galets lisses, coquilles d'œuf et dents de requins était leur propriété commune. Il n'aurait pas su dire qui avait trouvé quoi. Ils avaient tous deux été de grands chercheurs de trésors. Et en définitive tout appartenait à la mer, non ? Il jeta un bout de corail qui partait en miettes mais ne toucha pas au reste.

Il ne s'embêta même pas à ouvrir la commode – depuis le collège, il la lui avait laissée en entier, à part le tiroir du bas où étaient rangés de vieux pulls et sweats qu'ils mettaient tous les deux. Sa garde-robe réduite tenait sur deux étagères et une tringle dans le placard, à gauche. Le contenu de l'armoire à pharmacie était au moins à quatre-vingt-dix pour cent à elle. D'accord, s'il n'avait presque pas de produits de toilette, c'est parce qu'il se servait des siens. Il était content d'utiliser son shampooing et d'emmener ainsi une petite partie d'elle avec lui. Il n'avait pas apporté de dentifrice ou de fil dentaire depuis des années.

Il y avait pas mal de trucs cassés ou inutiles à jeter. Il passa du temps à trier le matériel de pêche. Il devait reconnaître que tout cet attirail débordait de l'espace qui lui était réservé dans le cagibi, mais elle avait tout à fait le droit de l'utiliser si elle en prenait soin.

Il se servait encore parfois de leur planche de *boogie board* commune. Et elle ? Aucune idée. Il s'était toujours figuré qu'elle aimait cet endroit – l'étang, la plage, cette drôle de maison et le vieux lit de camp sous la lucarne… – tout autant que lui.

Les planches de surf, en revanche, étaient rangées dans le garage.

Ils avaient beau dormir dans le même lit (excitant, réconfortant), contempler la même lune par le même vasistas, ils ne se connaissaient pas. Ils avaient beau partager trois demi-sœurs aînées – Emma, Quinn et Mattie –, ils n'avaient aucun lien de sang. Le père de Sasha avait autrefois, il y a longtemps, été marié à sa mère à lui.

Il avait aperçu le visage de Sasha, de très loin, à l'autre bout du Radio City Music Hall lors des cérémonies de remise de diplôme de leurs grandes sœurs. Il ne l'avait jamais vue de plus près car leurs parents respectifs s'arrangeaient toujours pour choisir les sièges et organiser la fête suivant la cérémonie de sorte qu'ils n'aient jamais à se croiser. Et il en allait de même pour les anniversaires de leurs sœurs. Toujours célébrés séparément, à deux reprises : de son côté à lui, c'était flan de courgette maison et cadeaux faits main dans la cuisine de leur maison de Brooklyn ; de l'autre côté, c'était salon privé dans des restaurants chics où une personne normale ne pouvait même pas réserver une table. Il n'avait jamais mis les pieds dans ce genre d'endroit, évidemment.

Il avait vu des photos de Sasha quand elle était petite, ici et là, dans la maison. Il espérait en voir d'autres, mais il n'y en avait pas eu de nouvelles depuis longtemps.

Il avait tenté de la demander en amie sur Facebook en quatrième, mais elle avait refusé. Il avait été vexé, impressionné, puis finalement soulagé par sa réaction. Il ne tenait pas tellement à la voir ainsi – au milieu d'un essaim de copines en maillot de bain, qui exhibaient leurs bagues dentaires en faisant le signe de la paix sur Paradise Island ou un truc du genre. Il préférait s'accrocher à l'idée qu'elle était différente des autres.

En seconde, il avait fermé son compte Facebook parce que, finalement, il ne tenait pas à voir quiconque ainsi. À la longue, l'exhibition de ces moments de bonheur forcé l'irritait. Et Facebook aggravait encore sa tendance aux jugements à l'emporte-pièce. « Quel vieux grincheux », avait commenté Mattie. Ce qui n'était pas tout à fait exact. Il allait sur Snapchat et Rapchat autant que ses amis.

Il savait que Sasha était dans une école de filles de l'Upper East Side, où les élèves portaient l'uniforme. Selon cette moqueuse de Mattie, l'établissement comptait en tout et pour tout quarante-deux filles de première. Il s'imaginait Sasha avec sa petite jupe plissée. Il évitait de le faire trop souvent.

Ray fréquentait le lycée public de Fort Greene, à Brooklyn, où il y avait mille sept cent soixante-quatorze élèves de seconde et fort peu de jupes plissées.

Le monde des écoles privées new-yorkaises était une sorte de club fermé, très doué pour l'autocongratulation, plutôt agaçant, et Ray n'en était pas membre. Ses sœurs en faisaient partie parce que leur père était riche. C'était bizarre de ne pas être de la même classe sociale que le reste de sa famille.

Il n'avait connu Sasha par aucune des voies ordinaires. Il lui semblait pourtant la connaître d'une façon plus classique et profonde. Il avait joué avec ses jouets, lu ses livres, dormi dans ses draps, il s'était amusé et disputé avec ses sœurs. Il avait presque l'impression qu'elle faisait partie de lui. C'était l'amie idéale : toujours à ses côtés, jamais décevante. Elle ne lui avait jamais offert la possibilité de la juger sur son apparence.

Lorsqu'il se retrouva devant la pile de chaussures, il se mit à les diviser en deux tas, parce que c'était une habitude chez eux. Incapable de se rappeler à qui appartenait telle ou telle paire de tongs décolorées et trop petites, il les fourra pour la plupart dans le sac-poubelle. Il espérait qu'elle ne lui en tiendrait pas rigueur. Quand il était de bonne humeur, il lui accordait toujours le bénéfice du doute. Quand il était de mauvaise humeur, l'image qu'il avait d'elle en souffrait un peu. Mais même ses humeurs les plus massacrantes, les plus propices au sabotage, ne pouvaient gâcher sa relation avec elle.

Ses vieux chaussons de voile. Les siens. Quand ils étaient petits, ils faisaient à peu près la même pointure, ils pouvaient donc se les échanger. Mais elle portait souvent des chaussures orthopédiques, auxquelles il n'avait pas le droit de toucher et, étrangement, cela l'avait ému. À les voir, année après année, toujours un peu trop volumineuses, attendre toutes raides dans le placard... on imaginait sa démarche quand elle les portait. Ces dernières années, la pointure de Ray avait connu une croissance exponentielle, alors que, pour autant qu'il puisse en juger, Sasha avait toujours de petits pieds.

Ses baskets à elle, ses baskets à lui.

Diviser, voilà ce qu'ils faisaient en permanence. Leurs parents avaient établi ces règles pour diviser la maison, l'année, les vacances, la nourriture, le papier toilette... diviser les coûts équitablement – enfin soi-disant. Mais pour chaque poste à diviser ou presque, leurs parents étaient en conflit – l'entretien de la maison, de la pelouse, de la piscine. Quant à ses sœurs, elles étaient divisées également.

Les parents de Ray semblaient heureux ensemble, mais c'était l'ancien couple, depuis le divorce houleux de sa mère, Lila, avec le père de Sasha, le mythique Robert Thomas, qui régissait leurs vies. En plus de leurs trois filles, cette maison de vacances était l'une des choses que ni Lila ni Robert ne voulaient céder et qu'ils ne pouvaient couper en deux.

En résultait cet accord fragile, miné par un passé vénéneux. Le changement était fixé au dimanche midi. C'était la loi impérieuse du dimanche de ne jamais quitter la maison passé onze heures et quart et de ne jamais arriver avant une heure moins le quart. Ainsi, ils n'avaient aucun risque de croiser les autres. Et malgré les prières silencieuses de Ray, ça ne s'était jamais produit. Ainsi, ils menaient une moitié de vie au sein d'une moitié de famille dans une moitié de maison la moitié de l'année. Si seulement on avait pu réunir les deux moitiés, elles se seraient plus ou moins complétées. Sauf qu'on n'y parvenait jamais.

Dans le cagibi s'alignaient des chaussures de filles – des sandales plates à lanières, des paires récentes avec des talons. Plus de gros machins orthopédiques. Il resta un peu circonspect devant ces chaussures d'adulte et tenta furtivement d'imaginer la jeune femme qui les portait, mais pas trop. Et il n'osa pas les toucher. À cause du problème troublant du lit, il redoutait de laisser sa camarade de chambre devenir trop réaliste.

À Brooklyn, il était vraiment chez lui, il avait sa chambre à lui tout seul et pourtant, il ne se sentait pas complètement lui-même là-bas.

Avec deux cartons dans les bras, il sortit par la porte-fenêtre de la cuisine sur l'allée pavée, franchit la clôture de la piscine et se dirigea vers le *pool house*. La première pièce, ouverte sur l'extérieur, abritait de quoi passer la journée au bord de la piscine – frigo, étagères, patères pour les serviettes et les matelas, et dans la plus grande, au fond, on stockait tout ce dont on n'avait pas besoin trop souvent. Il chercha l'interrupteur à tâtons. Il n'était pas venu là depuis longtemps. Ça sentait l'humidité et le bazar.

Son regard tomba sur le vieux lit à barreaux tout poussiéreux. Où il avait dormi et elle aussi. Le matelas de bébé était encore recouvert d'une alèse en plastique le protégeant du vomi. Son vomi pour être précis.

Quelle drôle d'histoire que celle de leur enfance, ensemble et séparés. Deux bébés qui avaient dormi là, qui avaient grandi derrière ces barreaux. Qui avaient utilisé ce lit à la même période, mais jamais en même temps.

En dessous étaient entassés de vieux jouets. Il se demanda d'abord pourquoi on les avait gardés.

Mais finalement, il s'en réjouit. En se penchant, il découvrit une grande caisse en plastique remplie de Lego. Durant un été, puis un automne particulièrement pluvieux, ils avaient bâti une ville, pas vraiment ensemble, mais tour à tour, chacun ajoutant sa contribution semaine après semaine. Il avait construit l'aéroport et elle le zoo. Il y avait deux parcs d'attractions, quatre aires de jeux, et une bibliothèque, mais pas d'école – s'il s'en souvenait bien – et même pas de magasins. Ils formaient naturellement un duo harmonieux d'urbanistes. Et vu les circonstances, il ne pouvait pas se montrer autoritaire, ni exiger quoi que ce soit d'elle. Il n'avait pas d'autre choix que d'être patient, la laisser avancer à son rythme. Il se rappelait l'excitation qu'il ressentait en arrivant chaque semaine, montant les marches quatre à quatre pour voir ce qu'elle avait ajouté de nouveau.

Il adorait cette ville. Il avait pesté et tempêté lorsqu'une femme de ménage employée par les autres l'avait démontée juste avant Thanksgiving. Sasha s'en souvenait-elle encore aujourd'hui ?

Il y avait aussi des ballons, des sabres lasers aux piles depuis longtemps déchargées. Une autre caisse contenait les animaux en plastique qu'ils avaient collectionnés et partagés au fil des anniversaires et des Noëls des années durant. Il y avait les peluches poussiéreuses qu'elle avait tendrement aimées et qu'il utilisait comme projectiles. Il y avait l'avion de Barbie pour lequel il affichait le plus grand mépris en public alors que, dans le secret de leur chambre, il avait joué un peu avec durant ce long mois de juillet où ils avaient tous les deux eu la varicelle.

Il effleura le lit à barreaux du bout des doigts avant de partir.

Un jour, lorsqu'il avait neuf ou dix ans, il avait volé une des couvertures de leur lit pour la mettre sur son vrai lit de Brooklyn, espérant que son pouvoir magique fonctionnerait et éloignerait les cauchemars là-bas également. Mais son odeur s'était estompée au fil du temps et la couverture avait fini par sentir comme lui.

– Ça alors, Quinn ! Je ne t'avais pas vue. Tu es une vraie fée du logis !

Perchée sur la commode de sa mère, Quinn se mit à rire.

– Tu es là depuis quand ? demanda Lila.

– Quelques minutes, je t'ai regardée vider ton tiroir à chaussettes.

Lila haussa un sourcil.

– Puis tout remettre à l'intérieur, compléta Quinn.

– Ça fait un moment que tu es là, alors…, en déduisit sa mère.

Elle n'était pas très douée pour se débarrasser des choses, avait-elle constaté. Elle n'était pas du genre collectionneuse pathologique, mais tout à coup un seul objet lui évoquait tant de souvenirs… Submergée, elle refermait le tiroir.

– Et ta chambre ? la questionna-t-elle.

– C'est fait.

– Complètement ?

– Je n'ai pas tant de choses que ça.

Sa mère réfléchit.

– C'est vrai. Tu as raison.

Les rares objets que Quinn possédait, elle les conservait précieusement. Elle faisait la même taille depuis ses quatorze ans, c'était donc plus simple pour les vêtements et les chaussures. Elle ne jugeait pas sa mère, elle n'aimait pas jeter non plus. Pas tant que les choses pouvaient encore servir.

Mattie adorait faire du shopping, pas Quinn. C'était également pour ça qu'elle ne possédait pas grand-chose. Elle avait l'impression que les néons des centres commerciaux et des grands magasins la desséchaient sur pied, la vidaient. Mattie l'avait traînée chez Target à Patchogue, mais Quinn avait préféré l'attendre dehors.

Ce projet de grand ménage avait beaucoup fait râler toute la famille, mais Quinn avait compris quelque chose que les autres ignoraient encore : Emma, la plus âgée et la plus autoritaire, avait lancé ça parce qu'elle était tombée amoureuse. Elle voyait les choses sous un nouveau jour, maintenant, brutalement tirée hors du brouillard flou de l'habitude. Quinn suspectait qu'elle voulait tout arranger, tout embellir.

Emma ne le leur avait pas encore avoué. Quinn ne savait pas de qui il s'agissait, mais elle devinait que c'était quelqu'un qui comptait.

– Pourquoi tu ne t'attaquerais pas au salon ? suggéra Lila.

– OK, j'y vais.

Toute la maison portait encore la trace de leur grand-père Harrison, mais nulle part elle n'était plus marquée que dans le salon. Les murs étaient lambrissés de pin noueux, décorés de trophées de chasse et de morceaux de bois flotté pendus par des fils de fer. Dans le coin se dressait un bar, avec sa machine à glace des années 1970, depuis longtemps hors d'usage. La plupart des étagères ployaient sous le poids de livres du genre *Who's Who* et *Le Bottin mondain*.

Quinn n'avait jamais senti la présence de son grand-père dans la maison. D'abord parce qu'il était mort, soit, mais ce n'était pas la seule explication. Après sa faillite, il avait été banni, déclassé, rétrogradé. Ils toléraient simplement la présence de ses affaires – de simples objets, faciles à ignorer, qui attendaient des jours meilleurs.

Elle se tourna vers la pile de cartons entassés derrière le bureau. Ils étaient remplis de photos, en négatifs ou imprimées, mêlées dans leurs enveloppes en papier. Elle s'assit en tailleur pour les examiner.

Le premier carton contenait surtout des clichés de leurs grands-parents au country club avec leurs amis. Visiblement, c'étaient de grands amateurs de golf et de cocktails. Il y avait également quelques photos de famille où posaient la jeune Lila et le petit Malcolm, mal à l'aise et guindés dans leurs habits du dimanche.

Désormais, leur oncle Malcolm vivait dans le désert du Nouveau-Mexique avec sa femme d'origine vietnamienne et leur petit garçon de deux ans, Milo. Malcolm détestait la côte Est et y revenait le plus rarement possible. À le voir tout engoncé dans sa chemise boutonnée jusqu'au cou sur son bermuda en laine épaisse et ses chaussures en cuir tout raide, on comprenait pourquoi.

Le carton suivant était consacré aux parents de Quinn, durant la brève période de leur vie où leurs désirs avaient coïncidé. On y voyait Lila, sur la pelouse de cette maison même, avec ses cheveux blonds jusqu'au nombril et le ténébreux Robert, à peine un homme, en jean et T-shirt. Mais ils filaient dans des directions opposées, mus par des envies différentes. On le devinait sur ce cliché, en regardant bien : elle est véhémente, il est avide. Elle voulait se servir de lui – de ses racines indiennes – pour choquer ses parents et le système. Alors que lui voulait faire partie du système qu'il était censé choquer.

Quelques mois plus tard, Lila tomba enceinte, ils se marièrent, passant d'un seul coup à l'étape suivante de leur vie, où les grands choix étaient déjà faits avant même qu'ils les aient envisagés. Grand-père Harrison fut comme prévu horrifié que sa fille attende un enfant d'un jeune homme à la peau mate, un bébé à la peau tout aussi mate sans doute, et hors mariage, en plus.

Des années plus tard, lorsque Robert lui sauva la mise, grand-père Harrison finit par l'apprécier. En fait, il se mit à le considérer comme un héros. Même après le divorce. Robert avait réussi en affaires là où lui avait échoué. « Robert s'imagine qu'il peut acheter n'importe qui », affirmait Lila. Elle l'aimait mieux lorsque son père le détestait.

Une fois le choc passé, leur mariage vacilla. Dans l'esprit de Quinn, c'était plus une impression générale que des faits précis. L'enfant aux yeux immenses, d'une patience infinie, qui traînait sous les tables et dans les coins, apportant les informations glanées dans sa chambre ou sous son arbre pour les trier quand elle le pourrait. Très vite s'enchaînèrent les accusations mutuelles, les insultes, les cris, trois policiers à la maison le soir, la guerre pour la garde des enfants. Il n'y avait aucune photo de tout ça dans les cartons. Ses sœurs ne semblaient pas s'en souvenir, ni même être au courant, et elle préférait que cela reste ainsi.

Puis vinrent les remariages, les deux nouveaux bébés nés le même mois, le bonheur des deux côtés de la faille. Un long silence amer s'installa entre leurs parents. La guerre faisait toujours rage, sans bruit, à petits coups tordus.

Dans le fond du carton, une photo attira son attention. Petite, carrée, avec un bord blanc dentelé, différente des autres.

Un visage jeune, légèrement de trois quarts, presque trop timide pour sourire. Les mains de Quinn se mirent à trembler. Elle n'était encore jamais tombée là-dessus, pourtant elle en avait souvent rêvé. La chevelure brune de la jeune femme était relevée en chignon. Elle avait un point brillant sur l'aile du nez et un bindi collé entre ses épais sourcils sombres. Elle portait des boucles d'oreilles en or délicatement ouvragées.

Quinn fonça à l'étage.

– Hé, maman ! C'est qui, ça ?

Lila étudia attentivement le cliché. Le retourna, cherchant une date.

– Tu l'as trouvée dans le salon ?

– Dans le fond d'un des cartons de photos.

– Waouh. Je me demande ce que ça fabrique là.

Lila l'examina de plus près.

– Il s'agit si je ne me trompe d'un portrait de ta grand-mère biologique. Ce devait être avec les papiers d'adoption de ton père.

– Je le savais. Forcément. Tu as vu son visage ?

– Bon sang, elle te ressemble un peu, non ? Ces yeux… ?

– Et un peu à Emma aussi. Cette bouche fière.

Elle était belle. La ressemblance avec Sasha était également frappante, mais Quinn n'en dit rien.

– Ah, oui. Tu as raison.

– J'ai toujours eu tellement envie de la voir… Quel coup de chance ! Tu sais comment elle s'appelle ou quoi que ce soit d'autre à son sujet ?

Lila se fit plus prudente.

– Tu devrais demander à ton père, évidemment. Il doit avoir les papiers de l'agence canadienne qui s'est occupée des enfants venus du Bangladesh après la guerre. Il n'y avait pas grand-chose, mais je crois me souvenir de quelques documents et de cette photo.

Elle la regarda à nouveau.

– La dernière fois que j'ai dû la voir vous étiez toutes petites. Je n'avais pas remarqué la ressemblance… Mince, ça me donne presque envie de pleurer de penser à elle.

Quinn fut touchée par les émotions mêlées qui se peignaient sur le visage de sa mère. Ils avaient du mal à séparer l'amour de la haine dans leur famille. L'amour de Lila pour ses filles et leurs origines, son désir de les voir heureuses, ne s'affranchissait cependant jamais complètement de l'ombre de leur père, qu'elle évitait et haïssait toujours. Parmi toutes les frontières que les parents de Quinn avaient dressées entre leurs vies, les plus importantes étaient impossibles à respecter en permanence.

– Je demanderai à papa, dit-elle.

Lila préféra la prévenir :

– Ce n'est pas un sujet que ton père aime aborder. Enfin, autrefois, tout du moins.

– Je sais.

Quinn serra la photo contre son cœur.

– Mais j'ai besoin de le faire.

2
UN INCONNU MÉRITANT LA PLUS HAUTE CONSIDÉRATION

Sasha se sentait parfois étrangère dans cette maison. L'endroit était magnifique – la lumière de la mer, les arbres immenses, la pelouse luxuriante, et ce joyau d'étang si près de l'océan. Elle l'aimait déraisonnablement, elle avait du mal à patienter les semaines où les autres l'occupaient, guettait la voûte que formaient les arbres au-dessus de l'allée lorsque revenait leur tour. Mais comme c'était une maison partagée, le moindre petit détail pouvait lui donner l'impression de ne pas y être à sa place, d'être née du mauvais côté de la famille.

Son père aimait à lui rappeler que la maison leur appartenait tout autant, à Evie et à elle, qu'aux autres. Elle était mal à l'aise qu'il ait besoin de le répéter, mais il continuait. La maison avait été construite par le grand-père de son ex-femme, Lila Harrison, sur un terrain acheté par son arrière-grand-père. Le père de Lila l'avait rénovée dans les années 1960 à coups de lambris en pin et de bois flotté, installant un bar dans presque toutes les pièces.

Lila avait été la première femme du père de Sasha, avant qu'il ne rencontre sa mère, Evie. Lila était la mère de ses sœurs (bon, d'accord, ses demi-sœurs) et également de Ray, qui n'était son demi-rien du tout, mais qui avait le même âge qu'elle, partageait la même chambre et (elle devait bien l'avouer) était pour elle un inconnu méritant la plus haute considération. Lila non plus n'était rien pour Sasha, à part une descendante des Harrison et la créatrice des œuvres d'art un peu bizarres qui traînaient ici et là.

Dès que Sasha avait été assez grande pour commencer à se poser ce genre de questions, elle avait interrogé son père : pour quelle raison Lila n'avait-elle pas récupéré la maison après leur divorce et pourquoi eux trois – son père, sa mère et elle – continuaient-ils à l'occuper une semaine sur deux ?

– Parce que, quand nous avons divorcé, elle n'appartenait plus au père de Lila, lui avait-il répondu d'un ton factuel. Grand-père Harrison était un gros naze et un ivrogne. Si je ne lui avais pas racheté la maison pour payer ses dettes, il aurait été mis en faillite et aurait fini sous les ponts.

Sasha se demandait s'il avait donné la même version à ses sœurs.

Même si, en ville, la propriété était restée « la maison des Harrison », il faisait une faveur à son ex-femme en la lui laissant la moitié du temps, à écouter son père. Cependant, Sasha savait qu'il n'y avait pas de faveurs, aucune faveur, entre son père et Lila.

Grand-père Harrison était peut-être un gros naze et un ivrogne, mais son père n'avait jamais pris la peine de décrocher les portraits des ancêtres plus respectables de Lila qui ornaient l'escalier. Sasha se faisait souvent cette réflexion en passant devant les vieillards en costume ou en robe noire qui signaient, jugeaient, fondaient des choses, et lui renvoyaient son reflet sans commentaire. C'étaient les ancêtres de Lila, et de ses filles. C'étaient les ancêtres de Ray.

– Ça ne t'embête pas d'être jugé par tous les hommes de la famille Harrison chaque fois que tu montes l'escalier ? avait-elle demandé une fois à son père.

Robert avait haussé les épaules comme si ça ne lui avait jamais effleuré l'esprit.

– J'aime bien ces tableaux. Ils nous rattachent à notre histoire.

Il avait prononcé cette phrase sans la moindre ironie perceptible.

Elle en était restée sans voix. Avait-il vraiment réussi à se convaincre que les ancêtres de Lila étaient également les siens ? Même s'ils auraient sans doute préféré lui cracher au visage plutôt que de serrer sa main à la peau mate ? Robert prenait ce qu'il voulait et laissait le reste. C'était une sorte de don, chez lui. Forcément.

Sasha trouva sa mère dans la cuisine, en train de fouiller avec précaution dans le placard sous l'évier, au milieu de sacs-poubelle. Ils devaient faire leur part du « grand nettoyage de printemps » décrété par sa sœur aînée, Emma, et entrepris la semaine précédente par les autres. Evie tira du placard un objet en fil de fer tortillé, qui avait vaguement la forme d'un porte-savon.

– Tu crois que je peux le jeter ?

– Oui, répondit Sasha.

Le manque d'assurance de sa mère l'exaspérait parfois. Tout comme le sien. Le mauvais côté de la famille, en fait, c'était surtout sa mère.

– Et si c'est Lila qui l'a fabriqué ?

Sasha se mit à rire. Elle n'était pas sûre que sa mère plaisantait.

Difficile de deviner quel machin bizarre Lila pouvait avoir fabriqué ou non.

– Eh bien, si c'est le cas, elle te remerciera de l'avoir jeté.

– Je ne sais pas...

Mue par une audace soudaine, Sasha arracha la chose des mains de sa mère et la jeta dans le sac-poubelle le plus proche.

Evie le repêcha aussitôt.

– Mieux vaudrait faire un tas avec ce dont on n'est pas sûres et demander l'avis d'Emma.

– On est sûres et archisûres, affirma Sasha, agacée.

Ça l'énervait qu'Emma, Quinn et Mattie – et même Ray – soient considérés comme arbitres légitimes en matière de porte-savon en fil de fer et pas elle. Non parce qu'elle était jalouse de ses sœurs, mais parce qu'elle les aimait. Elle ne voulait pas se retrouver dans l'autre camp.

Elle passait beaucoup de temps à réfléchir à cette sensation d'être l'étrangère. Elle se demandait si, à l'inverse, ils avaient, eux, conscience d'être tous dans le même camp. Elle avait le pressentiment que non. C'était le problème de l'identification négative, cette façon de se définir en fonction de ce qu'on n'a pas.

Son père lui avait dit un jour que les Américains du nord des États-Unis faisaient rarement référence à la guerre de Sécession et ne se considéraient guère comme des Nordistes parce que, ayant gagné cette guerre, ils avaient pu passer à autre chose. Selon cette analogie, Sasha avait l'impression d'être une Sudiste.

C'est ça qui est triste dans la nature humaine : on a tendance à se focaliser sur ce que l'on n'a pas plutôt que sur ce que l'on a. Hélas, visiblement, Sasha n'avait pas hérité du don de son père.

Par la porte-fenêtre du salon, elle voyait le sentier menant à l'étang, ombragé d'énormes tilleuls centenaires. Plus tard, elle regretterait sans doute de ne pas avoir davantage profité de ce cadre merveilleux. Elle se força à l'apprécier, comme on allume un moteur de hors-bord. Ce n'était pas très naturel.

Est-il seulement possible de saisir la beauté du moment présent ? Ou est-il nécessaire d'avoir le recul, le sentiment de la perte, une certaine nostalgie pour l'apprécier ?

– Tu as fait ta chambre ? la questionna sa mère.

Sasha se versa un verre d'eau et le but.

– Ray a fait un sacré boulot. Il faut juste que je finisse la salle de bains. Je remonte. J'ai encore du vernis à ongles qui date de la cinquième.

– Pas le vert pomme ?

– Si, et aussi ma collection de Déligloss, dont les parfums Oreo et bacon…

Sa mère secoua la tête.

Une fois là-haut, elle vida l'armoire de toilette. Son tube de gloss au bacon en main, elle eut un instant d'hésitation, mais pas trop long. Elle aurait presque aimé pouvoir faire un vide-grenier. Il y avait longtemps, Emma avait installé une table pour vendre ses vieux trucs, devant leur portail, sur la grande route. Mais déjà à l'époque, ce n'était pas tellement le genre du quartier, et désormais ça ne l'était plus du tout.

Sasha restait plantée là, consciente que ce n'était pas vraiment ces atroces parfums de gloss qui la rendaient nostalgique. Les affaires qui ne lui appartenaient pas réveillaient des sentiments plus profonds : le tube sans bouchon, desséché, de crème contre les mycoses des pieds, la crasse accumulée sur les étagères, les poils de barbe collés sur la porcelaine blanche du lavabo.

Ray n'était pas le camarade de chambre idéal. Petit, c'était le roi du vomi. Enfin, c'est ce qu'ils disaient tous et elle avait dormi plus d'une fois dans un lit qui le confirmait. Plus tard étaient venus le dentifrice sans son bouchon (pourquoi n'était-il donc pas fichu de reboucher quoi que ce soit ?), les algues qui bouchaient la douche, et depuis un an environ, les poils dans le lavabo.

– C'est bizarre de partager sa chambre avec un garçon, lui avait fait remarquer sa copine Willa d'un ton réprobateur en contemplant le lavabo lorsqu'elle l'avait invitée à dormir.

– Je ne partage pas ma chambre avec lui. Je ne l'ai même jamais rencontré, avait machinalement répliqué Sasha.

Parce que, même si c'était vrai, ce n'était pas parfaitement honnête. Elle partageait bien sa chambre avec lui. Et même sa salle de bains, pour le meilleur et surtout pour le pire. Elle partageait toute une vie avec lui, dans sa tête, tout du moins. Des livres, des jouets, des draps pleins de sable. Une collection commune d'animaux en plastique. Des coquillages, des sœurs, la vue sur la lune. Elle avait beau ne pas le connaître, à quel point occupait-il ses pensées ? À quelle fréquence lui arrivait-il, dans cette chambre, dans cette maison, de vivre sa vie pour eux deux ?

Autrefois, elle avait envie de le rencontrer, elle rêvait de jouer avec lui, elle inventait des jeux pour qu'ils s'amusent tous les deux ensemble. Elle était physiquement jalouse qu'il soit le frère de ses sœurs et pas le sien.

Plus tard, finalement, elle s'était dit que c'était plus simple qu'elle ne l'ait jamais croisé. Il conservait ainsi toutes les qualités d'un ami imaginaire : patient, compatissant et compréhensif, partageant en silence ses affaires et son espace. Sans jamais se montrer égoïste, lourd ou brutal. Sans jamais le moindre désaccord. Il était juste ce qu'elle voulait qu'il soit, ce qu'elle avait besoin qu'il soit.

Et en cela, il était le camarade de chambre idéal.

3

LE MAÏS OU MATTHEW ?

Emma n'était pas du genre à faire des cachotteries. Elle aimait à penser que c'était en raison de sa haute moralité, mais en réalité c'était aussi parce qu'elle était un peu fade. Elle était du genre bonne élève, à suivre les règles et à les faire respecter. Ce qu'elle aimait faire coïncidait globalement avec ce qu'elle était censée faire. Et quoi qu'elle fasse, elle s'assurait toujours d'avoir la meilleure note au passage.

– Je te retrouve au coin de MacDougal et Prince, chuchota-t-elle au téléphone. Si tu pars du bureau dans dix minutes, on devrait arriver en même temps.

– Je t'aime, dit Jamie.

– Moi aussi.

– Emma ?

Sa mère se tenait dans le couloir sombre de leur maison de Brooklyn. À croire que les murs étaient en papier, on entendait tout, rien ne servait de chuchoter.

– Oui ?

– C'était qui ?

– Personne. Un ami.

Emma saisit son sac.

– Tu ressors ?

– Oui. Et je dors chez papa ce soir.

Alors qu'elle dévalait les marches grinçantes, sa mère la suivit.

– Encore ? Pourquoi ?

Lila avait l'air contrariée.

– Parce que je passe la soirée à Manhattan, ce sera plus simple.

– Je croyais que tu n'aimais pas leur nouvelle maison.

– Oui, mais j'ai une chambre là-bas. Et ça fait plaisir à papa.

Elle avait décidé de lui compliquer la vie, ça se voyait sur son visage.

– Alors que tu n'as plus ta propre chambre ici...

– Je n'ai pas dit ça.

En réalité, Emma ne dormait pas chez son père, mais sa mère l'ignorait. Lila aurait encore préféré passer un coup de fil à Donald Trump plutôt qu'à son ex-mari. Emma n'aimait pas beaucoup profiter de l'animosité entre ses parents comme Mattie, mais parfois c'était tout de même pratique.

– Tu retournes à Wainscott demain matin ?

– Oui, je bosse à midi.

Lila la suivit jusqu'à la porte d'entrée. C'était assez déconcertant.

– Pourquoi tu reviens sans arrêt en ville ? la questionna-t-elle d'un air de reproche. Les autres années, tu ne revenais jamais à moins d'y être forcée.

– Je suis une *adulte*, maintenant, maman, fit-elle, sachant pertinemment que son ton agacé contredisait son propos. J'ai fini mes études, j'ai plein de trucs à faire.

Elle la serra brièvement dans ses bras.

– Je t'aime, m'man. Allez, à lundi, si on ne se croise pas avant.

Sa mère la retint un peu plus longuement que d'habitude.

– D'accord, d'accord.

Elle resta sur le pas de la porte à la regarder descendre le perron et prendre la direction du métro.

Emma se retourna.

– Quoi, maman ?

– Rien. C'est juste que… en principe, tu es celle de mes filles qui ne fait pas de mystères.

Mattie arrangea les tournesols dans les seaux du stand de vente de produits de la ferme. Il se dressait à l'ombre de deux immenses chênes, à l'entrée de l'exploitation des Reese, sur la route du Presbytère, à Sagaponack, Long Island. Puis elle aspergea les salades dans leurs cagettes. Juin, c'était la saison des laitues. Durant toute la matinée, sa sœur Quinn, Matthew Reese et Patsy avaient rapporté des champs bettes, choux frisés, roquette, épinards et laitues, et Mattie les avait rangés en cagettes ou en bouquets avec de gros élastiques rouges, sous la bâche, à l'arrière du stand.

C'était également la période des fraises. Mattie les prenait dans les seaux pour les répartir dans leurs barquettes en carton vert. Entre le contact des élastiques et le jus des fruits, ses doigts étaient rouge vif lorsqu'elle prit la place de Dana à la caisse, sous le soleil de midi.

– À toi l'honneur ! lui lança celle-ci en piquant une fraise au passage.

Mattie la visa dans le dos avec un élastique.

Les gens la prenaient pour une idiote, mais à côté de sa collègue, Mattie était Albert Einstein. Dana avait besoin de la calculette pour faire sept plus deux. Elle postait sur Instagram les photos de toutes les belles voitures qui s'arrêtaient, toujours avec son sourire idiot dans le cadre. Et toujours floues parce que les voitures étaient en mouvement.

– Comment vont les affaires, Matilda ?

Mattie plissa les yeux, éblouie par le soleil, pour dévisager Mme Reese. C'était son petit-fils, Matthew, qui, du haut de ses vingt ans et quelques, dirigeait la ferme, mais à quatre-vingts ans passés, Mme Reese se tenait toujours au courant de tout.

– Pas mal. On a vendu deux douzaines de barquettes de fraises en une heure. C'est parti, cette fois, la saison commence !

– On risque d'être en rupture. Matt est au courant ?

– Oui, madame. Il en rapporte. Quinn et Patsy sont en train de les cueillir.

– Et personne n'a acheté de tournesols ?

– Je viens d'en remettre dans les seaux.

– Comment va ta mère ? Elle fait toujours les accouchements ?

– Oui, quelques-uns. Mais elle essaie de ne pas en prendre trop pendant l'été.

Mme Reese hocha la tête. Son visage ridé changeait rarement d'expression.

– C'est bien, conclut-elle, assez obscurément.

Elle demandait toujours des nouvelles de Lila, mais jamais de son père, ni de son beau-père, Adam. Elle leur reprochait sûrement de ne pas être des «locaux», et en plus, de ne pas être blanc dans le cas de son père ou de ne pas être chrétien, dans le cas d'Adam.

Mattie vit Matthew et Quinn arriver avec deux grandes corbeilles de fraises. Matthew avait un vieux bandana bleu délavé autour du cou, ce qui aurait fait ridicule sur n'importe qui d'autre, mais qui lui allait bien. Il avait les cheveux blanchis par le soleil et la peau déjà bronzée. Sa renommée s'étendait jusqu'à l'autre bout de Long Island, non sans raison. Une blague circulait même à ce propos dans la région : est-ce que les filles s'arrêtent chez les Reese pour le maïs ou pour Matthew ?

Quinn était en salopette et débardeur, son carré brun collé dans le cou par la sueur, visiblement en grande conversation avec Matthew, mais Mattie n'entendait pas ce qu'ils se disaient.

– Dana est partie ? lui lança-t-il.

– Ouais.

– Tu pourrais mettre les fraises en barquettes en gardant un œil sur la caisse ?

Mattie fit la grimace. Elle avait horreur qu'on essaie de lui refiler deux boulots à la fois.

– Y a du monde ce matin, fit-elle valoir.

– Il n'y a personne sur le parking, remarqua Matthew.

– Eh bien, il y avait des clients il y a deux secondes.

Elle détestait prendre ce ton plaintif, mais la matinée avait été longue.

– OK, princesse, soupira-t-il. Je m'occupe des fraises.

Elle aurait aimé croire que c'était un petit nom gentil, mais elle savait parfaitement qu'il était furieux après elle.

Quinn fila l'aider, évidemment. Pendant qu'ils triaient les fraises, sa sœur lui raconta l'aventure qui lui était arrivée la veille à la plage. Un gamin avait pêché un bar de près d'un mètre avec une canne à pêche Tortues Ninja et elle l'avait aidé à le sortir de l'eau.

Mattie fixait le parking vide, un sourire amer aux lèvres. Happée par le talent de conteuse de sa sœur, elle ne pouvait s'empêcher d'écouter.

Le problème, c'est qu'on ne pouvait pas en vouloir à Quinn. Jamais. On ne pouvait pas lui reprocher d'être rasoir, ni prévisible, ni vantarde, ni égoïste. Rien.

Pire, on ne pouvait même pas vraiment être jalouse d'elle. Quinn ne flirtait pas avec Matthew. Pas du tout. Elle était tout aussi amie avec Mme Reese, et celui avec qui elle entretenait des relations encore plus privilégiées, c'était le vieux M. Reese, assis dans son fauteuil roulant, face à la fenêtre du salon.

Quinn suivait son propre rythme et ses propres horaires, mangeait la moitié du persil du potager, tournait en rond à vélo dans la grange et s'habillait comme une gitane. Pourtant, les Reese l'adoraient et la suppliaient de revenir chaque été. Quinn refusait de tenir la caisse, pourtant les clients l'appréciaient. Elle arrosait et plantait selon une étrange théorie personnelle, mais apparemment les fruits et les plantes l'aimaient aussi.

Mattie arrivait à l'heure tous les jours. Elle ne téléphonait (presque) jamais pendant le travail et ne textotait que lorsqu'il n'y avait aucun client. Elle se faisait deux jolies nattes blondes et offrait aux employés et clients le spectacle de ses longues jambes dans son short en jean très court. Pourtant, les Reese ne l'aimaient pas, à part peut-être Cameron, le frère de Matthew, qui, à dix-huit ans, était aussi avenant qu'un homme des cavernes.

Matt Reese, surtout, n'aimait pas Mattie. Il ne trouvait pas du tout adorable qu'ils portent presque le même prénom. Il l'appelait princesse sans tendresse et lui ordonnait d'arrêter de parfaire son bronzage.

Ledit Matt arrivait justement, portant un énorme plateau de barquettes de fraises, qu'il disposa sur les étagères du stand.

– Je peux au moins m'occuper de ça, annonça Mattie.

– Quelle employée modèle, commenta-t-il.

Elle lui lança un élastique rouge dans l'épaule pour la peine.

Emma était celle qui avait le mieux résumé la situation : «Tout le monde aime Quinn, sans qu'elle ait besoin de faire le moindre effort.»

4

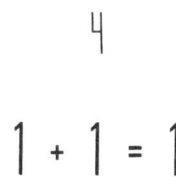

Le plus jeune frère et la plus jeune sœur d'Emma étaient nés à deux semaines d'intervalle, le *timing* parfait. Ici, à Wainscott, ils dormaient dans le même lit à barreaux, se faisaient changer la couche sur la même table à langer. Comme des jumeaux, mais en négatif. Ils ne s'étaient jamais croisés. Ils se relayaient dans la vie de leurs grandes sœurs, en perpétuelle alternance, jamais au même endroit au même moment.

– Ils ne se connaissent vraiment pas du tout ? s'était étonné Jamie la veille, alors qu'ils dînaient à Manhattan.

– Non, je t'ai dit. Mes parents s'évitent en permanence.

Emma ne voyait pas où était le problème d'aimer des gens qui ne s'aimaient pas. Elle avait l'habitude.

– Et ils partagent la même chambre à Wainscott ? avait insisté Jamie en haussant les sourcils.

– Je ne suis pas sûre que « partager » soit le bon terme. Ils n'y sont jamais en même temps, mais oui, ils ont toujours eu la même chambre.

Visiblement, il était difficile de prendre conscience des bizarreries de sa propre famille.

– Quand Sasha est née, ma belle-mère a installé tout l'équipement pour bébé... et tu connais Lila. Elle ne voyait aucun problème à faire dormir Ray dans un lit rose et jaune si ça lui évitait d'avoir à en acheter un.

Aux yeux d'Emma, son frère et sa sœur étaient des opposés qui s'équilibraient. Sasha était brune, Ray blond. Sasha était petite, Ray grand. Sasha avait d'abord dit ses premiers mots, Ray fait ses premiers pas. Sasha avait un problème au pied. Ray n'avait pas su prononcer le son /k/ avant ses cinq ans, «camion» donnait «tamion» et «coucou» donnait «toutou». Ils appelaient ça le «rayais».

Les deux bébés n'avaient ni parent ni gènes en commun, c'était donc Emma qui avait relevé tout ça. Sasha avait des coliques, mais Ray était le roi du vomi (la première année, ils disaient le «crachou»).

Mattie avait toujours eu une petite préférence pour Ray, parce que c'était le seul frère, alors c'était nouveau et excitant. Emma et Quinn se sentaient le devoir d'être plus justes.

Même s'ils ne lui en étaient guère reconnaissants, Emma veillait sur eux. Quand Ray se montrait grincheux ou insolent, elle le remettait dans le droit chemin. Lorsque Sasha avait tendance à se déprécier, Emma la reboostait. Elle se faisait du souci s'ils avaient de mauvaises notes (Ray) ou s'ils n'osaient pas se présenter aux épreuves de sélection sportive (Sasha). Elle s'inquiétait qu'ils ne sortent avec personne (Sasha) ou qu'ils sortent avec quelqu'un qui n'en valait pas la peine (Ray + Violet).

Ce matin-là, en préparant son sac pour retourner à la campagne, Emma entendit Ray se traîner dans la cuisine de la maison de Brooklyn. Ça l'agaçait que Sasha et lui soient trop empotés pour se trouver un petit boulot à Wainscott, et ce pour le deuxième été consécutif. D'accord, c'était plus difficile pour eux que pour leurs sœurs. Emma, Quinn et Mattie étaient sur place en permanence alors que Sasha et Ray ne venaient qu'une semaine sur deux.

Emma repensa à la conversation qu'elle avait eue avec Jamie la veille et c'est le mot «partager» qui lui donna une idée.

– Je viens d'avoir un éclair de génie! annonça-t-elle.

Ray leva les yeux de son bol de céréales et se rendit compte qu'il était la seule autre personne dans leur petite cuisine.

– Ouais? fit-il après un long silence, espérant que, peut-être, elle n'attendait pas de réponse.

Hélas si.

– Oui et ça te concerne, déclara-t-elle.

– Oh, non.

Emma leva les yeux au ciel.

– Tu veux dire «oh, oui!» parce que je t'ai dégotté un demi-boulot.

Il reposa sa cuillère.

– C'est vrai.

Ce n'était pas une question et il n'y avait aucune note d'espoir dans le ton.

– C'est vrai! Tu es embauché comme manutentionnaire au Black Horse Market de East Hampton à treize dollars quatre-vingts de l'heure.

Il décela instantanément une faille.

– Sous tes ordres ?

– Non.

Elle leva à nouveau les yeux au ciel.

– Tu n'es pas au niveau pour la boulangerie. Pas encore. Tu plaisantes ?

Le soulagement le fit sourire.

– Et donc, je suis au niveau pour quoi ?

– L'épicerie. Tu ne peux pas te planter.

– Mm...

Cette fois, il était sincère.

– C'est vrai ? Treize dollars quatre-vingts, c'est bien. Le gérant sait que je ne suis là qu'une semaine sur deux ?

– C'est justement le truc.

Évidemment, il y avait un truc.

– D'après l'annonce, ils recherchaient un manutentionnaire, fille ou garçon.

– Alors je dois jouer la fille aussi ?

Emma pouffa.

– Mais non, crétin ! J'ai demandé à Francis, le gérant, si vous pouviez partager le poste. C'est ça, mon idée de génie !

Ray repoussa son bol. Il se sentait assez redevable pour ne pas aspirer goulûment les trois dernières cuillerées de lait, sachant qu'Emma ne supportait pas ce bruit.

– Ce qui signifie ?

– Francis a besoin de quelqu'un à temps plein, mais il sait que tu ne peux travailler qu'une semaine sur deux.

– D'accord...

– Mais je connais quelqu'un d'autre qui cherche un boulot une semaine sur deux.

Emma adorait les devinettes. C'était toujours agaçant, mais avant dix heures du matin, cela tenait du supplice. Il appuya son menton sur sa main.

– S'il te plaît, tu pourrais me dire franchement à quoi tu penses ?
– Sasha !
– Sasha ?
– Ensemble, vous ferez un temps complet. OK ?

Il se redressa légèrement même s'il ne tenait pas particulièrement à encourager Emma alors qu'elle semblait déjà si contente d'elle-même.

– J'imagine... oui...
– Vous occuperez le même poste, mais en alternance, une semaine sur deux. Francis est d'accord.
– Tu en as déjà parlé à Sasha ?
– Non, je vais le faire. Qu'est-ce que tu en dis ?

Il réfléchit, inspirant toutes les odeurs de la cuisine.

– Il n'a pas besoin qu'on soit là ensemble ? Jamais ?
– Exactement. C'est le truc. À vous deux, vous ne formez qu'un seul et unique employé.

Bon.

– Et si elle ne fait pas l'affaire ?

Ou moi.

– Il ne peut pas renvoyer un demi-employé...

Emma haussa les épaules de façon théâtrale.

– Soyons optimistes. OK ? L'épicerie, c'est facile. Même vous deux, vous ne pouvez pas vous planter.

Le Black Horse était un magasin chic, hors de prix et situé sur une route passante, toujours embouteillée l'été. Mais treize dollars quatre-vingts de l'heure, c'était pas mal.

– On commence quand ?

– La semaine prochaine. Lundi.

– Sasha d'abord.

– Oui. Alors ?

– Si elle est d'accord.

Il eut soudain une idée. Un peu folle, insensée.

– Je devrais peut-être lui parler ?

La mythique Sasha avait sûrement un portable et le numéro qui allait avec. On pouvait la contacter avec cette suite de chiffres, comme tout le monde. Pas vrai ? Sasha n'était pas juste une pure idée, un concept, un ensemble de possessions, une odeur.

– Oui, pourquoi pas, répondit sa sœur tandis que ses sourcils confirmaient l'étrangeté de cette suggestion.

Mais pourquoi donc était-ce si bizarre ?

– Si tu veux, dit-elle. Mais de quoi ?

Cela semblait tout naturel, et pourtant, il ne trouvait pas de raison valable. Ils étaient tous entraînés à éviter tout contact avec les autres. C'était un réflexe. Une sorte d'instinct de survie. Même pour lui. Tomber dans le fossé qui les séparait des autres, c'était tomber dans un abîme sans fond.

– Ne t'inquiète pas pour ça, le rassura Emma, préférant éviter toute crise et assurer le continuum de l'espace-temps. Je me charge de lui en parler.

Ray se sentit légèrement déçapointé, mais il ne voulait pas que sa sœur le remarque.

– OK, fit-il. Bon, maintenant, tu peux me trouver une autre moitié de job à Brooklyn ?

– Et Ray est d'accord ? demanda Sasha à Emma au téléphone, en coupant un brownie en deux, puis en quatre.
– Il est à fond, affirma sa sœur.
Sasha abandonna le brownie pour s'asseoir à la table baignée de soleil de la cuisine de Wainscott. Elle mit son portable sur haut-parleur et le posa devant elle.
– Lundi qui vient ?
– Ouaip.
– Waouh... D'accord... et le gérant est au courant que je n'ai aucune expérience ?
– Mais oui, tu vas assurer.
Sasha réfléchit un instant. C'était absolument parfait. Elle gagnerait un peu d'argent, son père serait content, sa mère lui lâcherait les baskets et ça lui fournirait une excuse toute trouvée pour passer toute la semaine à la mer. Quant aux semaines où elle serait à New York, elle pourrait préparer ses exams et être bénévole au centre de loisirs du City Garden.
– Merci, Em ! C'est génial.
– De rien.
Sasha se leva, reprit son téléphone pour faire les cent pas autour de la table.
– Bon, ça fait un peu bizarre de partager un truc de plus avec Ray.
– Mais c'est super astucieux, non ?

Il était difficile de féliciter Emma comme elle le méritait tant elle était douée pour l'autocongratulation.

– Et vous n'avez même pas besoin de vous voir, Ray et toi. Le truc, c'est que vous ne serez jamais là-bas en même temps.

Sasha soupira. Elle avait envie de répliquer qu'elle n'avait absolument rien contre Ray. Ils ne rejouaient pas les conflits de leurs parents par procuration. Ce n'était pas elle qui refusait que les deux côtés de la famille se mélangent. Mais elle ne voyait pas comment exposer son point de vue à Emma sans envenimer les choses. À la place, elle plaisanta :

– Tu pourrais nous trouver un prof à domicile à partager aussi ?

– Je te parie que oui, répondit-elle, sérieuse.

– Non, non, je blague. Pas la peine.

– Oh, Matthew, tu es toujours tellement seul.

– Pas du tout.

– Mais si. Je le vois bien.

– J'ai mes grands-parents. Je t'ai, toi. J'ai mes asperges.

Quinn pouffa, même si elle était terriblement attachée aux petites pousses d'asperge, elle aussi.

Comme Matthew, elle avait noué beaucoup de liens affectifs avec cette ferme, et il était celui en qui elle avait le plus confiance. Il y avait également M. et Mme Reese, les champs de fleurs et de légumes – elle connaissait le moindre carré de terre par cœur. Et aussi l'odeur de la vieille grange qui tombait en ruine. Et puis Cameron, dont elle se fichait.

Ces deux derniers étés, elle avait envisagé de tenter sa chance ailleurs. À la ferme bio spécialisée dans les légumes oubliés et les herbes médicinales de Northwest Harbor, par exemple. Ou au jardin pédagogique pour enfants des Springs. Mais elle ne pouvait pas abandonner ses vieux amis de la ferme Reese : les asperges, les artichauts, la rhubarbe, les épinards, les fraises, les abricots et les prunes, qui comptaient sur elle chaque saison. Elle ne pouvait pas s'empêcher de leur rendre visite dès la fin du printemps... et, cinq minutes plus tard, elle était embauchée !

Avec ses sœurs, elles passaient l'été à faire des allers-retours entre la plage et la ferme. Emma avait reçu des propositions d'emploi alléchantes de grandes banques et de boîtes de technologie, mais elle préférait empaqueter des gâteaux dans les boîtes blanches du Black Horse Market et les ficeler avec du ruban rouge. Mattie répétait qu'elle avait envie de voyager, mais restait plantée là, dans la poussière du parking de la ferme Reese.

Sans se le dire, elles avaient toutes tendance à s'accrocher aux endroits d'autrefois. Parce que chaque fois qu'elles revenaient à Wainscott, quelque chose avait changé : une nouvelle maison avait poussé à la place d'un champ ou d'un bois. Et autour de la maison surgissait une haie, si bien que les rues devenaient de vrais tunnels. Tout changeait si vite qu'elles craignaient que le Wainscott qu'elles avaient connu ne disparaisse dès qu'elles auraient le dos tourné – elles avaient peur de ne plus rien reconnaître.

– Je suis content que tu sois revenue, avoua Matt.
– Moi aussi.

Autour du carré de melons, elle cueillit quelques coquelicots pour Myrna Chapman, avant de rendre visite à M. Reese.

Il était assis devant la fenêtre, à sa place habituelle.

– Quinn Hardy Thomas. Je te reconnais à ton pas, dit-il sans se retourner. Bienvenue à la maison !

Elle se pencha pour l'embrasser puis prit une chaise. Elle posa sur la table le sac d'oignons sauvages qu'elle avait ramassés dans les bois près de la maison avant de s'asseoir à côté de lui.

– Alors, quoi de neuf à la ferme ? demanda-t-elle.

Elle prit ses mains dans les siennes afin de sentir sa chaleur et son pouls, de se connecter à lui. Il aimait commencer par la ferme. Les autres anecdotes découlaient de là.

Il lui parla des tempêtes, de la fonte des neiges et des autorités locales. Quinn eut l'impression familière de flotter au-dessus d'elle-même. Elle sentait les efforts qu'il devait faire pour sortir cette voix rauque. Les plis doux de son cou, les muscles tendus de ses bras, la mémoire de ses jambes nerveuses. Elle contempla la carte du monde qui s'étalait sur le dos de ses mains.

Elle avait toujours fait cela, d'aussi loin qu'elle s'en souvienne, et encore plus souvent maintenant. Elle se détachait d'elle-même pour mieux se fondre dans les autres. Elle se faufilait en eux par les ridules de leur visage. Sans forcer, sans déranger, juste pour ressentir, découvrir. Parfois, leurs souffrances la submergeaient. Les allégeait-elle par sa présence ? Elle l'ignorait, mais dans certains cas, elle avait l'impression de leur apporter un certain réconfort.

Au fond de M. Reese se trouvait un tourbillon sombre qui pouvait aspirer quiconque n'y prenait pas garde. Les petites peines s'agglutinaient aux plus grandes. Plus de sucre dans son café, puis plus de lait dans son café, puis plus de café. Plus la force de tenir tête aux comptables pleurnichards, plus la force de tenir tête à sa femme, plus la force de se tenir debout du tout. Il était allé de perte en perte.

Mais il était toujours là. Assis devant sa fenêtre. Souriant à son arrivée. Pourquoi ? Elle devait se cramponner au bord du gouffre. Ne pas y tomber, mais ne pas reculer non plus. C'était le défi de sa vie. Ne pas reculer devant la souffrance. Ne pas la nier, l'affronter plutôt. Lui donner une voix si besoin. L'accepter.

Quand le diabète lui avait pris un pied, M. Reese avait cru venue la fin du monde. Jusqu'à ce qu'il le prive de sa seconde jambe, depuis le genou... et que le monde continue de tourner, obstinément.

Il était sorti de la Seconde Guerre mondiale indemne, avec ses deux pieds, ses deux yeux, tous ses organes, ses nerfs et même sa raison, et c'est le sucre qui lui avait tout pris.

« Tu apprendras à te fier plus à la violence qu'aux sucreries », lui avait-il confié.

5
SUGGESTIONS FOR YOUR POSSIBLE HEART [1]

C'était arrivé un soir d'avril. Le 14 pour être précise. Son père avait convié les jeunes analystes de son entreprise à une grande soirée très chic chez lui. Il leur offrait des canapés au homard pour les remercier de travailler cent heures par semaine, cinquante-deux semaines par an.

Emma était revenue ce week-end-là préparer son dossier de candidature pour la fac de droit de New York. C'était rare qu'elle passe la nuit chez son père, à Manhattan. Depuis qu'il avait vendu leur ancien appartement sur la 88e Rue, elle se sentait plus à l'aise dans la maison de Brooklyn, chez sa mère. Mais en septembre dernier, Adam et Lila avaient décidé de louer le rez-de-chaussée à un couple gay qui avait célébré son mariage dans leur jardin de poche. Le peu d'espace qu'ils avaient dans cette maison s'était encore réduit, si bien que les trois sœurs, toutes à l'université maintenant, devaient se partager une chambre minuscule. Lila et Adam avaient besoin d'argent, visiblement.

---

1. NdT : Paroles extraites de *Landlocked Blues* des Bright Eyes.

Comme d'habitude, les deux familles évoluaient dans des directions opposées. Alors que sa mère et Adam touchaient un modeste loyer d'Andy et Hank, son père et Evie avaient acheté une maison grandiose sur la 74e Rue Est, où les quatre filles avaient leur propre chambre – mais seule Sasha occupait la sienne. Il y avait une cave à vins à température constante, des planchers chauffants, le vidéophone, ainsi qu'un mystérieux système de contrôle à distance de l'alarme et de la climatisation auquel personne n'osait toucher. Bref, on ne s'y sentait pas chez soi.

Son père avait dû la supplier de venir à cette soirée. Il était fier de la culture de son entreprise, de sa bande de jeunes loups dynamiques, fraîchement diplômés de la Ivy League[1]. Il était fier de sa fille jeune et dynamique, fraîchement diplômée de la Ivy League. Elle s'était fait prier parce que, sincèrement, qui aime ce genre de fête ?

Finalement, poussée par la culpabilité et le devoir filial, qui avait toujours pesé lourdement sur ses épaules, elle avait enfilé une robe et était descendue avec un criant manque d'enthousiasme.

Elle avait entendu du bruit en passant et était allée jeter un œil dans le dressing de son père. Contre toute attente, elle avait trouvé un jeune homme à l'intérieur.

– Excusez-moi de vous déranger, mais qu'est-ce que vous faites là ?

Il avait fait volte-face en toute hâte. Sa chemise était à moitié déboutonnée, il avait sa veste sur le bras et l'air horrifié.

---

1. NdT : Groupe des huit universités privées du nord-est du pays, les plus anciennes et les plus prestigieuses.

– Oh, merde ! Vous m'avez fait une de ces peurs...

Baissant les yeux sur sa chemise ouverte jusqu'au nombril, le visage luisant de sueur, il avait alors brandi un stick de déo d'un geste coupable.

– Je me remettais juste de ça. Je n'aurais pas dû. Je sais...

Il était moyennement grand, pas très épais, brun, avec une coupe destinée à plaire à ses aînés.

– J'espère que le boss ne m'en voudra pas.

Il eut un petit rire nerveux.

– Et surtout qu'il ne l'apprendra pas. Jamais. Bon sang.

Emma lui avait souri. Elle n'avait pas pu s'en empêcher. Il avait un visage si franc et si ouvert. Elle aurait dû être agacée, mais elle n'y arrivait pas.

– Je ne le lui répéterai pas.

– Il fait chaud ici, non ? Vous croyez qu'il monte exprès le chauffage pour voir si on supporte ?

– Qui ?

– M. Thomas.

Emma avait failli exploser de rire parce que la vérité était bien plus prosaïque : personne ne savait comment faire fonctionner cette maudite clim.

– Je suis un peu tendu de me retrouver chez lui, comme ça. Je suis arrivé récemment. Je ne l'ai encore jamais vu en dehors du bureau.

– Je ne crois pas qu'il...

– Tu as l'air cool. Tu viens de commencer ?

– Commencer ?

– Chez Califax, je veux dire. Je ne crois pas t'avoir déjà croisée au bureau.

– Oh, je…

Sentant qu'elle était mal à l'aise, il s'était empressé d'enchaîner :

– J'ai commencé l'an dernier. Euh, désolé, plutôt il y a un an et demi. Enfin… on est quoi ? En avril ? J'ai eu mon diplôme en janvier et j'ai été embauché juste après. En principe, ils ne prennent pas de diplômés de milieu d'année mais ils ont dit…

Il s'était arrêté, baissant son stick de déo.

– Désolé. Je parle beaucoup quand je suis stressé. Désolé. Je m'excuse beaucoup quand je suis stressé.

– C'est bon, avait-elle dit.

– On ferait mieux de redescendre.

Il avait remis sa veste et s'était tourné pour lui montrer son dos.

– Il y a des taches de sueur ? Ma sœur m'avait bien dit qu'il me fallait une veste d'été, en lin ou un truc du genre, mais les deux que j'ai sont en laine.

– Non, ça va, avait-elle menti avant de le suivre dans l'escalier.

– T'as vu, le palace ? Je n'avais jamais vu une vraie maison comme ça en plein New York. Tu sais, avec une seule famille qui occupe tout le bâtiment. Et toi ?

– Euh, ben…, avait-elle répondu, évasive.

– Il y a… quoi ? Cinq étages ? C'est plus grand que notre maison de Colombus. Vachement plus grand.

– Tu es de là-bas ?

– Oui, Columbus, dans l'Ohio. Merde, j'imagine même pas le prix d'une maison pareille. Et toi ?

– Je ne sais pas…

– Mon appart tout entier tiendrait dans cette entrée.

Il jeta un regard circulaire.

– Deux fois, même.
– Oh.
– Je ne me plains pas. Ils paient plutôt bien chez Califax. Enfin si, des fois, je me plains. C'est ta première année ? Moi, j'ai encore mes prêts étudiant à rembourser, c'est pour ça que j'habite dans un...

Il s'était interrompu pour la dévisager.

– Tu es... Tu as vraiment une belle robe.

Il avait secoué la tête.

– Désolé.
– Merci.
– Tu veux un verre ? Tu bois ? Ma sœur m'a conseillé de ne pas prendre d'alcool parce qu'il y a toujours le risque de trop boire et de te ridiculiser.

Il s'était repris :

– *Me*. Désolé. *Me* ridiculiser. Je suis sûr que toi, tu ne ferais jamais ça.

Elle avait ri. Elle se rappelait avec précision cette impression que son cœur gonflait dans sa poitrine, remontait dans sa gorge.

Il avait pris une profonde inspiration.

– Désolé. Il faut que j'arrête de parler tout le temps comme ça.
– T'inquiète, c'est distrayant.

Elle l'avait suivi au rez-de-chaussée où la soirée battait son plein.

Elle s'en voulait un peu d'avoir fait sa peste lorsque son père lui avait demandé de venir. Brusquement, ça lui semblait important.

Elle envisageait vaguement de lui présenter des excuses, lorsqu'elle l'avait aperçu – ce dont elle n'avait pas du tout envie.

Il se tenait planté au pied de l'escalier, bombant le torse dans son beau costume en lin.

Oh non. Finalement, elle n'avait aucune envie de lui présenter des excuses. Ni même de le voir et surtout pas maintenant. Et si elle remontait vite là-haut ? Elle ne pouvait pas passer devant lui sans qu'il la voie… *Merde.*

Trop tard. Il l'avait vue. Son visage s'était éclairé d'un large sourire.

– Tu es descendue ! J'en étais sûr !

Elle se rappelait avoir jeté un regard à son nouvel ami transpirant. Comment se tirer habilement de cette situation délicate ?

Il était plus luisant que jamais. *Merde.*

Son père les regardait tour à tour, elle et lui.

– Ah… Emma, tu connais Jamie ?

Elle était arrivée au bas des marches en même temps que le jeune homme et son père avait foncé à leur rencontre, un verre de vin à la main. Emma avait alors compris qu'il n'y avait aucun moyen d'éviter ça. Son père adorait faire les présentations.

– Emma, voici James Hurn, l'un de mes meilleurs deuxième année, avait-il déclaré fièrement. Princeton, promo 2013.

Elle s'était tournée vers lui pour le gratifier d'une poignée de main ferme comme on le lui avait enseigné depuis l'enfance.

James Hurn avait l'air un peu déphasé, comme s'il pressentait la catastrophe. Ou bien était-ce seulement dans l'imagination d'Emma ?

– Jamie, avait-il fait d'une petite voix, en s'efforçant de garder le sourire.

– Jamie, je te présente ma fille aînée, Emma, avait tonné son père, encore plus fièrement. Princeton, promo 2016.

En lui serrant docilement la main, Jamie avait eu l'air si peiné, si dévasté, qu'elle en aurait ri si elle ne s'était pas soudainement inquiétée de son bien-être.

Elle avait esquissé une grimace d'excuse.

– Désolé, avait-il chuchoté.

– Désolée, avait-elle répliqué.

Emma avait eu un petit ami en terminale. Kyle Bowen. Il avait le torse très poilu. Quand il avait cessé de l'appeler, après le bac, elle l'avait à peine remarqué. À Princeton, elle était plus ou moins sortie avec le capitaine de l'équipe de lacrosse, Graham Cartwright. Il présentait très bien, à table. Elle se rappelait le commentaire de Mattie à son sujet : « Les gens s'imaginent qu'il faut être intelligent pour entrer à Princeton. Eh bien, c'est un mythe, la preuve. »

Emma était tellement occupée entre ses études, le sport, le boulot. À ses yeux, les petits amis n'étaient qu'une case de plus à cocher sur la liste des obligations. Elle n'avait jamais ressenti la moindre empathie, tendresse, vulnérabilité envers un garçon jusqu'à ce soir d'avril. Et, bizarrement, tout était arrivé en même temps.

– La propriété des Reese vaut des millions de dollars, affirma leur père un vendredi soir – et ce n'était pas la première fois – alors qu'ils mangeaient les fraises que Mattie avait rapportées de la ferme. Paula Reese occupe l'un des terrains immobiliers les plus recherchés du monde pour faire pousser des épinards.

– Et des fraises, ajouta Evie en jetant un petit regard complice à Mattie.

Sasha leva sa cuillère.

– Mieux vaut des épinards qu'une nouvelle villa avec quatorze salles de bains et une piste d'hélico. Tu crois qu'on en a vraiment besoin dans le coin ?

Robert prit l'air mi-amusé, mi-agacé, qu'il arborait lorsque Sasha le défiait durant le dîner.

– Ce n'est pas à moi de décider ce que les gens font de leur argent.

– Non, mais peut-être que Mme Reese se soucie du bien commun. Disons qu'un millionnaire rachète le terrain, ce qui se produirait certainement, et l'isole derrière des haies de trois mètres de haut. Personne n'en profiterait. Pas même le millionnaire qui a sans doute déjà cinq autres baraques. Il y passerait une semaine par an et ne la louerait même pas, parce qu'il n'a pas besoin d'argent. Et hop ! un nouveau morceau de l'East End…

Elle claqua des doigts.

– … disparu.

– Sasha, fit Evie de sa voix « premier degré d'alerte ».

Evie tenait toujours le rôle de l'arbitre. Elle ne jouait jamais vraiment.

Mattie se leva pour vider son assiette. Le petit numéro de Robert et Sasha l'ennuyait au plus haut point. Elle supposait qu'ils faisaient leur show tous les soirs, qu'elle soit là ou pas pour trouver ça barbant.

– Grâce aux Reese, poursuivit Sasha, on a une jolie route bordée de champs, on peut manger du maïs frais cueilli, et des fraises au goût inimaginable. Et ça donne du boulot à des gens, comme Mattie ou Quinn.

Mattie leva les yeux au ciel.

– Laisse-moi en dehors de ça. Si j'étais à la place de Mme Reese, j'empocherais le pactole sans hésiter une seule seconde.

Robert repoussa son assiette en se tapotant le ventre.

– Heureusement que j'ai mis de l'argent de côté pour envoyer Sasha à la fac de droit, soupira-t-il, à la fois geignard et vantard.

Quand Mattie était vraiment petite – environ cinq ou six ans –, elle se rappelait avoir demandé à son père s'il préférait Sasha parce qu'il aimait encore sa mère et plus la leur.

– Bien sûr que non, avait-il répliqué, balayant cette question ridicule. Je vous aime toutes autant.

Mais, aux yeux de Mattie, elle ne l'était absolument pas. Et sa réponse aurait sans doute été plus convaincante s'il avait pris ne serait-ce qu'une seconde pour y réfléchir.

– Tu la protèges toujours, l'avait accusé Mattie.

– Parce qu'elle est plus petite, s'était-il justifié.

Ce soir-là, Mattie se figea à mi-chemin de la cuisine et se retourna :

– Et moi, tu as mis de l'argent de côté pour que je fasse quoi ?

Son père la couva d'un regard affectueux.

– Que tu achètes une robe qui te couvre les fesses.

Evie et Sasha ne dirent rien. Emma aurait protesté, pesté et tempêté comme une furie si elle avait été là, mais Evie et Sasha devaient rester prudentes, et Mattie le savait. Elles n'avaient même pas le droit de sourire.

– Merci beaucoup, papa, répliqua-t-elle, faussement indignée.

Et avec ce qui restera, entre cet achat et les études de Sasha, tu pourras me payer un loft à Williamsburg.

– C'est vrai ?

– Oui, je t'y autorise.

Mattie s'arrêta à nouveau, sur le seuil de la cuisine, sa soif de vengeance pas complètement assouvie.

– Mais je me demande de quoi vous pourrez bien parler, Evie et toi, quand Sasha sera en fac de droit.

– Ray ? Par ici.

Sasha se retourna. Devait-elle répondre quand on l'appelait Ray ? C'était tout de même un sacré renoncement dès son premier jour de travail au Black Horse. Pourtant, Francis, le gérant, s'entêtait à l'appeler ainsi. Elle faisait semblant de ne pas l'entendre, mais ce n'était pas tenable à long terme. Pourquoi diable Emma avait-elle mis le prénom de Ray en premier sur cette maudite fiche de candidature ?

Sasha leva le nez de sa pile de paquets de pâtes.

– Hum… en fait, moi, c'est Sasha.

Francis secoua la tête.

– Écoute, je n'ai pas le temps de faire connaissance avec deux employés. Pour moi, vous êtes une seule et même personne.

– Mais…

– Ça te pose un problème…, Ray ?

– Euh…

– Hé, Polly ! beugla-t-il à l'adresse de la responsable de caisse. Montre à Ray comment se passe la remise en rayon.

Polly bâilla puis, en se tenant les tempes, lui expliqua comment ranger les articles abandonnés qui s'accumulaient à la caisse.

Francis revint alors à la charge.

– Ray, ramène-toi.

– OK...

– Deux, trois précisions...

Elle le suivit dans la ruelle de derrière, près des poubelles, et faillit se prendre la porte en pleine face.

– Pas de baskets, pas de short. Ta chemise Black Horse doit toujours être propre. Pas de jean. Pas de chewing-gum. J'ai horreur de ça. Pas de tatouage visible. C'est un magasin bien. Je n'aime pas votre mode du piercing, à vous, les jeunes. Alors on ôte la quincaillerie pour venir bosser. Tu vois ce que je veux dire? Et le sourire. Le sourire aux lèvres en permanence. Passe l'info à ton frère ou je ne sais quoi.

Elle rentra avec lui dans la réserve, courant presque pour le suivre.

– Mon frère?

– L'autre Ray. Je n'ai pas envie de devoir répéter tout ça deux fois.

– D'accord. Mais, le truc, c'est que ce n'est pas mon frère.

Francis avait les yeux rivés sur son iPad. L'écoutait-il seulement?

– Parce que... en fait, on n'est pas de la même famille. On ne s'est même jamais rencontrés.

Francis leva la tête et la fixa, agacé.

– C'est le frère d'Emma, affirma-t-il.

– Oui...

– Et tu n'es pas la sœur d'Emma?

– Si... tout à fait, mais...
Il était déjà en route pour le rayon boulangerie.
– Je n'ai pas le temps pour toutes ces histoires, Ray.

Sasha tenta une nouvelle approche, en douceur, quelques heures plus tard, à la fin de son service. Elle avait mis en rayon la livraison du jour et jeté les cartons. Elle avait des courbatures aux bras, mais elle avait l'impression d'avoir bien joué son rôle de magasinière, pour aujourd'hui tout du moins.

Francis était en train de manger un cookie. Il traînait souvent au rayon boulangerie.

– Alors comment ça va, jeune Ray ?
Elle lui jeta un regard.
– Hé, Francis...
– Ouais ?
– J'ai une idée : si vous appelez le vrai Ray Sasha, alors moi, Sasha, je vous répondrai quand vous m'appellerez Ray.

Francis mastiqua son biscuit, perplexe. Puis quand il finit par comprendre la blague, il éclata de rire.

6
LA QUESTION QU'IL NE S'ÉTAIT JAMAIS POSÉE

– Je me suis toujours demandé si elle était musulmane ou hindoue. Mais je penchais plutôt pour la seconde solution.

Le père de Quinn fixait la photo de la jolie Bengalie sans vraiment la regarder. Il la lui rendit.

– Pourquoi tu te poses cette question ?
– Ben... pas toi ?
– Non.
– C'est ta mère. Comment ça se fait que tu ne veuilles pas savoir ?

Son père secoua la tête.

– Je ne sais pas ce que Lila t'a raconté, mais je ne connais pas cette personne. Je ne l'ai jamais connue. Ma mère, c'était Matilda Thomas, originaire de Califax, dans l'Ontario, paix à son âme. Elle était on ne peut plus chrétienne.

Ce n'était pas la première fois qu'une conversation entre eux prenait ce tour-là.

– Tu as d'autres informations sur cette femme ? Tu sais son nom ?

Robert était retourné à son écran d'ordinateur.

– C'était sur les papiers d'adoption, j'imagine.

– Et où sont-ils ?

– Je n'en ai franchement aucune idée. Je ne suis même pas sûr de les avoir emportés en quittant la maison de Brooklyn. Ils étaient dans le classeur métallique, à la cave, et je n'ai pas souvenir de les avoir repris.

Quinn dévisagea un moment encore cette jeune femme qui avait peut-être, ou peut-être pas, tenu son bébé dans ses bras.

Quinn s'était vraiment posé la question, elle. Elle avait beau apprécier l'éloquence, la beauté du Coran et de l'hadith, les divinités hindoues coloraient ses rêves depuis toujours, comme si elles étaient passées jusqu'à elle dans le sang de son père. Il avait sans doute atténué leurs merveilles, mais Quinn les ressentait toujours fort en elle. Désormais, elle était presque sûre qu'elle était hindoue. À cause du bindi.

– J'aurais tellement voulu connaître Matilda, dit-elle, touchée par l'émotion de son père.

Ses parents adoptifs étaient un couple sans enfant, de cinquante ans déjà lorsqu'il leur avait été confié. Leur petit miracle, leur force de vie. Ils étaient morts tous les deux avant que Robert ait fêté ses trente-six ans.

Il releva la tête, radouci.

– Moi aussi, ma chérie.

Pour un homme de pouvoir, son père avait la larme facile sur certains sujets, dont sa mère et ses filles.

– Elle t'a tenue dans ses bras quand tu étais bébé, tu sais. J'ai la photo dans un cadre, au travail. Tu as dû la voir.

Quinn acquiesça avant de quitter son bureau. Elle rangea soigneusement la photo dans le tiroir du haut de sa commode.

Elle avait mal pour son père, parfois – alors que lui-même ne ressentait pas cette douleur. Ses traumatismes refoulés hantaient la maison tels des orphelins que Quinn prenait sous son aile.

Elle l'imaginait bébé au camp de réfugiés. Y avait-il eu quelqu'un pour le prendre dans ses bras ? Du lait pour le nourrir ? Qui avait applaudi ses premiers pas ? Dans quelle langue avait-il prononcé ses premiers mots ?

Si Matilda avait pu porter Emma et Quinn bébés, elle n'avait pas pu serrer son propre fils dans ses bras avant ses deux ans.

Quinn avait un jour entendu Lila confier à son frère, Malcolm :

– Il était si jeune quand je l'ai connu, il avait encore des terreurs nocturnes. Je pense que ses souvenirs le ramenaient au camp.

À l'époque, Quinn avait été bouleversée, mais elle s'était retenue de poser toutes les questions qu'elle avait en tête parce qu'elle n'était pas censée écouter. Depuis, elle avait souvent tourné et retourné ces mots dans son esprit.

Ses parents s'étaient rencontrés au stage de révisions d'été du lycée. Sa mère était en première et son père en seconde. Dans leurs premières lettres, elle l'appelait Bobby.

Mais au bout d'un moment, son père était devenu Robert et il n'avait plus fait de cauchemars. Lila était la dernière personne à l'avoir connu avant que sa métamorphose ne soit complète.

Sans doute préférait-il désormais la compagnie d'Evie, pour qui il n'avait jamais été Bobby, le garçon qui revoyait dans ses rêves le camp de réfugiés du Bangladesh.

Cher Ray,

J'espère que ça ne te dérange pas que je t'envoie un mail. Quinn m'a donné ton adresse. Je suis Sasha – ta camarade de chambre inconnue (désolée pour le problème de moustiquaire la semaine dernière), la sœur de tes sœurs et ta co-employée au Black Horse. Ça fait drôle de t'écrire au bout de tout ce temps, mais Francis le gérant veut que je te transmette certaines informations, et je t'assure, «ça ne rigole pas». Alors voilà : pas de baskets, pas de short, chemise du Black Horse toujours propre, pas de jean, pas de chewing-gum, pas de tatouages ni de piercings visibles. Oh, j'oubliais... «le sourire aux lèvres en permanence». Même dans la réserve ou aux poubelles, à ce que j'ai compris. Je crois que c'est tout.

Voilà.

C'est un plaisir de partager une chambre et trois sœurs avec toi depuis toutes ces années.

Sasha

Chère Sasha,

J'attends depuis toujours l'occasion de te demander pardon pour le vomi. Enfin, les vomis. Jusqu'à la dernière goutte. Désolé. Je n'aurais pas aimé partager une chambre avec moi.

Mais je préfère me dire que c'est du passé. Alors pour le présent, désolé pour la mousse à raser et les poils de barbe. J'essaie de faire de mon mieux, mais je crois bien que j'ai oublié de nettoyer le lavabo la semaine dernière.

Voilà, je voulais juste te dire tout ça.

Merci pour le tuyau sur Francis.

Ray

Et aussi merci de toujours mettre de l'ordre dans les étagères et d'avoir arrosé notre vieux kalanchoé (RIP) alors que je ne l'ai jamais fait, d'avoir apporté des tas de bons bouquins au fil des années, que j'ai lus sans te demander la permission. Et d'avoir noté des tas de trucs intéressants dans les livres pour l'école, ce qui m'a permis d'avoir de bonnes notes. Et de fournir le dentifrice depuis des ANNÉES. Et de laisser cette petite chemise de nuit soyeuse au bout du lit. Et de donner aux draps une si bonne odeur que je n'arrive même pas à m'endormir le soir.

Ray parcourut rapidement le dernier paragraphe qu'il avait écrit avant de l'effacer.

Francis toisa Ray qui se tenait à l'entrée de la réserve du Black Horse Market.
– Alors c'est toi, l'autre moitié de mon nouvel employé ?
– Oui, monsieur.
Ray supposa qu'il le scrutait à la recherche de tatouages éventuels ou de trous révélateurs de piercings.
– Tu es sacrément costaud pour une simple moitié, constata Francis.
Ray haussa les épaules.
– Costaud, mais plein de grâce.
– Pas autant que l'autre moitié. Pas aussi mignon non plus. Moitié moins mignon, même.
Ray ne savait pas trop quoi répondre à cela.
– Je vais y travailler.
– Tu es au courant pour les règles : pas de jean, pas de… ?

– Oui, oui, pour tout.
– J'ai ordre de t'appeler Sasha.
– Et qui a ordonné cela ?
– Ray.
– Mais c'est moi, Ray.
– L'autre Ray.
– Il y a un autre Ray ?
– Ta sœur.
– Vous voulez dire Emma ?
– Non, l'autre.
– Quinn ? Mattie ?
– Tu as beaucoup de sœurs.
– Oui, mais aucune ne s'appelle Ray, à ce que je sache.
– La petite. Mignonne. Les yeux couleur bronze. Elle s'appelle Ray.
– C'est moi, Ray. Je pense que vous voulez parler de Sasha. Ce n'est pas ma sœur.

Francis secoua la tête.
– Hé, tu sais quoi, Sasha ?

Ray serra les dents.
– Quoi ?
– Laisse tomber.

Cher Ray,
Pourrais-tu, s'il te plaît, demander à Francis d'arrêter de m'appeler Ray ?
Sasha

– Misère ! Papa s'est remis à tondre la pelouse.

Emma était postée devant la porte-fenêtre de la cuisine de Wainscott, son portable à la main, à observer ses allées et venues.

– Où a-t-il dégotté la tondeuse ?

– Je crois qu'il l'a louée.

Mattie laissa tomber son bol dans l'évier avec fracas.

– J'imagine que maman a encore arrêté de payer les factures.

C'était une vieille histoire. Les avocats partageaient les factures d'entretien de la maison. Robert payait sa part rubis sur l'ongle mais pas Lila.

– Désolée, on n'a pas d'argent ce mois-ci, répliquait-elle sans la moindre gêne quand on lui posait la question.

Et il y avait trop de rancœur entre eux pour que Robert se contente de payer sa part. L'argent lui importait peu, mais il ne pouvait pas supporter de capituler. Il avait dépensé dix fois le montant des frais d'entretien du jardin en lettres de menace rédigées à prix d'or par ses avocats. Emma savait de source sûre que sa mère les jetait à la poubelle sans même les ouvrir.

Sasha leva le nez du grille-pain, l'air amusé.

– Ça lui fait du bien. Comme ça, il se bouge un peu et au grand air, en plus. Sinon il serait devant son ordinateur ou au téléphone en train de casser les pieds aux pauvres gars surmenés de son bureau. Papa fait de l'exercice, ses employés ont la paix. C'est vraiment gagnant-gagnant.

– Du moment que personne ne le dit à Lila, ajouta Mattie.

Emma jeta un coup d'œil à son portable. Elle qui se vantait de ne pas être du genre à regarder son téléphone toutes les cinq minutes. Combien de fois avait-elle fait les gros yeux à Mattie à ce sujet ? Et voilà qu'elle était devenue comme elle.

Et bien sûr, il fallait que sa sœur la prenne sur le fait.

– Oh, oh ! Voyez-vous ça ? Qui est accro à son portable ?

Emma lui lança un regard noir en sortant de la cuisine d'un pas tranquille. Puis elle monta l'escalier quatre à quatre pour filer hors de portée de voix.

– Allô ? T'es où ?

– Bridgehampton.

– Je pars. Retrouve-moi chez Olive. Tu as pris ton petit déj' ?

– Juste un café. Mais chez Olive, c'est pas très discret...

– T'en fais pas, mon père est en train de tondre la pelouse.

– J'ai horreur de faire des cachotteries comme ça.

– Je sais.

– Je me demande si je culpabilise plus de coucher avec sa fille ou de sécher le boulot aujourd'hui...

– Salut, Matt.

Agiter la main, sourire.

– Yo, Mattie !

Sourire, agiter la main.

Ça craignait vraiment, elle connaissait la moitié du personnel du Black Horse Market. Et ils étaient presque tous de sa famille.

Comme elle ne travaillait pas au point de vente de la ferme aujourd'hui, elle s'était arrêtée dans ce magasin climatisé pour acheter des tomates cerises. Ce n'était pas encore la saison dans le coin et sa mère en avait besoin pour une recette. Elle aurait pu aller à la supérette où elles coûtaient deux fois moins cher, mais elle n'avait pas pu résister à l'envie de prendre un *latte* avec une viennoiserie rassie offerte par Emma, de voir comment s'en sortait Ray avec ses piles de boîtes de couscous, et de bénéficier de leur remise employés.

Ray était en pause, en train de griller une cigarette avec Julio près des poubelles.

– Mais qu'est-ce que tu fabriques ? s'étonna Mattie. Tu ne fumes pas !

– Je ne fume qu'avec Julio, rectifia Ray.

Elle secoua la tête.

– À quelle heure tu finis ?

– Sept heures.

– Maman a dit qu'on dînait à sept heures et demie.

– OK, je serai là.

Elle entra dans le magasin et passa un instant à examiner les tomates.

Elle sentit alors une ombre qui s'attardait un peu trop longtemps dans son dos.

– Matilda Thomas ?

C'était un homme bien habillé, la bonne cinquantaine, les cheveux blonds mêlés de poivre et sel. Il était à la fois hésitant et familier.

– Mattie. Oui, c'est moi…

Il tendit la main.

– Jonathan Dawes. Un vieil ami de la famille, d'avant…

Elle le coupa d'un geste pour lui faire savoir qu'elle avait compris. Dans le séisme qu'avait engendré la séparation de leurs parents, chacun avait dû choisir son camp au risque de tomber dans la faille. Elle était trop jeune pour se rappeler clairement les événements, mais sa vie n'avait été qu'une suite de répliques sismiques et d'efforts de reconstruction.

Pourquoi lui semblait-il familier ? Elle se creusa la cervelle. Puis, soudain, un détail lui revint. Une photo.

– Vous étiez prof de surf, non ?

Il sourit.

– Exact.

Elle exhuma un souvenir de sa mémoire embrumée.

– Vous donniez des cours à ma mère ?

– Et à vous aussi, les filles, de temps en temps, compléta-t-il.

Il la dévisageait attentivement, lui trouvant peut-être une ressemblance avec sa mère autrefois. C'est ce que disaient souvent les gens.

– Je suis désolée de vous apprendre que je n'ai pas continué. Je suis nulle en surf.

Il eut un petit rire un peu distrait.

– En revanche, ma sœur Quinn ne vous décevrait pas. Elle est plutôt douée.

Il la scrutait sans vraiment écouter ce qui sortait de ses lèvres.

– Désolé..., s'excusa-t-il car il venait sans doute de s'en rendre compte. Mais tu me rappelles...

– ... ma mère.

Il marqua un temps d'arrêt avant de hocher la tête.

Elle aimait bien son allure. Il avait un beau visage, carré, bronzé, alerte, ridé aux bons endroits. Il n'avait pas l'air du genre à s'écouter parler.

– Elle surfe toujours ?

Il paraissait un peu nostalgique, mais aussi curieux, penché en avant comme ça.

D'accord, elle le trouvait pas mal, néanmoins elle fut prise d'une soudaine envie de filer.

– Qui ça ?

– Ta mère...

– Parfois. Oui.

Elle se servit une poignée de tomates au hasard.

– Il faut que j'y aille. Maman en a besoin pour sa recette.

– D'accord.

Il resta planté là, à la regarder faire la queue à la caisse. Elle repoussa une mèche derrière son oreille, mal à l'aise, comme si elle n'avait pas remarqué. Elle avait déjà joué à ce jeu. Enfin, il n'y avait pas de mauvaise intention dans son regard. Ce n'était pas ça. Elle possédait un détecteur de drague ultrasensible, et elle aurait juré que ce n'était pas ce qu'il recherchait. Mais il y avait un truc.

– Je surfe tous les samedis à Ditch Plains, lui lança-t-il.

Elle était à l'autre bout du magasin, mais sa voix porta jusqu'à elle, sans qu'il ait besoin de crier, pour se déposer au creux de son oreille.

– Si jamais tu veux passer...

Pourquoi diable aurait-elle eu envie de passer ?

– OK, fit-elle évasivement.

– Dis bonjour à ta mère de ma part.

Il avait l'air sérieux.

Elle paya et regagna son vélo sans lui jeter un regard. Mais une fois en selle, au moment de quitter le parking, elle tourna la tête.

Il était toujours là, au milieu du rayon tomates.

7
TROUBLE ME[1]

C'était une matinée calme au magasin. Ils avaient déjà déchargé et rangé les livraisons du matin. Emma héla Sasha alors qu'elle se rendait en caisse 4.

– Papa a dit qu'on dînait à sept heures ce soir. Tu finis à quelle heure ?

– Sept heures. Tu pourras prévenir que j'aurai un peu de retard ?

– OK.

Francis rôdait autour du rayon boulangerie, comme à son habitude.

– Tu veux un croissant d'hier, Sash ? lui proposa Emma.

– Non, merci. Il faut que j'y aille. Francis me regarde de travers.

Emma leva les yeux au ciel et attendit qu'il disparaisse derrière le rayon traiteur.

– L'an dernier, il vendait des glaces à l'entrée avec un chapeau en papier sur la tête.

– Le pouvoir corrompt.

---

1. NdT : «Trouble-moi», traduction de *Trouble Me*, chanson des 10.000 Maniacs.

– Tout à fait.

Sasha prit un ton faussement sérieux.

– Mais c'était avant qu'il ait son MBA, Emma. Tout de même, un Master of Business Administration de Fordham !

Emma éclata de rire. Elle prit sa tête de Francis.

– « Grâce à mon MBA, j'ai désormais un point de vue professionnel sur la vente… »

Francis réapparut et Sasha dut filer.

Il la trouva quelques minutes plus tard en train de faire le réassort des conserves de pois chiches.

– Emma est *responsable* du rayon boulangerie, lui rappela-t-il. Elle ne peut pas te tenir la main en permanence.

– Oh… je sais. Tout à fait… Vous avez raison.

C'était drôle, il s'imaginait qu'elles parlaient uniquement boulot.

Il la dévisagea d'un œil soupçonneux.

– Je croyais que tu avais fini avec les conserves.

– Je me suis dit que je pourrais améliorer la présentation du rayon.

Francis acquiesça, satisfait.

– Tu sais que tu lui ressembles un peu ?

Sasha entendit Julio manquer s'étouffer de rire, quelques rayons plus loin.

– À Emma, vous voulez dire ?

Comment allait-elle bien pouvoir se débrouiller pour s'occuper durant la prochaine demi-heure en rangeant des conserves ?

– Ouais, c'est ce que les gens disent, confirma-t-elle.

– En revanche, tu ne ressembles pas à ton frère.

– Oui. Mais ce n'est pas mon frère. Ceci explique peut-être cela.
Mais Francis ne l'écoutait déjà plus, comme prévu.

Cher autre Sasha,
Le régent du Black Horse, roi des supermarchés, vous prie de prendre le service du matin demain.
La vraie Sasha

À l'attention de l'autre Ray :
Il est formellement interdit de laisser chaussures ou livres dans son casier pour la nuit.
Majestueusement vôtre,
Le pharaon de Fordham
(dicté en ces termes au vrai Ray)

– L'autre jour, au Black Horse, j'ai croisé un type qui te passe le bonjour, lança Mattie, accoudée au plan de travail de la cuisine, tandis que sa mère lavait la montagne de laitue qu'elle avait rapportée de la ferme.

C'était une remarque tout ce qu'il y a de plus anodine, étant donné le monde qui se croisait là-bas, et pourtant Mattie s'y était reprise à trois fois. Bizarrement, elle avait beaucoup hésité, désireuse de choisir le bon moment pour faire son annonce.

Sa mère était distraite. Elle n'arrêtait pas de regarder son portable, peinant à lui faire cracher un message ou un mail.

– Ah oui ? fit-elle en glissant une mèche derrière son oreille. Qui donc ?

– Jonathan Dawes.

Lila se figea et pivota face à Mattie. Son téléphone glissa sur le bar. Une poignée de feuilles de salade retomba dans la passoire. Mattie scruta son regard qui brillait d'un éclat paniqué.

– Tu dois te souvenir de lui, ajouta-t-elle.

– Oui, bien sûr.

La voix de sa mère était posée, détachée, sauf que sa peau n'était pas de la bonne couleur.

– Il donnait des cours de surf, précisa-t-elle.

– Oui, c'est ce que j'avais compris.

Sa mère se racla la gorge.

– Il t'a reconnue ?

– Ouais, je crois. Ou alors il a entendu quelqu'un prononcer mon nom. Je ne sais pas.

Lila rattrapa les feuilles de salade, gardant la tête baissée.

C'était peut-être un ancien petit ami. Quelqu'un qui avait été important pour elle autrefois.

– C'est un copain d'enfance ? demanda Mattie.

Il s'agissait peut-être d'un amour d'été... ou de l'époque du lycée. Elle se hissa sur le plan de travail et s'y percha pour mieux voir le visage de sa mère.

Mais apparemment, celle-ci n'y tenait pas. Elle abandonna la laitue pour se diriger vers le frigo.

– Euh non... je l'ai rencontré plus tard. Il est originaire de Los Angeles. Il a grandi là-bas.

Elle fixait l'étagère des produits laitiers sans la voir.

– Il est venu à New York pour le boulot. Il travaillait dans la pub, je crois, et il venait surfer ici le week-end.

– Il est marié ?

Lila ne se retourna pas.

– Il vivait en couple à LA, mais ils se sont séparés il y a longtemps, avant qu'il vienne par ici. Je ne sais pas ce qu'il en est maintenant.

– Qu'est-ce qui s'est passé ?

– Qu'est-ce que tu veux dire ? riposta sa mère, qui lui tournait toujours le dos.

Mattie sauta à bas de son perchoir. Son cœur battait à coups sourds, elle ne savait même pas pourquoi.

– Je veux dire, pourquoi tu n'as plus de nouvelles de lui ? Pourquoi vous n'êtes plus amis ? insista-t-elle.

Lila se retourna enfin, visiblement agacée. Elle saisit son portable et quitta la pièce, laissant la laitue trempée se flétrir, et la porte du frigo grande ouverte.

– C'est quoi, cet interrogatoire, Mattie ? Qu'est-ce que ça peut bien te faire ?

Mattie avait envie de la suivre, mais elle n'osa pas. Sa voix porta jusqu'à elle :

– Ça arrive souvent de ne pas rester amis. Pas besoin de raison particulière.

Dans le couloir, Mattie entendit une porte s'ouvrir et une autre se fermer.

Ray leva le nez du sandwich qu'il était en train de se préparer, surpris par le *Ice, Ice Baby* tonitruant qui montait du portable de son père, abandonné sur le plan de travail de la cuisine de Wainscott. Il avait dû laisser son téléphone pour aller courir. Mattie avait changé sa sonnerie deux ans plus tôt, devinant qu'il ne saurait pas comment la remettre.

Encore un truc de vieux, constata Ray, chagriné.

Quand il partait courir, lui, c'était avec de la musique dans les oreilles, évidemment, et une appli de géolocalisation et une appli de *running* couplée à une appli de *monitoring* physique. Il aurait été pour ainsi dire incapable de courir sans son téléphone.

Lorsque le fixe sonna, Ray souleva le combiné comme s'il s'agissait d'un accessoire sur le plateau d'une émission de cuisine.

– Allô ?

– Allô, c'est George Riggs, je…

– Oh… euh… George !

Ray se mit à faire les cent pas (pour autant que le cordon le lui permettait), regrettant instantanément d'avoir décroché.

– Euh… c'est Ray… Riggs.

Pourquoi avait-il précisé Riggs ? C'était ridicule.

– Génial. Waouh, s'exclama George avec autant d'enthousiasme que possible. Comment ça va, Ray ?

– Bien… Et… vous… ça va, là-bas ?

Il sentait la sueur dégouliner dans son dos. Il s'aperçut qu'il avait pris une voix plus grave pour paraître plus âgé et c'était idiot. Était-ce trop tard pour changer ?

– Super.

Misère. La galère… Ray avait beau se creuser la tête, il n'arrivait pas à se rappeler le nom de la boîte où George travaillait, ni le prénom de sa jolie petite amie rousse. Ça lui reviendrait sûrement à la minute où il aurait raccroché.

La conversation aurait été beaucoup plus naturelle entre deux parfaits inconnus.

– OK, tu voulais sûrement parler à…

Mille possibilités défilèrent dans son esprit : « ton père », « Adam », « papa »…
– … papa ?
Sa voix avait pris une tonalité aiguë, gênée et paniquée.
– Euh, oui. Il est dans le coin ? J'ai essayé sur son portable, mais…
– Non, il est parti courir. Je lui dirai que tu as appelé.
– Super. Merci, Ray.
– Super.
– OK, alors, à bientôt, j'espère.
– OK… c'était sympa de t'avoir au téléphone.
Non, il avait vraiment dit ça ?
Il raccrocha avec l'envie de pleurer. C'était son frère, quand même.

– Je prendrai la navette de seize heures.
– OK. Tu me manques. Tu es sûre que ça va aller ?
– Oui. Passe à la maison ce soir, c'est l'occasion ou jamais. Première rencontre tranquille, improvisée.
Emma faisait les cent pas devant les poubelles à l'arrière du supermarché, ignorant Francis qui la surveillait par la fenêtre. Sa pause était terminée, mais en général, il lui laissait quelques minutes de plus.
– J'ai bien réfléchi et je me suis dit que si on faisait des présentations formelles, elle risquait de te bombarder de questions.
– Et sinon ?
– Tu auras juste droit à une poignée de questions.
– Tu me stresses. Si je commence à répéter sans arrêt « désolé », tu me donneras un petit coup de pied discret.

Emma rit.

– J'aimerais que ma mère voie à quel point tu es adorable, comme ça, ensuite, lorsqu'elle apprendra ce que tu fais dans la vie et tout ça, elle aura un *a priori* favorable. L'idée, c'est qu'elle t'aime avant de pouvoir te détester.

– Et si ce soir, d'entrée de jeu, elle me pose la question… qu'est-ce qui se passera ?

– Non, je ne pense pas qu'elle attaquera direct. Faut qu'on la joue détendus. Elle se croit tellement plus cool que les parents qui demandent d'entrée de jeu aux amis de leurs enfants ce qu'ils font comme boulot ou comme études.

– Bizarre. OK. Mieux vaut le savoir.

– Passe vers neuf heures. On dira qu'on va retrouver des copains à Prospect Park. On fait comme si on était amis depuis pas longtemps, presque de simples connaissances, d'accord ?

– C'est assez loin de la vérité, Em. Je suis un super mauvais comédien.

Elle rit à nouveau.

– Sois sympa, c'est tout. Ça, ce n'est pas de la comédie.

– OK. Compris.

Elle l'entendait tapoter nerveusement son pied contre son bureau, et ce n'était pas bon signe.

– À tout à l'heure…

Elle s'interrompit avant d'ajouter :

– Je t'aime.

– Bon sang, je t'aime aussi.

– Je pensais que tu préférais pêcher en mer.

Ray fit volte-face. Le ponton s'avançait sur l'étang comme un vieux doigt gris et tordu. En habituée, Quinn avançait dessus d'un pas léger, évitant les planches les plus vermoulues. Il se retourna face à sa ligne plongée dans l'eau calme de l'étang.

– C'était mon intention… et finalement, je suis venu ici à la place.

– Qu'est-ce qui ne va pas ?

– Rien. Pourquoi ?

Tout à coup, voilà qu'elle était assise à côté de lui, trempant ses pieds dans l'eau. Il avait l'étrange impression que le temps ne se déroulait pas de la même manière pour Quinn. Elle était debout, puis assise, puis à genoux et brusquement allongée. Sans jamais qu'on l'aperçoive en mouvement.

– Tu viens pêcher dans l'étang quand tu es triste.

Il se tourna vers elle.

– C'est pas vrai.

C'était vrai ?

– Et dans la mer quand tu es heureux.

Non, pas du tout. Si ?

Quinn n'essayait jamais d'imposer à quiconque son point de vue. Elle écartait les mains et le laissait s'envoler telle une libellule. À son interlocuteur de l'attraper ou pas. Et même si on refusait de l'attraper, on le sentait qui vous tournicotait tout autour, c'était perturbant.

– C'était qui, tout à l'heure ? demanda-t-elle.

– De quoi ?

– Qui a appelé sur le fixe de la cuisine ?

Avait-elle entendu toute la conversation ? Elle était tellement discrète. On ne pouvait pas dire qu'elle espionnait... mais elle se perchait dans un coin et absorbait tout ce qui se passait aux alentours.

– Ah... Oui... c'était George.

Il contempla ses doigts maculés de vers écrasés.

– George Riggs ?

– Ouaip.

Il était content qu'elle n'ait pas dit « ton frère George ».

– Il voulait parler à Adam.

Elle se pencha vers le seau de Ray et saisit son seul occupant gigotant pour le rejeter dans l'étang.

– Hé !

– Tu ne vas quand même pas le garder, pauv' petit !

– Non...

Il remonta sa ligne et accrocha un nouvel appât à l'hameçon.

– Si tu relances ta ligne tout de suite, tu vas rattraper le même !

Ray se mit à rire. Parfois, il se disait en effet qu'il pêchait et repêchait toujours le même poisson. C'était une pensée assez déprimante pour démoraliser n'importe qui.

– Comment il va ?

– George, tu veux dire ?

– Oui.

– Je ne sais pas. Bien.

– Vous n'avez pas discuté longtemps.

Ray demeura un instant silencieux.

Elle ne parlait pas non plus.

– Je ne sais jamais quoi lui dire, s'entendit-il répondre.

Parfois, le simple fait que Quinn ferme la bouche lui faisait ouvrir la sienne et dévoiler des sentiments inattendus. Comment cela se faisait-il ?

Elle hocha la tête.

– C'est un gars super. Je sais.

Quinn sourit.

Il se sentait bête, furieux contre lui-même. Il aurait aimé effacer ses mots, mais ils restaient là, à flotter dans les airs.

– Tu es amie avec lui, non ? Je veux dire, en dehors de tout ça.

« Tout ça » était, dans leur cas, leur famille à la géométrie bizarre. Quinn était la sœur de George par alliance, mais pas par le sang. Elle n'était pas liée à lui par l'ADN d'un père inconstant, contrairement à Ray.

– Oui. Plus ou moins.

Elle pointa les orteils hors de l'eau.

– Je lui envoie des graines, parfois.

– Des graines ?

– Oui, de navet, de topinambour, de patate douce. Il est bénévole dans un jardin communautaire à Oakland.

Évidemment. George plantait des légumes dans un jardin communautaire lorsqu'il ne bossait pas cent heures par semaine dans une start-up d'informatique ou qu'il n'était pas occupé à sauver des dauphins des marées noires.

Ray se sentait soudain trop abattu pour sortir les semi-mensonges habituels sur le fait qu'il aurait aimé vivre plus près de George.

– Je ne le connais pas vraiment, dit-il à la place. Je ne l'ai pas vu depuis... quoi ? Deux ans.

Il regarda sa sœur. Ses petits ongles noirs pianotaient sur le ponton, ses jambes bronzées se confondaient avec les planches. Les veines de ses bras étaient apparentes, comme chez une personne plus âgée, mais ses cheveux en bataille, coincés derrière ses oreilles, lui donnaient un air enfantin. C'était la seule fille aux cheveux courts de sa connaissance, mais avait-elle seulement déjà mis les pieds chez le coiffeur ?

— C'est triste, dit-elle.

— Ouais, sûrement.

C'était important à ses yeux que George soit son frère, parce que sinon Ray avait trois sœurs. Quatre en comptant Esther. Ray avait gardé punaisé sur son panneau de liège le billet du match des Nets où George l'avait emmené quand il avait douze ans. Il n'arrivait pas à le jeter, alors « hockey », il l'avait gardé !

Quinn cogna gentiment sa jambe contre la sienne.

— C'est pas ta faute.

Ray fit comme s'il n'avait pas compris, alors qu'il voyait très bien ce qu'elle voulait dire.

— Quand Adam a quitté la Californie, tu n'étais même pas encore né, poursuivit-elle.

Il haussa les épaules.

— Ce n'était pas cool pour eux, je sais. Mais toi, tu n'as rien fait de mal.

Ray n'avait rien fait de bien non plus. Il s'était contenté de traîner ses couches de bébé braillard tandis que George allait à Stanford et remportait un super prix en génie mécanique. Si ce gars ne méritait pas d'avoir son père à ses côtés, alors qui donc le méritait ? Certainement pas Ray.

Lorsque Adam avait rencontré Lila, George et Esther étaient encore au collège. Adam avait déjà divorcé de Gina, leur mère, mais il habitait à cinq minutes de chez eux, à Sausalito, et les prenait un week-end sur deux, à ce que Ray avait compris. Six mois plus tard, Adam tombait amoureux de Lila et déménageait à l'autre bout du pays. Depuis, il ne revenait en Californie que deux fois par an. George et Esther étaient venus passer une semaine à Wainscott chaque été tant qu'ils étaient au lycée, et ensuite, ils n'étaient plus venus du tout. Ray n'avait que des souvenirs très flous de cette époque.

Adam et Lila s'étaient mariés dans le jardin de la maison de Brooklyn alors qu'elle était déjà bien enceinte. Ray avait toujours su que sa naissance était un « accident ». Pourquoi avoir un autre enfant quand on ne s'occupe déjà pas des deux premiers ?

Tout ce que Ray savait de ce mariage, il l'avait déduit des photos qui, il devait bien l'admettre, le fascinaient. Surtout les mines déconfites de ses cinq demi-frère et sœurs. Il avait même imaginé les préliminaires : Gina expédiant à contrecœur George et Esther de Californie, tout boudinés dans leurs habits du dimanche. En photo, ils ont une tête d'otages sur une vidéo de demande de rançon. Les trois filles de Lila avec leurs frusques hippies de récup semblent s'être trompées de fête. Même Emma n'a pas l'air bien sûre d'elle, ce jour-là. Quinn ouvre de grands yeux graves. En regardant de plus près, on voit que, sur chaque photo, elle tient la main de Mattie bien serrée dans la sienne.

Pourquoi les parents infligent-ils à leurs enfants l'épreuve d'assister à leur remariage ? Ray imagina un livre d'art réalisé par une photographe genre Diane Arbus, à paraître aux environs de

Halloween : *Papa se remarie avec une dame qui n'est pas maman. Ou l'inverse.*

Ce soir-là, sur le perron de la maison de Brooklyn, Emma entendit sa mère dire :

– Excusez-moi, je n'ai pas bien saisi votre nom.

Il était 20 h 56, selon son portable, et Jamie se tenait dans l'encadrement de la porte, un beau portrait, tout en longueur et tout stressé. Elle fonça dans le couloir pour rejoindre sa mère. Forcément, il n'était pas pile à l'heure. Forcément, il était en avance.

– James Hurn. Hum, Jamie.

Il tendit la main comme s'il se retrouvait face au président de la République.

– Je suis un ami d'Emma.

Il avait un peu trop appuyé sur le mot « ami ».

– Je suis sa mère, Lila, dit-elle en le toisant de la tête aux pieds.

– Salut, Jamie ! lança Emma avec un enthousiasme sans doute légèrement exagéré, le cœur battant. Comment ça va ?

– Entrez donc, fit Lila en s'écartant pour le laisser passer avant de refermer la porte derrière lui.

Elle était en jean et chaussons et portait un cardigan avec un gros trou de mite dans le dos. Elle ne s'était visiblement pas lavé les cheveux depuis une semaine. Emma était tellement inquiète de ce que sa mère allait penser de Jamie qu'elle avait oublié de s'inquiéter de ce que Jamie allait penser de sa mère.

– Je vais rejoindre des amis à Prospect Park, et je suis passé pour voir si Emma voulait venir.

Oh, misère. On aurait dit qu'il récitait son texte.

— C'est une sacrée maison que vous avez là, ajouta-t-il d'un ton absolument pas cool.

Ce n'était pas le bon stratagème pour lui. Y en avait-il seulement un ?

Sa mère s'était retournée. Elle l'examinait avec attention.

— Vous voulez quelque chose à boire ?

Emma jeta un coup d'œil vers le salon, qui lui sembla étouffant, tout meublé de bois foncé et encombré de milliards de livres. Le moindre centimètre carré était recouvert de bazar. Voilà qu'elle s'inquiétait de cela également. Elle s'imagina le pavillon de banlieue de Jamie, clair, spacieux, avec une grande baie vitrée donnant sur une pelouse bien verte et un auvent pour voitures.

Sincèrement, c'est quoi, un auvent pour voitures ? Hein ?

— Eau, soda ? Bière, vin ? Vous êtes majeur, hein ? Vous avez faim ?

Lila était toujours sympa avec leurs amis, elle aimait les nourrir, leur demander ce qu'ils avaient lu ou vu récemment.

— Oui, madame, s'empressa-t-il de répondre, jetant un regard interrogateur à Emma.

Elle haussa les épaules, essayant de lui faire comprendre qu'il pouvait prendre ce qu'il voulait.

— Oui... je veux dire, je suis majeur. Et non merci, je n'ai pas faim. Je viens de dîner.

Lila regarda Jamie et Emma tour à tour, d'un œil perspicace. Ils se tenaient raides comme des baguettes, à une distance absolument pas naturelle. On aurait dit qu'ils attendaient la sentence de leur jugement. C'était tout sauf cool.

— Je peux vous offrir à boire, au moins ?

– Désolé. Euh... juste... euh... un verre d'eau ?
– Oui, bien sûr, acquiesça Lila. Asseyez-vous, allez-y. À moins que vous ne soyez pressés ? Emma ?
– Euh... merci, madame Harrison, fit Jamie dans le bref silence qui s'ensuivit. Non, madame. Je veux dire, oui, madame. Non, je ne suis pas pressé. Oui, j'aimerais m'asseoir.

Au bord de la noyade, il jeta un regard suppliant à Emma.

– On devrait peut-être y aller, fit-elle, assez fort pour que sa mère, qui était en train de lui servir un verre d'eau dans la cuisine, l'entende.

Elle sentait que ça tournait au vinaigre.

En un éclair, Emma eut ses chaussures aux pieds et son sac à la main. Mais c'était trop tard. Jamie s'était déjà perché tout guindé au bord du canapé, face à sa mère, son verre d'eau à la main.

– Assieds-toi, Emma. Reste une minute.

Lila avait flairé quelque chose, elle en était sûre.

Elle s'assit. Cela semblait l'option la moins risquée.

– Juste une minute, alors.

– Comment avez-vous connu Emma ? demanda Lila à Jamie.

Sa fille serra les poings. Ça tournait au vinaigre et même carrément au désastre. Qui donc avait pu avoir une idée pareille ? Bon sang, elle avait horreur d'admettre qu'elle avait eu une mauvaise idée. Elle adressa à Jamie un sourire qu'elle espérait rassurant.

– Nous nous sommes rencontrés à... une soirée d'entreprise.

À quoi pouvait-elle s'attendre ? Jamie était d'une honnêteté pathologique. C'était une des choses qu'elle aimait chez lui.

Lila avait l'air perplexe, sans doute parce que le Black Horse Market n'organisait pas beaucoup de « soirées d'entreprise ».

– Et qu'est-ce que vous faites dans la vie ?
– Jamie est dans les affaires, intervint Emma.
Elle comprit immédiatement que c'était une erreur.
– Quel genre d'affaires ?
Emma soupira. Depuis quand sa hippie-bobo de mère travaillait-elle pour la Gestapo ?
– *Maman !*
Oh non, on aurait dit qu'elle avait douze ans.
– Quoi ? C'est un secret ? Vous êtes dans l'espionnage ?
– Investissements et placements, avoua Jamie d'un ton plat.
Ce n'était pas la bonne réponse. Lila aurait été plus aimable avec un employé de station-service qu'avec un banquier.
– Dans quelle entreprise ?
Jamie regarda Emma, au désespoir. Celle-ci se contenta de secouer la tête. Sans prononcer un mot, ni l'un ni l'autre.
– Qu'est-ce qui se passe entre vous ? les questionna Lila.
– Qu'est-ce que tu veux dire par là ? fit Emma d'une petite voix, incapable même d'exprimer la moindre indignation. Rien du tout.
– Vous êtes ensemble depuis combien de temps ?
Silence. Ils n'osaient même pas se regarder.
– Neuf semaines, finit par répondre Jamie, soulagé de dire enfin la vérité.
Lila dévisagea attentivement Emma.
– OK... Ça explique beaucoup de choses, ma chérie.
Emma soutint le regard de sa mère.
– Qu'est-ce que tu racontes ?
Lila sourit.
– Je *savais* qu'il se tramait quelque chose. Je savais que tu avais

quelqu'un dans ta vie. Mais pourquoi avez-vous un comportement si étrange ? Pourquoi tant de cachotteries ?

Emma et Jamie échangèrent un regard, à l'agonie.

– Quoi ? Quoi ? Vous commencez à me faire peur, là.

Emma fit craquer ses doigts. Jamie avait l'air foncièrement mal à l'aise. Alors Emma prit une profonde inspiration, elle ouvrit la bouche... et rien n'en sortit.

– Mon Dieu, tu es enceinte ? la questionna Lila.

– Non ! Comment peux-tu imaginer une chose pareille ?

– Parce que je sais qu'il se passe un truc. Alors dites-moi ce que c'est.

Jamie n'y tint plus.

– Je suis analyste financier chez Califax Capital, avoua-t-il finalement, comme s'il avait tué quelqu'un. Pour M. Thomas. Enfin, pas directement. Je veux dire, c'est le patron de mon patron.

Lila s'affala dans son fauteuil.

– Sérieusement ?

Elle semblait plus dégoûtée que soulagée.

– Oui, répondit-il, tête basse.

– Et c'est comme ça que vous vous êtes rencontrés ? Grâce à Robert, j'imagine.

– Plus ou moins, répondit Emma.

Lila prit un air soupçonneux.

– Il n'aurait pas tout arrangé par hasard ?

– Non ! s'empressa de la détromper Emma. Pas du tout. Il n'est même pas au courant.

Lila soupira.

– Je comprends.

Elle considéra Jamie en secouant la tête.

– Vous, les jeunes qui bossez pour Robert, vous êtes pires qu'une secte.

Emma se leva.

– Non, maman, tu n'as rien compris. Et c'est affreux de dire ça.

Elle prit son sac. Jamie se leva également, son regard hésitant allait d'Emma à sa mère.

Lila soupira à nouveau.

– Je crois que j'aurais préféré que tu sois enceinte.

– Oh, mon Dieu, maman !

Lila se tourna vers Jamie pour ajouter sèchement :

– Mais pas de vous.

Cher autre Sasha,

Citation du jour de notre glorieux directeur : « C'est bizarre. Une semaine, Ray est mignon et travaille dur. Et la semaine suivante, il sourit tout le temps et porte des cartons plus lourds. »

Je ne vois pas à qui il fait référence entre toi et moi.

Au fait, il a décidé de m'appeler Little Ray.

La vraie Sasha

– On n'a pas été si cool, finalement, se lamenta Jamie alors qu'ils se laissaient tomber tous les deux sur la banquette d'un resto de la 7e Avenue.

Emma lui prit la main.

– Je crois que la coolitude n'est pas la bonne stratégie pour nous tout compte fait. On n'est pas très doués pour jouer la comédie.

– Je vais faire des efforts, promit-il.

– Je ne veux pas.
Elle prit une gorgée de thé glacé.
– C'est le problème de ma mère, pas le nôtre. Elle est dingue. Mes deux parents sont dingues. Ils se rendent dingues.
Elle haussa les épaules.
– Et dire que, pris séparément, ils pourraient être des gens bien.

8

VOILÀ COMMENT JE LA VOYAIS QUAND JE NE SAVAIS PAS ENCORE QUI C'ÉTAIT

– Qu'est-ce qu'on fait ici ?

Ray avait à peine franchi le seuil. Il flottait entre les différentes portes qui donnaient sur l'entrée, sans oser en pousser une. Selon Parker, les filles de l'Upper East Side étaient plus sexy. C'était peut-être vrai, mais entre la hauteur des talons et celle, inversement proportionnelle, des jupes, Ray se dit qu'il aimait sans doute mieux les filles de Brooklyn.

Qu'est-ce qu'il fabriquait là ? Il n'y avait pratiquement que des gamins du cercle d'écoles privées qu'il préférait éviter, mais Parker connaissait quelqu'un qui connaissait quelqu'un. Et Ray n'était pas là pour se trouver une copine. Il pensa à Violet, à East Hampton. Il était revenu à New York avec Mattie pour la soirée afin de prendre quelques affaires et conduire sa mère à Wainscott le lendemain matin. Son service au magasin commençait à treize heures. Violet s'était plainte qu'elle n'allait pas s'amuser sans lui et l'avait encouragé à ne pas s'amuser non plus. Alors, docile, il obéissait.

Il y avait une fille, toute seule, à la porte de la cuisine. Il n'aurait su dire si elle attendait une amie, ou que les toilettes se libèrent ou quoi. Elle ne portait pas une jupe minuscule, ni même un legging moulant, mais un vrai pantalon. Elle était petite, avec de longs cheveux bruns. Et la peau mate. Peut-être d'origine hispanique, pensa-t-il. Il ne voulait pas avoir l'air de la fixer, mais quand elle se retourna pour poser son gobelet en plastique sur la table de l'entrée, il nota les généreuses proportions de ses hanches comparées à sa taille. Et même si son haut n'était pas particulièrement court ni serré, difficile de ne pas remarquer que, pour une fille si menue, elle avait une belle poitrine ronde. Parker était toujours attiré par les grandes sportives, élancées, alors que cette fille-là avait le genre de corps de femme que Ray adorait.

Elle n'avait pas l'air pressée et il n'y avait pas de toilettes en vue. Il la voyait de profil, ses cheveux cachaient son visage, mais il devinait qu'elle était jolie. Elle ne faisait rien de ses mains. C'est un autre détail qui le séduisit.

« Si tu es tout seul, rabats-toi sur ton portable. » C'était la règle absolue, jamais remise en cause. Pourquoi n'avait-elle pas le nez sur son téléphone ? Elle leva les yeux vers lui. Il se rendit alors compte qu'il était tout seul et qu'il ne regardait pas non plus son téléphone. Il la regardait, elle. Il la regardait sûrement comme un personnage de dessin animé, avec de gros yeux ronds exorbités montés sur ressorts.

Et voilà, elle l'avait pris sur le fait. Il lui fit un petit signe. Elle sourit et le lui rendit, un peu gênée. Son visage lui disait quelque chose. D'où pouvait-il bien la connaître ? Ou alors c'était juste qu'il aimait ce genre de visage.

Il fallait qu'il détourne les yeux. Qu'il regarde ailleurs. Ou alors qu'il dise quelque chose, peut-être ? Ce serait sans doute bizarre mais ils en étaient à un point où ne rien dire serait encore plus bizarre, non ? Il n'était pourtant pas du style à couper les cheveux en quatre comme ça, d'habitude.

Une de ses amies sortit alors de la cuisine. Membre de la tribu des blondes à microjupe. Il en profita pour observer la fille un peu plus longtemps. L'avait-il déjà croisée ? Elle lui jeta un regard alors que son amie l'entraînait dans le couloir. Pris en flagrant délit, encore.

Elle avait une étrange façon de marcher, en traînant les pieds. Une poignée d'étincelles scintillèrent dans sa mémoire, mais s'éteignirent avant qu'il puisse leur donner du sens. Petite et humble, elle contrastait singulièrement avec son amie perchée sur ses talons aiguilles. Sur leur passage, il vit les garçons se retourner sur la blonde alors que c'était celle au pas traînant la vraie bombe, son corps magnifique caché par ses vêtements simples. C'était le genre de beauté que seul quelqu'un d'aussi profond que lui pouvait apprécier. C'était un peu ridicule de penser ça de soi, mais il continua à le faire quand même, comme s'il était l'unique découvreur de sa beauté.

Tu n'es pas là pour te trouver une copine, se rappela-t-il, un peu perplexe et perdu, tandis qu'elle s'éloignait.

Dans le salon, Parker était perdu à sa manière. Son portable illuminait son visage. Il leva les yeux.

– Ah, te voilà. On y va.

Ce qui voulait dire soit qu'il ne connaissait personne finalement, soit qu'il n'y avait plus de bière.

Dix minutes plus tôt, Ray aurait décollé avec joie, maintenant, il cherchait à gagner du temps.

– Il y a de la bière dans la cuisine, souligna-t-il.

– J'en ai bu trois. Du coup, les filles me semblent plus mignonnes... mais pas plus sympas.

– Ils jouent au *beer pong* dans une des chambres.

– Y a dix personnes qui attendent leur tour.

– OK, je passe aux toilettes et on y va, fit Ray.

Il entreprit un long circuit à travers tout l'appartement. Il savait qui il cherchait sans savoir toutefois ce qu'il ferait quand il la trouverait. Il alla de pièce en pièce en essayant de ne pas avoir l'air trop pervers ni trop lourd. Il retenait son souffle chaque fois qu'il franchissait une porte. Qu'est-ce qui lui prenait ?

Mais la fille n'était nulle part. Il attendit même devant les toilettes, en vain.

Elle avait dû partir. Bizarrement, il sentit son cœur se serrer, et en même temps une petite bouffée de soulagement. Il le savait comme on sait les choses vraiment importantes : sa démarche traînante avait le potentiel de déclencher chez lui des sentiments compliqués. Du genre qu'il n'avait jamais éprouvés pour une fille avant. Et maintenant, il ne les éprouverait pas. Il n'aurait pas à les ressentir.

Mattie et Ray étaient revenus à Brooklyn en fin d'après-midi ; elle devait prendre des vêtements et aller chez le dentiste. Puis tandis qu'il allait à une soirée chez une fille à Manhattan, elle était restée à la maison pour fouiner et dégotter la photo dans l'un des classeurs de la cave.

Avec un pressentiment tenant du surnaturel, elle avait su où chercher parmi les reliques : des montagnes de clichés jaunis, des négatifs lisses montrant les dents noires d'ancêtres fantomatiques.

Elle se trouvait au milieu d'une liasse de photos retenues par un élastique, avec un morceau de papier où était noté « 1997 » de la main de sa mère. Des photos de bord de mer, rien de bien extraordinaire, sauf que le casting n'était pas habituel. Au lieu de son père en sueur, sans âge, pas vraiment à sa place avec son short à fleurs et ses Ray-Ban, on y voyait un homme blond en combinaison de plongée décolorée, un surf à la main, comme s'il était né sur cette plage. Sur celle-ci, il tirait Emma sur une planche miniature. Sur une autre, il tenait la main de la petite Quinn, en équilibre sur son surf. Là, il était avec sa mère, sa très jeune mère, leurs quatre pieds enfouis dans le sable et les vaguelettes. Elle supposait que c'était sa mère qui avait pris les autres photos, mais qui avait donc pris celle-ci ? Elle avait l'impression qu'ils n'étaient pas conscients de la présence du photographe.

La question, comme toujours, était de savoir comment raccorder cette scène à leur vie ? Au grand chambardement ? C'était juste après. Quelques mois plus tard, sans doute. Si proche du désastre et pourtant si paisible en apparence.

Mais la photo qui arrêta son regard plus que toute autre montrait le même Jonathan Dawes, toujours aussi blond, avec elle, bébé. Elle était dressée, debout sur ses paumes ouvertes, en équilibre au-dessus du sable, avec une expression de peur et de ravissement mêlés. Avait-elle un souvenir de ça ? D'être perchée dans les airs sur ses mains, anticipant le plongeon sur le sable doux ?

Non, elle était trop jeune. Elle se rappelait sans doute seulement avoir vu la photo.

Elle étudia son visage, les yeux plissés, tourné vers elle. Il souriait, tout à la joie de l'instant. Non, peut-être pas complètement, il avait l'air concentré et prudent, aussi.

Lorsqu'il quitta la soirée, Ray avait l'esprit embrouillé et le regard vide. Les portes de l'ascenseur s'ouvrirent, un troupeau de gens s'engouffra à l'intérieur, et il se retrouva brusquement juste derrière elle. À moins de trente centimètres. Il sentit l'odeur de ses cheveux avant même de l'avoir vue. Cette odeur lui fit tourner la tête. Elle remonta directement à une partie de son cerveau qui ne s'exprimait pas avec des mots. Il ne voulait pas regarder sa poitrine, mais comment faire ? Il était soudain électrisé et mal à l'aise.

À côté d'elle se tenait son amie, une autre amie, une fille aux cheveux bruns remontés en chignon.

– Tu es bien Parker Murray ? lança son amie à elle à son ami à lui.

Parker leva le nez de son portable pour confirmer :

– Ouais.

– Le pote de Zach Kaplan ?

– Ouais, je croyais qu'il devait passer ce soir, répondit Parker. Tu es à Trinity ?

– Non, au Sacré-Cœur. J'ai connu Zach en vacances.

Ils discutaient tranquillement, l'ascenseur descendait normalement, en bipant à chaque étage, et Ray était submergé par l'afflux d'émotions à son cerveau, peinant à refaire surface, avec l'impression de planer et de se noyer en même temps. Il fixa la raie de ses cheveux bruns, qui n'était pas tout à fait droite. Il était emporté par quelque chose qu'il ne comprenait pas.

Sans prévenir, elle tourna la tête et le regarda. Elle avait un petit visage fin et délicat, le menton pointu, de grands yeux qui, sous cet éclairage, paraissaient couleur bronze. Il fut à nouveau pris en flag, à nu, dérouté, incapable de se recomposer une expression à temps.

Elle n'eut pas l'air fâchée ; il ne détourna pas les yeux. Elle était aussi surprise, aussi déroutée. Elle se retourna et resta à regarder droit devant.

Son cœur battait si fort qu'il se demandait si ça se voyait de l'extérieur, à travers sa chemise, si peut-être elle sentait les vibrations dans son dos.

À nouveau la même question : la connaissait-il déjà ? Mais d'où ?

Hébété, il suivit le troupeau dans le hall d'entrée. Ils étaient tous plantés sur le trottoir, au pied de l'immeuble, un peu gênés, quand la brune au chignon se tourna face à lui pour dire :

– Je m'appelle Chloé Neil. On se connaît ?

– Je ne sais pas. Je ne crois pas. Moi, c'est Ray.

L'amie de la fille au chignon émit un petit bruit, comme si elle avait le souffle coupé. Tout bas, mais ça le remua. Il sentait son regard sur lui. Il baissa les yeux vers elle, en état d'alerte.

Après cela, il eut l'impression qu'il vivait ce qui se passait, qu'il pressentait ce qui allait se passer et se rappelait ce qui était en train de se passer en même temps.

Chloé se tourna vers sa copine, impatiente. Elle lui donna un petit coup de hanche.

– Allô ? T'as une langue ?

– Moi, c'est Sasha, fit-elle en posant ses grands yeux, étranges et magnifiques, sur Ray.

Il mit un temps à réaliser que la plus improbable des probabilités venait de s'accomplir. Il pensait au ralenti, comme empêtré dans plusieurs couches d'air et de liquide, comme s'il avait de l'eau dans les oreilles.

Ça signifie... Ça veut donc dire qu'elle...

Non. Il y avait d'autres Sasha sur la place de New York. Il y avait plein de Ray. Tout du moins, il y avait quelques autres Ray. Mais cette façon qu'elle avait de le regarder et la manière dont elle avait dit...

Elle y a pensé aussi, non ? Et si elle y a pensé aussi, ça veut dire que c'est vrai, non ?

– Tu ne serais pas... Sasha Thomas ? fit-il.

Il se devait de poser la question. Cette éventualité le paralysait.

– Vous vous connaissez ? s'étonna Chloé, ayant détecté l'étrange atmosphère entre eux.

Mal à l'aise, Chloé et Parker les regardaient se regarder.

Sasha le dévisagea ouvertement.

– Tu es... Tu n'es pas... Tu es vraiment Ray ?

Il était plus ou moins Ray. Pas tout à fait Ray. Il ne savait plus du tout qui il était, merde. Sa bouche répondit avant lui :

– On m'appelle parfois Sasha.

Elle laissa échapper un petit rire, qui les surprit tous les deux. Ils regardèrent autour d'eux, cherchant d'où il provenait. Son cœur se gonfla, exalté par ce son.

Elle riait encore. Elle avait un sourire magnifique.

– Il est arrivé qu'on m'appelle Ray, déclara-t-elle.

– Visiblement, vous vous connaissez, entendit-il Chloé dire dans le fond.

Apparemment, elle n'appréciait pas beaucoup les *private jokes*.

– Non, répondit Sasha au bout d'un moment d'une voix assourdie.

Il vint à sa rescousse.

– Non, on ne s'est même jamais rencontrés.

Chloé avait commandé un Uber. Elle consulta son portable, appela le chauffeur, entraîna Sasha vers le coin de la rue.

Sasha tenait à peine sur ses pieds car elle ne les sentait plus. Ray (Ray!) s'éloignait d'elle sur le trottoir.

– Cet idiot de chauffeur attend sur la 88e, pesta Chloé. Je lui ai dit Lexington Avenue, et c'est lui qui m'engueule.

Ray restait planté là, à la regarder. Parker partait déjà dans l'autre direction.

Sasha avait envie de dire quelque chose, mais elle ne savait pas quoi. Elle avait trop de choses à dire pour pouvoir en dire une seule. Aucun petit mot, aucun grand mot, ni rien entre les deux ne pouvait en aucun cas décrire ses émotions.

Lui aussi avait envie de dire quelque chose. Elle le sentait. C'était agaçant que cette Uberopathe de Chloé l'entraîne de force comme ça.

Elle était au désespoir. Les pensées rebondissaient, ricochaient dans sa tête sans parvenir à s'enchaîner vraiment. Et si elle ne le revoyait jamais ? Et si c'était la seule et unique occasion ?

Et elle n'avait même pas réussi à articuler un mot.

Elle lui fit signe jusqu'à ce que ses pas la mènent au coin de la rue. Elle avait envie de pleurer, ne supportant pas l'idée de le perdre de vue. Elle aurait pu s'arracher à l'emprise de Chloé, mais pour quoi faire ? Courir le rejoindre, se planter devant lui pour ne rien dire encore ?

Sans l'avoir jamais rencontré, elle savait plus ou moins à quoi il ressemblait. Qu'il avait les cheveux clairs et raides comme Mattie. Qu'il était grand et sportif comme Emma. Elle avait vu quelques photos au fil des années. Pas assez pour le reconnaître hors contexte, juste assez pour se faire une idée.

Mais elle ignorait comment il était vraiment, comment il bougeait, parlait, respirait en 3D. Ce Ray était son Ray. C'était le Ray qui lisait ses livres et dormait dans son lit. Son Ray et ce Ray ne faisaient qu'un. Et ce Ray était un véritable individu qui n'appartenait à personne. En réalité, elle n'avait pas de Ray.

– Tu viens, Sash !

Le chauffeur les klaxonna. Chloé était déjà dans la voiture avant que Sasha ne comprenne ce qui se passait.

Sasha pressentait que, dès qu'elle serait montée à bord et qu'elle aurait claqué la portière, cette parenthèse incroyable se refermerait, si complètement que ce serait presque comme si elle n'avait pas existé du tout.

– Sasha ! Il me reste quatre minutes pour rentrer à l'heure. Toi, tu es déjà en retard.

Ah bon ?

– Et c'est toi qui as insisté pour partir.

Sasha se hissa péniblement dans le véhicule et claqua lourdement la portière. Elle jeta un regard par la fenêtre tandis qu'ils démarraient, s'éloignant de lui.

Chloé se tourna vers elle.

– C'est quoi, cette histoire ? Je croyais que tu ne le connaissais pas.

Sasha n'était pas prête à se confier à Chloé. Elle voulait se raccrocher aux dernières images de Ray. Il y avait eu tant de Ray imaginaires et si peu du vrai Ray. Elle ne voulait pas mêler le point de vue de Chloé à cette histoire et risquer qu'elle déforme encore plus la scène.

Elle ne voulait même pas le voir de son propre point de vue. Elle voulait juste se raccrocher à lui, tel qu'il était. Cette force particulière qui transparaissait dans son rire, son attitude, son sourire. Ses mains, ses yeux, ses pieds dans ses chaussures. Pas un détail spécifique, mais l'impression générale, l'impression qu'il donnait en tant que vraie personne en chair et en os.

Les larmes lui serraient la gorge. Elle aurait aimé être encore près de lui, sentir l'étrange chaleur qui émanait de son corps. Ou bien se l'était-elle imaginée ?

– Il avait pourtant l'air de te connaître.

Chloé continuait à la dévisager avec insistance.

Sasha haussa les épaules, hébétée.

– On a juste quelques connaissances en commun.

– Il est super mignon, tu ne trouves pas ? On aurait dû prendre son numéro. On pourrait lui mettre un message sur Facebook. Son copain était pas mal non plus.

Chloé fouilla dans son sac à la recherche d'un chewing-gum pour masquer l'odeur de cigarette et d'alcool.

Sasha aurait pu lui apprendre que Ray n'était pas sur Facebook, mais elle ne le fit pas. Elle le savait parce qu'il l'avait demandée en amie au collège, mais qu'elle s'était dégonflée. Un an et demi plus tard, elle avait regretté sa décision, mais le temps qu'elle trouve le courage de le contacter, il n'y était plus.

« Il a fermé son compte », l'avait informée Mattie, laissant Sasha sur sa faim, comme toujours.

– Je crois qu'il est sorti avec Piper Greenlow, continuait Chloé. Tu la connais ? De Chapin ? Elle s'est vantée qu'un copain super canon de Zach Kaplan de Brooklyn l'avait appelée.

Sasha n'avait rien à répondre à cela. Elle fixait le feu de Park Avenue en le suppliant de ne pas passer au orange. Elle fut soulagée lorsque la voiture s'arrêta dans la 74e Rue.

– Salut. Merci de m'avoir déposée, dit-elle avant de claquer la portière.

Elle ne pensait pas à Chloé. Ou seulement pour regretter de l'avoir laissée l'entraîner loin de Ray. (Ray?)

Mais c'était bête, pensait-elle mécaniquement en composant le code pour entrer chez elle. Il était temps qu'elle se reprenne, qu'elle arrête ces idioties. Elle n'aimait pas la façon dont ses pensées s'égaraient. Il fallait qu'elle se secoue.

Ray n'était pas son ami. Ni son petit ami. Il n'était son Ray en aucune façon. Ils n'avaient aucune relation et n'en auraient jamais. Même s'ils partageaient la même chambre et qu'elle s'imaginait qu'ils avaient un lien spécial, ce n'était pas vrai. Ce n'était que dans sa tête et nulle part ailleurs. Ils vivaient de chaque côté d'un gouffre créé par deux personnes qui se détestaient furieusement.

C'était ainsi et pas autrement. Il n'y avait aucune raison, aucun intérêt à essayer de traverser ce gouffre. C'était de la pure perversité de vouloir fréquenter la seule personne au monde qui lui était complètement inaccessible.

Mais… et si elle était restée avec lui sur le trottoir ? Qu'est-ce qu'il aurait fallu dire ou faire ? Elle ne voyait pas.

Ray dit à Parker de rentrer sans lui. Il avait envie de marcher. Parker ne voulait pas le laisser seul. Il l'accompagna jusqu'à la station de métro sur la 59ᵉ.

– Pourquoi t'es tout bizarre, là ? Tu la connais ou pas, cette fille ?

Ray n'avait pas envie de répondre. Il était trop préoccupé, trop remué. Il se repassait son visage, son rire, essayant de donner du sens à tout ça, de la graver dans sa mémoire.

Mais une fois qu'ils furent à bord du métro, ligne 4, il répondit quand même :

– Oui et non. Je ne la connais pas. Mais nos parents ont été mariés. Ma mère et son père.

– Tu plaisantes ?

– Non.

Il fixait le plafond de la rame. Il passa la main dans ses cheveux, qui restèrent tout dressés. Emma détestait ça. Elle raplatissait sa mèche comme si c'était ses propres cheveux.

– Ah ouaaaaiis !

Parker laissa échapper un long sifflement.

– C'est elle, la fille ! Celle qui laisse son bazar partout dans ta chambre.

Ray appréciait la sympathie de Parker.

– En tant que camarade de chambre, elle est beaucoup plus à plaindre que moi, marmonna-t-il, hébété.

– Elle a l'air cool. Super mignonne.
– Le truc qui est vraiment dingue, c'est que je n'en avais aucune idée.

Il rougit à la pensée de son corps, de l'attirance qu'il éprouvait.

– J'aurais sans doute dû la reconnaître, mais non. Je l'ai regardée comme si c'était... tu sais, quoi... une fille.

Parker ne sembla pas comprendre ce qu'il voulait dire.

– C'est une fille.
– Non. Pas pour moi.
– Comment peux-tu savoir ce qu'elle est pour toi ? Tu viens de dire que tu ne la connaissais même pas.
– Je ne dois pas...

Le néon du métro vacilla un instant.

– ... la connaître.
– Pourquoi pas ? s'étonna Parker. Ce n'est pas comme si vous aviez un lien de parenté. Pas du tout.

Ray laissa presque échapper un petit rire.

– Si tu dois préciser ça, alors ce n'est pas bon signe.

9
S'ENRICHIR EN DONNANT

Emma intercepta Jamie sur le perron de la maison de Wainscott. Il était tellement beau dans sa veste et son pantalon en toile beige, les cheveux bien peignés. Elle savait qu'il faisait de son mieux.

– Aucun stratagème, cette fois, promis, lui glissa-t-elle à voix basse en l'embrassant sur la pommette. Plus de secrets. Je leur ai tout dit ce matin. Mon père est tellement surexcité qu'il risque de te sauter au cou.

Jamie était trop stressé pour rire, mais ces nouvelles eurent l'air de l'encourager et de lui redonner espoir. Ses cordes étaient tendues, vibrant en harmonie avec les siennes.

Elle savait maintenant interpréter les signaux : il tapait du pied et faisait tourner ses doigts comme des moulins quand il angoissait; il émettait un petit râle de contentement lorsqu'il se retrouvait seul avec elle; il posait son pouce sur sa tempe quand il devait se concentrer pour le travail; et en toutes circonstances, son regard était clair et franc.

Va savoir pourquoi, elle avait toujours cru devoir rechercher chez les hommes la force et l'opacité. Mais c'était au contraire de voir les failles de Jamie de près qui l'avait touchée au plus profond.

Elle serra sa main dans la sienne.

– Ça se présente bien. Tu n'as qu'à être toi-même.

De la terrasse, Jamie contempla la pelouse qui descendait jusqu'à l'étang. Comme si on le lui avait soufflé, il remarqua :

– C'est l'un des plus beaux endroits que j'aie vus de ma vie.

Ils hochèrent tous la tête en signe d'approbation. Quinn avait presque envie de rire devant ces petites têtes qui s'agitaient de concert.

C'était le moyen le plus court d'atteindre le cœur de la famille. Et d'y demeurer, sans doute à cause de tous les efforts consentis pour ce lieu, tous les compromis et les désaccords. Aussi parce que c'était vraiment beau.

À l'intérieur, la table était mise. Quinn avait vu Emma vérifier la position exacte de la moindre petite cuillère, de la moindre fourchette, façon majordome de *Downton Abbey*. Et Evie, comme toujours, avait été assez fine pour la laisser faire.

Evie était censée régner sur ce royaume, mais qui était vraiment complètement et loyalement dans son camp ? Pas Emma ni Mattie. Elles l'avaient pourtant connue seulement quelques années après leur propre mère, mais elles restaient sceptiques, comme si elle avait surgi dans leur vie la veille. Sasha avait beau être au centre de l'existence d'Evie, Quinn savait qu'elle tendait à faire corps avec ses sœurs aînées. Robert aimait Evie, mais il était sous la coupe de ses puissantes filles. Quinn comprenait sa façon de penser : *Les filles ont été les victimes de la situation, non ? Ce n'étaient que des enfants. Tout ça, ce n'était pas leur faute.* Gus, le cochon d'Inde, était du côté d'Evie... sauf si quelqu'un d'autre pensait à le nourrir. Et vu les soucis qu'Evie avait avec le lave-vaisselle, visiblement même les appareils ménagers ne lui faisaient pas totalement confiance.

Ça semblait injuste qu'elle soit considérée comme la plus chanceuse de l'histoire, alors qu'elle encaissait les coups sans susciter la moindre compassion. Elle était pourtant généreuse, de mille façons des plus discrètes. Jamais elle ne faisait valoir que c'était grâce à elle s'il y avait un dîner sur la table, à manger dans le frigo, de l'essence dans la voiture. Elle ne s'asseyait jamais complètement, restant juste perchée sur le bord de sa chaise, comme si elle occupait une place réservée dans le bus, juste le temps que quelqu'un de plus méritant vienne la réclamer.

Ce soir, Emma avait autorisé Evie à préparer un plateau de fromages, raisin et crackers sous son œil vigilant. Maintenant que le petit groupe se retrouvait autour de la table basse pour les déguster, Quinn avait le cœur qui palpitait. Son esprit voulait rendre visite à chacun. Elle ne pouvait s'en empêcher. Ce mélange d'espoir et d'angoisse l'attirait comme du nectar pour un papillon.

L'air un peu hébété de Jamie cachait une attente immense. Il était beau, bien bâti, mais sans en être conscient. Pas étonnant que son père paraisse aussi suprêmement ravi, assis dans son fauteuil à oreilles.

– Donc... Sasha, tu es la plus jeune, c'est bien ça ?

– Oui. Avec Ray. De l'autre côté. Il a dix-sept ans, comme moi.

Quinn nota que Sasha faisait un effort pour paraître détachée.

Jamie acquiesça. Savait-il seulement ce que signifiait «de l'autre côté»? Quinn voyait qu'il s'efforçait de bien comprendre les relations familiales pour ne commettre aucun impair.

– Ray est le fils de Lila et Adam, s'empressa de préciser Evie avant que Robert n'intervienne.

Elle arborait son air d'excuse habituel.

– Nous sommes une famille compliquée, pas vrai?

– Et tu n'en vois que la moitié, ce soir, commenta Mattie, désabusée.

Jamie ne savait clairement pas quoi répondre à cela. Quinn imaginait le dilemme dans sa tête : *Plaire au père et aux sœurs ; plaire à la belle-mère, mais pas trop.*

Quinn sentait également la tension de sa sœur, son angoisse s'attachant aux plus petits détails, comme les taches sur le canapé ou le croquant des crackers. Visiblement, cela n'avait pas du tout la même importance à ses yeux que de parader au bras du champion de lacrosse. Emma avait-elle seulement conscience d'être soudain devenue à ce point vulnérable ?

Et puis, il y avait Sasha, coincée dans le coude du canapé d'angle ; elle fixait le raisin, suppliant intérieurement sa mère de ne rien dire de gênant. Quinn voyait presque les vieux soldats las de mener toujours le même combat s'agiter dans son esprit. Elle voulait défendre sa mère tout en restant dans le camp d'Emma.

Sasha, comme Ray, était quelqu'un de loyal et fidèle, mais n'obtenait que peu de reconnaissance en retour. Sa loyauté était rejetée par Mattie, et moquée par Emma. Ironiquement, de toutes les personnes de sa famille en deux parties, c'était

Ray, qui vivait presque dans un autre univers, le plus à même d'apprécier ce qu'elle avait à donner.

Le seul moyen que Sasha avait trouvé pour plaire à Mattie était de ne briller sur aucun des terrains où elle brillait. Mattie était le bébé chéri, la petite fille à son papa, la beauté, celle qui faisait tourner les têtes, la bombe. Sasha lui avait gracieusement laissé le champ libre, choisissant d'autres domaines où se faire remarquer. Elle s'enrichissait en donnant tandis que Mattie s'affaiblissait par trop d'indulgence envers elle-même.

Sasha était née en sachant qu'elle devait être prudente car ses parents s'aimaient. Elle avait leur père en permanence. Elle avait été élevée par une mère attentive, sans belle-mère ou beau-père à qui en vouloir, ou qui aurait pu lui en vouloir.

On se mit à table : concert de plats qui s'entrechoquent, de saladiers qui passent de main en main, échange de délices qui appellent un commentaire appréciatif. Quinn observait le visage d'Emma, le rouge aux joues, qui tentait presque d'instiller par la pensée de la tendreté aux steaks.

Après le dîner, il y eut un Jamie qui s'affairait en tous sens pour débarrasser et un bon crumble à la myrtille. Puis une longue marche sur la plage pour Jamie et Emma. Les autres restant plantés là comme cinq versions de la nourrice dans *Roméo et Juliette*.

Emma affichait ses espoirs de façon si criante que Quinn avait envie de tout faire pour qu'ils se réalisent. Elle voulait que le vent souffle juste ce qu'il faut, que la lune surgisse soudain derrière les nuages. Elle aurait aimé pouvoir faire en sorte que tout soit parfait. Et surtout, elle voulait protéger sa sœur de ses trop grands espoirs.

Tu es vraiment sûre de vouloir tout ça ? La passion finit toujours par s'émousser.

Quinn mettait un point d'honneur à affronter la souffrance, mais elle venait de se rendre compte qu'elle était moins douée pour affronter l'espoir, source de toute souffrance. C'était l'espoir qui lui faisait peur.

C'était sa petite faiblesse de ne pas vouloir que les gens qu'elle aimait aient trop de désirs ou d'illusions. Car alors elle ne pouvait plus les protéger.

– Tu crois que ma vie, c'est sans espoir, lui avait un jour lancé Mattie.

– Je veux juste que tu n'aies pas de trop grands espoirs, avait répliqué Quinn... Et elle l'avait mille fois regretté depuis.

– Je crois qu'elle est vraiment amoureuse, soupira Evie.

C'était tellement évident que même Mattie ne trouva pas moyen de la contredire.

– Eh bien alors, elle a bon goût, affirma leur père avec un sourire béat.

L'espoir piégeait les gens qu'on aimait le plus. Plus dangereux encore que les excès de vitesse ou les chiens enragés. Mattie comprenait facilement pourquoi tous les parents du monde préféraient que leurs enfants passent leur vie dans le moelleux d'un canapé, les yeux perdus sur un écran.

Chère autre Ray,
Trop bizarre comme situation, non ?
Désolé d'avoir pris la fuite, mais j'ai été...

Ray contempla longuement l'écran de son ordinateur. Il avait été... été quoi ?

Surpris. Et un peu gêné parce que je n'avais pas compris dès le début que c'était toi. Je te trouvais...

Ses doigts se figèrent à nouveau. Il l'avait trouvée quoi ?
Et s'il était un peu honnête, maintenant ?

... tellement jolie que j'ai passé toute la soirée à errer à ta recherche (#loser, #stalker[1]). J'ai honte d'avoir eu ce genre de pensées à ton égard parce que, du coup, ça fait un peu tordu et pervers, sachant que c'était toi.
Et au fait, ce voyage en ascenseur m'a confirmé que tu sens meilleur que tout au monde.
Comment vais-je faire pour m'endormir dans ton lit, maintenant ?

Il s'empressa d'effacer tout ça pour ne pas risquer de faire un truc stupide, du genre l'envoyer.

Matthew faisait le tour de la ferme avec son maudit tableau.
– J'ai déjà noté mes horaires de la semaine, annonça Mattie avant d'étendre ses jambes sur la cuvette retournée.

---

[1]. NdT : *Loser*, littéralement « perdant », désigne un tocard, et *stalker*, quelqu'un qui poursuit l'objet de son admiration de façon obsessionnelle. Comme nous n'avons pas vraiment d'équivalent en français, nous empruntons parfois ces mots à l'anglais.

– Je sais, je prépare le planning du reste de l'été. Tu reprends les cours quand ?

Elle tendit son visage vers le soleil, laissant échapper un long soupir.

– Je ne sais pas. Je ne suis même pas sûre d'y retourner.

Elle était d'humeur un peu rebelle.

– Et pourquoi ça ?

Elle se redressa. D'habitude, Matthew se désintéressait d'elle au bout de deux minutes de conversation. Ni l'esprit, ni la malice, ni le flirt ne permettaient de retenir son attention. Cela faisait trois ans qu'elle essayait.

Mais là, il avait l'air de la prendre au sérieux.

Autant continuer à être honnête, alors.

– Je ne sais pas ce que je fais là-bas. Les cours ne me passionnent pas vraiment... Tu sais, ma sœur Emma vient de sortir de Princeton avec des notes démentes... Maintenant, elle a un petit ami et ça ne m'étonnerait pas qu'ils se marient. Et puis Quinn... bah, c'est Quinn.

Matthew sourit. Elle n'avait pas besoin d'en rajouter. Il s'assit sur la chaise, face à elle. Elle n'était même pas sûre de l'avoir déjà vu s'asseoir un jour.

– Je ne sais pas qui je suis, ni ce que je suis censée faire de ma vie. Pourquoi faire perdre du temps et de l'argent à tout le monde en retournant à la fac ?

Elle n'en revenait pas elle-même. Tout ce qu'elle venait de dire était parfaitement exact, sauf qu'elle n'en avait jamais vraiment pris conscience jusque-là.

Matthew la dévisagea.

– Ça me semble logique. Moi, je n'ai pas fait d'études. Pas encore, tout du moins. Peut-être que j'en aurai besoin un jour, mais je ne veux pas être de ces gens qui vont à la fac parce qu'ils n'ont rien de mieux à faire. J'ai toujours plein de trucs à faire ici.

Mattie faillit se retourner pour voir si quelqu'un allait sortir de la réserve avec un appareil photo et lui apprendre que c'était une blague, tant c'était étrange.

Elle acquiesça.

– Je ne veux pas être de ces gens-là non plus. Et j'ai bien peur d'en être. Personne n'attend rien de moi, en réalité. Pour mon père, Syracuse est une fac pour les idiotes et les fêtardes. Je sais qu'il m'aime, mais il ne me prend pas au sérieux.

– C'est dommage. Je veux dire, c'est dommage si toi tu veux qu'il te prenne au sérieux.

Il la regarda dans les yeux.

– C'est ce que tu voudrais ?

Quelqu'un avait mis du sérum de vérité dans le cidre ou quoi ? Elle avait la tête qui tournait un peu. Elle avait le mensonge facile, mais elle n'y tenait pas en cet instant précis. Elle considéra honnêtement la question.

– Si je veux qu'il me prenne au sérieux ?

Elle secoua lentement la tête. Soupira.

– Je ne sais même pas.

Il haussa les épaules, un peu mal à l'aise.

– Comme dit mon grand-père, il faut toujours commencer par balayer devant sa porte.

– Qu'est-ce que ça veut dire ?

– C'est sa devise. Je me moque de lui, mais c'est vrai. Si tu veux qu'on te prenne au sérieux, alors sois sérieuse. Prends-toi au sérieux.

Elle le dévisagea, les yeux écarquillés, un peu paniquée.

– D'accord, fit-elle.

Il se releva.

– Tu peux travailler ici jusqu'en octobre si tu veux. Pommes, maïs tardif, courges, citrouilles, cidre… on a de quoi s'occuper tout l'automne, et après on ferme pour l'hiver. Ensuite, je n'aurai plus de boulot pour toi.

En rentrant chez elle à vélo, une heure plus tard, Mattie était encore abasourdie. Elle avait l'impression qu'on venait de lui faire un cadeau, sans bien savoir de quelle nature.

Matthew Reese, le séduisant fermier, avait eu des mots si justes qu'ils avaient transpercé sa carapace, ses manières et ses petits tours habituels. Elle se sentait traversée de multiples courants d'air. Comme si on avait ouvert la fenêtre dans une vieille maison abandonnée.

Ai-je vraiment envie qu'on me prenne au sérieux ?

Peut-être bien que oui.

Tout à coup, elle comprit la nature exacte du cadeau que lui avait fait Matthew. Il l'avait prise au sérieux.

Sasha avait une drôle d'impression quand elle était dans sa chambre de Wainscott désormais. Ça lui faisait bizarre de s'asseoir, sans parler de s'allonger sur le lit. Ça lui faisait bizarre de se brosser les dents. Et elle était carrément mal à l'aise quand elle devait se déshabiller.

Elle ne regardait plus la bibliothèque de la même façon, elle ne pouvait pas jeter un œil par la fenêtre, ni dans le miroir. Son lit, ses livres, sa vue, son visage à lui. Depuis le temps qu'ils partageaient cette chambre, elle avait toujours ressenti sa présence. Mais pas comme ça.

Ray. Le vrai Ray. Qui était-ce donc ? Ray, ray... Un rai de lumière. Une raie au fond de la mer.

Jusque-là, il n'avait été que l'idée qu'elle s'en faisait. Sa version à elle de lui. Et soudain, il était sa version à lui de lui-même, et elle était radicalement différente. Ray s'était réapproprié Ray. C'était un peu égoïste de sa part de supplanter la version qu'elle avait soigneusement élaborée au fil du temps, aussi brusquement, en une seule rencontre.

Sasha se rappelait lorsqu'ils avaient emménagé dans leur nouvelle maison de la 74e Rue. Leur fournisseur d'électricité n'avait pas réussi à accéder au compteur ; du coup, pendant six mois, leurs factures avaient été établies sur une estimation de consommation. La septième était beaucoup plus élevée et, lorsque son père avait demandé la raison d'une telle différence, sa mère avait répondu : « Ils ont enfin réussi à lire le compteur. »

Maintenant que Ray était réel, il lui semblait différent, mais elle l'était également. Elle éprouvait une tension à son sujet qu'elle n'avait jamais ressentie auparavant. Elle voulait conserver l'image qu'elle s'était forgée de lui, et en même temps, elle essayait sans cesse de le revoir tel qu'il était dans sa tête : ses épaules, ses sourcils, ses petits cheveux qui bouclaient derrière les oreilles. Elle aurait voulu retourner à son Ray imaginaire. Elle aurait voulu sentir l'odeur du vrai, sentir à nouveau sa chaleur.

Finalement, je ne suis pas sûre de vouloir ressentir tout ça.

En quatrième, ils avaient tous les deux étudié *Ne tirez pas sur l'oiseau moqueur*[1]. Elle avait oublié son livre sur son bureau à Manhattan alors qu'elle avait une fiche de lecture à rendre le lundi. Ça l'avait complètement paniquée car le prof lui avait déjà accordé un délai supplémentaire. Elle avait convaincu Emma de la conduire à la biblio, qui était fermée, puis à la librairie d'East Hampton, qui ne l'avait pas. Et à l'époque, on ne pouvait par le charger sur une liseuse. Le dimanche matin, en larmes, elle envisageait de demander à ses parents de rentrer plus tôt lorsque, soudain, un miracle s'était produit : le livre s'était matérialisé sur sa table de nuit. *Ne tirez pas sur l'oiseau moqueur.* Son exemplaire à lui ! Elle était sauvée. Elle l'avait ouvert avec précaution, craignant que le titre ne change si elle tentait de le lire. Elle avait vu son prénom à l'intérieur de la couverture : Ray. Les mots qu'il avait soulignés, ses notes dans la marge.

Elle s'était retrouvée à suivre ses pensées, s'introduisant presque dans son cerveau.

Nous habitons au même endroit, mais jamais ensemble.

Quelques heures plus tard, son devoir était rédigé. Elle s'était tellement laissé emporter qu'elle avait souligné et annoté également. Elle n'aurait pas dû écrire sur son livre, mais quand elle était revenue, deux semaines plus tard, elle avait constaté qu'il en avait ajouté. Il reprenait ses idées, les développait. Leurs écritures se mêlaient.

Elle sortit le vieil exemplaire de la bibliothèque. Il avait été une époque où ils séparaient leurs livres, mais ils finissaient toujours

---

1. *To Kill a Mockingbird,* roman de Harper Lee sorti en 1960 aux États-Unis.

par se mélanger. Elle contempla leurs écritures – lui au stylo-bille bleu, elle en noir – qui alternaient sur les pages.

Elle prit une feuille blanche et la fixa longuement.

Ravie d'avoir fait ta connaissance, Ray, finit-elle par écrire, avant de la plier et de la glisser entre les pages.

Ray était allongé sur son lit. Elle lui manquait quand il était à Brooklyn. Comment était-ce possible ? Il ne la connaissait même pas. Il ne l'avait vue qu'une seule fois.

Et pourtant si. Son (leur ?) lit de Wainscott lui manquait. Son odeur et sa présence lui manquaient. Il se rappela avec une certaine contrariété la couverture censée chasser les cauchemars. Et s'il rapportait son espèce de chemise de nuit soyeuse ? Il rit intérieurement du grotesque de la chose. Non mais quel pervers...

Il n'avait aucun espoir de finir au lit avec elle, évidemment... sauf qu'à Wainscott, il avait l'impression que c'était possible. Il s'imaginait que ça s'était passé. Ce n'était même pas sexuel. Du moins, pas complètement. Bon, d'accord, un peu, mais il y avait autre chose...

Ils n'avaient pas été en contact, ni par mail ni rien, depuis plus d'une semaine. Depuis leur rencontre sur Lexington Avenue. Ça lui manquait aussi. Maintenant qu'il l'avait vue en personne, sentie en personne, il ne savait plus trop quoi lui écrire.

Il adorait voir son nom s'afficher quand il consultait ses mails sur son téléphone. Il avait une sensation de vide chaque fois qu'il ouvrait sa boîte mail et ne voyait pas son nom. C'est-à-dire la plupart du temps.

Pensait-elle à lui un millionième de fois autant qu'il pensait à elle ?

Même un millionième, ce serait encourageant.

Il devait reprendre contact avec elle, mais sans avoir l'air insistant ni lourd. Ils n'avaient même pas besoin de parler de ce qui s'était passé. Il prit son téléphone, agita le doigt au-dessus de l'écran avant de réussir à rédiger un court message :

Chère autre Ray,
Francis a des vues sur Emma ou quoi ?
L'autre Sasha

Il appuya sur « envoyer ».

Il consulta ses mails plus ou moins mille fois durant les vingt minutes qui suivirent. Et enfin, il vit son nom.

Cher autre Sasha,
Oui, à 100 %.
J'espère que le jour où il apprendra pour Jamie, ce sera ta semaine.
L'autre Ray

Joie intense.

Combien de temps devait-il attendre pour lui répondre sans avoir l'air insistant ni lourd ?

10
ET / OU

Emma jeta un regard circulaire aux autres tables, en se demandant si elle était assez habillée. Jamie ne lui avait pas dit qu'il l'emmenait dîner dans le restaurant le plus chic de Southampton. Brusquement, elle regrettait de ne pas avoir fait un effort sur la coiffure et le maquillage.

– C'est une occasion spéciale ? s'étonna-t-elle. Ce n'est pas déjà l'anniversaire de notre rencontre, quand même ?

Ses doigts commencèrent à pianoter.

– Si. En quelque sorte. C'est nos trois mois.

Le serveur déposa sur la table deux flûtes de champagne qu'elle ne se rappelait pas avoir commandées.

– Waouh, cool ! souffla-t-elle.

Allaient-ils être de ces gens qui fêtent leur rencontre tous les mois ? Jamie était-il du genre à fêter les « et demi » ? Elle n'était pas sûre d'apprécier vraiment cela.

– Tu as eu une augmentation ?

Il rit mais sa bouche avait pris un pli amer.

– Non.

Il tapotait du pied, maintenant. Allons bon.

Deux bols de soupe vert clair apparurent.

– Petits pois-menthe, annonça le serveur.

Perplexe, Emma scruta le visage de Jamie. Possédait-il le pouvoir de commander par télépathie ?

– J'adore ça, commenta-t-elle.

– Je sais, c'est ce que tu prends toujours.

Elle plongea sa cuillère dedans et goûta.

– Délicieux.

Elle mangea avec appétit tandis qu'il gardait un silence inquiétant.

– J'ai vu un truc trop marrant sur YouTube, annonça-t-elle sans bien savoir pourquoi ça lui passait par la tête juste à ce moment-là. C'est un type qui invite sa petite amie au restaurant pour lui faire sa demande en mariage. Mais pour que ce soit plus romantique et original, il a trouvé malin de cacher la bague dans sa part de *cheesecake*. Bref, la fille attaque son gâteau, elle se régale, ça se voit. Elle est assez plantureuse et elle enfourne de grosses cuillerées – je la comprends – quand, soudain, elle commence à s'étrangler et…

Elle s'interrompit, remarquant l'air affolé de Jamie.

– Qu'est-ce qu'il y a ?

Elle ne l'avait jamais vu devenir écarlate à ce point. C'était une première.

– Quoi ?

Elle ne lui plaisait pas, son histoire ? Ou alors c'était le *cheesecake* qu'il n'aimait pas ? Ou bien il connaissait la fille de la vidéo ? Ou le garçon ?

Il fixait son bol d'un œil horrifié.

Elle baissa les yeux vers la soupe, cuillère en l'air.
– Jamie ?
Il lui prit son bol.
– Hé... Jamie ?
Il ferma les yeux, cramponné à son bol de soupe comme s'il voulait le lui arracher.

Les rouages de son cerveau se mirent en marche.
– Oh... Jamie... Tu n'as pas... ?
Les yeux toujours clos, il acquiesça.
– Non... c'est pas vrai !
Il acquiesça à nouveau.
– Sérieux ?
Elle éclata de rire. C'était plus fort qu'elle. Elle lui reprit le bol de soupe malgré ses efforts pour le garder.
– Non, non, non, non, non... pas possible...
Elle touilla et fouilla jusqu'à détecter un petit cliquetis et un poids dans sa cuillère. Elle la porta alors à sa bouche.
– Miam !
– Emma !
Elle l'enfourna dans sa bouche, aspira la soupe et la ressortit, propre et étincelante.

Jamie hésitait entre le rire et les larmes. Il lui prit la bague, mais elle avait eu le temps de voir qu'il s'agissait d'un magnifique solitaire, monté sur un anneau de platine, exactement ce qu'elle aurait choisi. Le diamant était beaucoup trop gros pour entrer dans le budget de Jamie.

Il mit un genou à terre devant elle. Presque tous les autres clients du restaurant le regardaient.

– Emma… on peut effacer l'épisode précédent ? Faire comme si ça n'était jamais arrivé ? Repartir à zéro ? Je t'en prie !

Elle riait encore, un rire à la fois nerveux et joyeux, qui faisait miroiter dans son cœur un bonheur intense.

– Pas question.

– Si, je recommence du début.

Il s'éclaircit la voix.

– Emma Thomas ?

– Oui.

– Même si je suis un crétin, nul en stratagème de quelque sorte que ce soit, et toujours prêt à me ridiculiser devant toi, veux-tu m'épouser ?

Son menton se mit à trembler. Elle fit mine de réfléchir.

– Je sais qu'on est encore jeunes, reprit-il, surtout toi… et que je ferais mieux d'attendre, mais je ne peux pas.

Elle hocha la tête, les larmes aux yeux, toujours sans rien dire.

– Pas la peine de me donner ta réponse tout de suite, enchaîna-t-il. Tu peux attendre un an, cinq ans, ou même dix ans, si tu veux. Je voulais juste jouer franc jeu. Je tiens à ce que tu connaisses mes intentions.

Emma se mit à pleurer vraiment.

– Je veux passer ma vie avec toi. Je veux acheter une maison, fonder une famille, tout faire avec toi. Je sais que je suis toujours un peu à contretemps avec toi, mais je n'ai jamais été aussi heureux ni aussi bien avec quiconque.

Elle s'essuya les yeux et articula deux syllabes :

– D'accord.

Elle n'avait pas besoin d'y réfléchir, finalement.

Elle croyait, avant de rencontrer Jamie, que se marier serait une décision terrible à prendre. Comment savoir ? Comment, comment, comment savoir ? Comment être sûre ? Surtout avec ses parents à l'arrière-plan. Mais là, elle n'avait pas du tout besoin de réfléchir. Elle était sûre.
– C'est vrai ?
– Oui.
Elle tendit la main, il lui glissa la bague au doigt. Ils tremblaient un peu tous les deux. Elle lui allait parfaitement. C'était une pure merveille de diamant et de platine.
– C'est vraiment vrai ?
Il s'approcha et la souleva de sa chaise.
– Oui.
Il la fit tournoyer.
– Tout simplement ?
– Oui.
Il l'embrassa.
– Tu es sûre ?
– Oui, Jamie.
– Je n'arrive pas à y croire.
Elle lui glissa à l'oreille :
– Je préférerais aller faire une balade sur la plage plutôt que de rester plantée là avec tout le monde qui nous regarde.
– Oh, oui, tu as raison. Moi aussi.
Jamie paya et ils s'éclipsèrent à la vitesse de l'éclair. Ils s'aventurèrent sur la plage, dans la pénombre, vers la partie la plus déserte.

Il lui passa un bras autour de la taille. Elle leva la main pour lui montrer la bague et il déposa un baiser dessus.

– Bon sang, mon plan a complètement raté et pourtant je n'ai jamais été aussi heureux de toute ma vie !

Elle acquiesça, heureuse aussi.

– Oui, quelle surprise. Surprise totale !

Assise sur la terrasse, Sasha entendait Emma qui discutait au téléphone dans le salon. Elle voyait l'arrière de sa tête brune, ses épaules tendues. Son excitation, sa surexcitation, son anxiété, ses certitudes, ses incertitudes emplissaient la pièce. Sasha imagina une vue aérienne de la maison qui montrerait l'énergie mentale d'Emma en infrarouge.

Ajoutez à cela la brise qui soufflait sur l'étang, et elle avait la chair de poule. Elle remonta ses pieds sur la chaise, étirant son sweat pour couvrir ses jambes nues. Le tissu reprendrait sa forme, mais pas complètement.

– Je sais, je sais.

C'était sa mère, à l'autre bout du fil, évidemment. Emma avait appelé Lila en premier.

– On se disait peut-être en juin prochain. Ça nous laisse presque un an… Oui, à la maison.

Sasha n'avait jamais eu affaire à Lila, mais elle l'avait souvent imaginée. C'était fou qu'elle doive parfois se rappeler qu'elle n'était pas sa mère, qu'elle ne l'avait même jamais rencontrée. Elle avait honte de la facilité avec laquelle elle avait adopté le point de vue de ses sœurs, respectant l'autorité de Lila et contemplant sa propre mère avec le regard critique de ses belles-filles.

– Pas tant que ça. On pourrait louer une tente.

Emma se tut un moment pendant que sa mère parlait. Sasha

aurait aimé entendre l'autre côté de la conversation... tout en s'en voulant déjà d'espionner.

– J'aurai vingt-trois ans d'ici là, répliqua Emma avec une certaine mauvaise humeur.

Elle se tut quelques minutes encore. Sasha sentait presque son enthousiasme retomber. Visiblement, Lila n'avait pas accueilli la nouvelle avec l'enthousiasme souhaité.

– Tu ne peux pas te contenter de me féliciter ? Être heureuse que je sois heureuse ?

Sasha se leva pour s'éclipser discrètement.

– Oui, il est là ? Je peux lui parler ?

Sasha se figea.

– Salut, p'tit frère.

La voix d'Emma s'était radoucie.

Sasha s'approcha de la porte-moustiquaire. Elle ne pouvait pas partir maintenant, pas moyen.

– Je sais, je sais. Merci. C'est dingue, hein ?

Emma prenait un ton différent lorsqu'elle s'adressait à Ray, différent de celui qu'elle employait avec les autres. Elle n'adoptait pas du tout le même pour parler à Sasha, en tout cas.

Et voilà. Encore. Le flux et le reflux. Le Yin et le Yang. Négatif et positif. L'impression que leurs forces se compensaient, à elle et à Ray. Cela ravivait un vieux sentiment d'insécurité. Elles avaient un frère et pas elle. Il vivait avec elles dans un quartier cool de Brooklyn, l'endroit où elles allaient quand elles partaient et où Sasha ne pourrait jamais aller. Il était drôle et agaçant. Il faisait des bruits dégoûtants en mangeant ses céréales et il avait des amis garçons alors qu'elle, elle n'était rien d'autre qu'une fille de plus.

Sauf que, désormais, elle disposait d'un accès privé à Ray, si limité soit-il ; il avait envahi ses pensées les plus intimes, son cœur battait la chamade dès qu'elle voyait son nom apparaître dans sa boîte mail.

La voix d'Emma changea à nouveau.

– Qu'est-ce que tu veux dire par là ?

Il y eut un long silence.

– Tout le monde, j'imagine.

Brève hésitation. Pause.

– Oui, tout le monde, *tout le monde*. Ils ne vont pas rater notre mariage quand même ? Ils n'auront qu'à faire avec.

Ce n'était pas l'idéal d'écouter une conversation téléphonique du côté d'Emma. Elle était tellement prévisible. Cependant, malgré tout, Ray avait touché un point sensible.

«Tout le monde, *tout le monde*», c'était en réalité deux personnes.

À une remise de diplômes, il est toujours possible d'éviter de se croiser en s'asseyant chacun à un bout de la salle. On peut assister à une pièce deux soirs différents. On peut organiser deux fêtes d'anniversaire... mais pas deux mariages.

Sasha écoutait à travers Emma mais elle comprenait parfaitement où Ray voulait en venir. «Tout le monde, *tout le monde*», c'était les parents d'Emma qui s'étaient à peine adressé la parole depuis la naissance de Sasha.

– Tout le monde. Pourquoi pas ?

Emma était passée sans transition du doute à la véhémence.

– C'est mon mariage. Tout le monde.

Elle rit d'un petit rire nerveux.

Mais le plus étrange, le plus inquiétant, le plus palpitant était encore à venir : « Tout le monde, *tout le monde* », c'était vraiment tout le monde : elle *et* Ray ; Lila *et* Evie ; Robert *et* Adam ; même George et Esther de Californie, sans doute.

Pour cette occasion, ils passeraient tous du « ou » au « et ».

– Bon, de toute façon, ce n'est qu'en juin. Ils ont un an pour s'y préparer, conclut Emma.

Ce que répondit Ray ne lui plut visiblement pas. Maintenant, elle était exaspérée.

D'après Quinn, Ray avait le chic pour dire la vérité qu'on n'avait pas envie d'entendre.

Emma se leva du canapé avec un tel empressement qu'elle fit tomber les coussins par terre.

– Arrête de jouer les rabat-joie, Ray, cingla-t-elle. Ce n'est pas parce qu'on ne l'a jamais fait que c'est impossible.

Big Sasha,
As-tu déjà rencontré Jamie ?
Little Ray

Little Ray,
Oui, Emma l'a invité à Brooklyn le mois dernier. Lila n'a même pas attendu qu'il soit parti pour le critiquer.
Big Sasha

Big Sasha,
Robert l'adore, du coup Lila doit le détester tout autant.
Little Ray

Ha! En effet, elle a dit un truc du genre : « Si Emma sort avec lui, c'est parce que Robert lui a mis ça en tête. Ce sera fini dès qu'elle aura rencontré un garçon qu'elle aime vraiment. »
Ouille.

Je sais. Complètement.

Comment Lila a-t-elle pris la nouvelle des fiançailles ?

Elle a dit « je ne vois pas où est l'urgence » et elle m'a passé Emma au téléphone.

Allez savoir pourquoi, ils fêtaient toujours l'anniversaire d'Adam au *Lemongrass* sur la 7e Avenue. Mattie ne voyait pas pourquoi, car la bouffe n'était pas terrible et l'endroit bruyant. C'était le genre d'endroit où on passe prendre un plat à emporter le mardi soir en sortant du métro, pas un restaurant où fêter son anniversaire. Les serveurs étaient aussi prompts à offrir une grosse coupe de glace répugnante aux haricots rouges qu'à chanter à tue-tête au dessert. C'était peut-être le truc, justement.

Adam ne commandait jamais un poisson entier, parce que c'était trop cher. Il faisait les gros yeux à Ray s'il prenait des crevettes.

Alors que son père aurait commandé deux poissons entiers et un demi-homard, s'ils en avaient eu, car restait gravée dans son esprit l'idée que « homard = succès ». Robert n'aurait jamais regardé les prix. Enfin, si tant est qu'il ait mis les pieds dans ce restaurant, ce qui ne risquait pas de se produire étant donné que c'était juste un boui-boui où prendre un plat à emporter.

Mattie se demandait si sa mère en était consciente. Elle avait toujours affiché un mépris total envers l'argent de leur père et la façon dont il en faisait étalage. Mattie la croyait, c'était sincère. Sa mère aimait en Adam l'érudit sans prétention, détaché des choses matérielles. Cependant, Mattie se demandait – et ce n'était pas la première fois – à quel point elle appréciait de manquer d'argent.

– Adam n'est pas pauvre, il est juste radin, avait un jour décrété Emma avec sa désinvolture habituelle, comme si ça pouvait arranger les choses.

Mattie observait sa mère de l'autre côté de la table. Elle pêchait les cacahuètes une à une avec ses baguettes tout en acquiesçant à tout ce que disait Ray, même si Mattie doutait qu'elle l'écoute vraiment. De toute façon, il était impossible d'avoir une véritable conversation dans ce resto. C'était peut-être le truc. Dès que sa mère croisait son regard, elle s'empressait de détourner la tête.

Depuis que Mattie avait prononcé le nom incendiaire de Jonathan Dawes, sa mère ne la regardait plus en face et évitait de se retrouver toute seule avec elle.

Sur le chemin du retour, Lila donna le bras à Adam. Emma partit en tête, son portable vissé à l'oreille. Quant à Ray, Mattie eut beau envoyer mille textos et s'arrêter devant la moindre vitrine, il resta collé à elle.

– T'as un problème ? finit-elle par lui demander, gentiment.
– Comment ça ?
– Tu as un truc à me dire ?
– Non.

– Si.
– Pas particulièrement.
– Conseil matrimonial ?
– Non, non !
– Violet ne veut pas te lâcher les baskets ?
Il haussa les épaules.
– Bon, alors quoi ? demanda-t-elle.
Il jouait avec la fermeture Éclair de son sweat.
– Je t'ai dit que j'avais rencontré Sasha ? lança-t-il.
Mattie fourra son téléphone dans sa poche.
– Sasha, ma sœur ? Non. Comment ça ?
– Je l'ai croisée à une fête, à Manhattan. Je n'ai su que c'était elle qu'à la fin.
– Qu'est-ce que tu racontes ? Tu l'avais déjà rencontrée, quand même.
Nouveau haussement d'épaules.
– J'avais aperçu son visage gros comme une tête d'épingle à l'autre bout du Radio City Music Hall pour ta remise de diplômes. J'avais vu des photos d'elle quand elle était petite. D'accord, j'ai partagé sa chambre pendant dix-sept ans. Mais, non, je ne l'avais encore jamais vue.
Mattie était choquée, et pas uniquement parce que Ray paraissait particulièrement ému, ce qui n'était pas dans ses habitudes.
– Ce n'est pas possible...
– Bien sûr que si.
Bien sûr que si, c'était possible. Quand ses parents s'étaient-ils approchés à portée de voix l'un de l'autre au cours des dix-sept dernières années ?

– Maintenant je n'arrive pas à savoir si c'est plus bizarre que tu ne l'aies jamais rencontrée avant ou que tu viennes de la rencontrer.

Elle mâchonna son ongle de pouce.

– J'essaie de me représenter la scène.

Cela se révéla impossible tant elle était habituée à séparer les deux familles.

– Elle savait que c'était toi ?

– On ne l'a compris qu'à la fin de la soirée, au moment où l'on partait. L'une de ses amies connaît l'ami d'un ami, etc. Tu vois...

Elle acquiesça.

– Ça devait arriver un jour ou l'autre, j'imagine. Qu'est-ce que tu as dit ? Qu'est-ce qu'elle a dit ?

Mattie aurait voulu rester sur ce bon feeling, mais soudain d'anciens sentiments plus compliqués pointaient leur nez...

Ray allait-il les comparer et Sasha deviendrait-elle une concurrente de plus, plus intelligente et plus sérieuse que Mattie ? Jusqu'à présent, elle ne s'était pas sentie menacée par Sasha de ce côté-ci de la famille. Mais, brusquement, elle brûlait d'envie de l'appeler pour avoir sa version de l'histoire. Pourquoi ne lui en avait-elle pas parlé ?

– Je ne me souviens plus. Je crois qu'on était tous les deux bien trop surpris pour dire grand-chose. On n'était pas très à l'aise...

Ray avait l'air si jeune, si perdu... il parlait de manière si franche et si triste. C'était clair : Sasha l'avait marqué.

Jalousie et envie bourdonnaient dans la tête de Mattie, lui susurrant que Ray avait sûrement remarqué – s'il était passé outre la tenue informe et noire de Sasha, sa tête baissée et son pied de travers – qu'elle avait un corps de rêve et le plus joli visage des quatre sœurs. Mattie avait parfois l'impression de jouer les demi-sœurs diaboliques, priant pour que les gens, éblouis par les atouts qu'elle mettait en avant, ne remarquent pas les charmes cachés de Sasha. Et le pire, c'est que c'était généralement le cas.

Mattie se rappelait avoir un jour confié ses angoisses au sujet de Sasha à son amie Sophie Marlow.

– T'es sérieuse ? Mais Mattie, tu es largement plus mignonne, plus drôle, plus cool et mille fois plus populaire qu'elle ! avait-elle répliqué en interprétant son inquiétude de la façon la plus basique qui soit.

Mattie ne traînait plus avec elle parce que Sophie était une vraie langue de vipère et une bien piètre amie. Ça, elle disait ce qu'on avait envie d'entendre, mais ça n'aidait pas à y voir plus clair, bien au contraire. Elle avait tendance à exacerber les plus mauvaises pulsions.

Ray et Mattie avancèrent un moment en silence, perdus dans leurs pensées et un peu perplexes.

Elle était déçue qu'ils ne soient pas allés plus au fond des choses.

– Et comment va ton petit ami ? la questionna Ray. Le grand gars ?

Mattie lui décocha un coup de coude dans les côtes.

– La ferme ! fit-elle en riant.

Elle sortait de temps en temps avec John Harman, mais ce n'était pas son petit ami et il était tout le contraire de grand. Ça posait justement problème qu'il fasse presque dix centimètres de moins qu'elle.

– Je l'ai vu sur la 8e Avenue. Il portait des talons.

– Ray ! Il ne porte pas de talons, il porte des boots.
– Des boots à talons, alors.
– Tu dis n'importe quoi.

Ils admirèrent les éclairs au chocolat dans la vitrine de la pâtisserie de President Street, puis le silence retomba.

– Alors… qu'est-ce que tu en as pensé ? finit par demander Mattie.
– De quoi ?
– De Sasha.
– Oh… Bah… Je ne sais pas.

Zip ! Zap ! Il ouvrit puis referma son sweat.

– Elle m'a semblé familière… je veux dire, elle a un air de famille.

Il réfléchit un instant avant d'ajouter :

– C'est étrange de penser qu'on est deux étrangers.

Mattie réfléchit à son tour.

– Familière, dans quel sens ? Tu veux dire qu'elle nous ressemble ?
– Oui, à Emma et à Quinn.

Il s'esclaffa et fit mine de lui marcher sur le pied en décrétant :

– Toi, tu ne ressembles à personne.

11
DRÔLE DE VISION DE LA FAMILLE

Assise à la table de la cuisine de Wainscott, Sasha regardait passer les membres de la famille. Perturbée par sa rencontre avec Ray, elle n'arrivait pas à rester dans sa chambre, enfin, leur chambre. Bon, d'accord, c'était aussi sa cuisine à lui, mais on y sentait moins sa présence.

Elle laissa sa mère et Mattie aller et venir sans rien dire. Quand Quinn entra, elle ouvrit la bouche :

– Je peux te dire un truc bizarre ?

Quinn se figea, la brique de lait à la main, et se tourna vers elle.

– Bien sûr.

Sasha idolâtrait Emma, elle adorait et craignait Mattie, mais c'était Quinn qu'elle était la plus fière d'appeler sa sœur, évitant toujours ce mot fantôme de « demi ».

– J'ai rencontré Ray hier soir.

Quinn haussa les sourcils.

– Mon frère Ray ?

Sasha fut blessée par la formulation. Elle acquiesça sans mot dire.

– Comment ça ?

– J'étais à une fête. Et lui aussi. J'ai compris qu'il s'agissait de lui seulement à la fin, quand on était sur le trottoir avec des amis.

Quinn scruta son visage avec attention, en hochant la tête.

– Je ne l'avais jamais vu de près auparavant.

Sasha dut se forcer à poursuivre. Elle osait à peine parler de lui, pire encore prononcer son nom, de peur de dévoiler ses sentiments.

– Je l'avais seulement vu en photo quand il était petit... ou aperçu à l'autre bout d'une salle de spectacle.

Quinn sortit un verre du placard, l'air pensif. Elle se versa du lait.

– Oui... c'est vrai. « Et jamais ils ne se rencontreront[1]. »

– Mais ils se sont pourtant rencontrés. Au croisement de la 88e et de Lexington.

Plus tard, Quinn sortit sur la terrasse et s'assit au bout de sa chaise-longue grinçante, la changeant en balançoire. Sasha ramena les genoux contre son torse pour équilibrer l'ensemble.

– C'est plus simple pour tout le monde que Ray et toi, vous viviez dans des mondes séparés, j'imagine.

– Oui, c'est toujours comme ça qu'on a fonctionné, commenta Sasha avec philosophie.

– À cause de Lila et papa.

Même cette simple expression posait problème. Quinn dési-

---

[1]. « L'Est est l'Est, et l'Ouest est l'Ouest, et jamais ils ne se rencontreront. » Citation extraite du poème de Rudyard Kipling, *La Balade de l'Est et de l'Ouest*, 1889.

gnait toujours ses parents en adoptant le point de vue de Sasha au lieu du sien. Emma, avec sa précision habituelle, disait « ma mère et notre père ». Mattie disait « papa et maman », même si la maman dont elle voulait parler n'était pas celle de Sasha. Aucune de ces formulations n'était parfaitement exacte. En fait, ces deux personnes ne pouvaient même pas se retrouver dans la même phrase.

– De nous tous, Ray et toi, vous êtes les seuls sans aucun lien de parenté. Vous n'êtes rien l'un pour l'autre et, pourtant, vous êtes mon frère et ma sœur.

Quinn posa son pouce sur ses lèvres, perdue dans ses pensées.

– C'est une drôle de vision de la famille.

Sasha demeura longtemps silencieuse.

– Tu crois qu'on pourrait s'apprécier... si on se connaissait ?

– Je t'apprécie. Je l'apprécie, répondit simplement Quinn. Je pense que vous devriez vous apprécier. Mais je me suis déjà plantée sur ce genre d'équation.

Sasha hocha la tête.

Quinn ne se forçait jamais à prendre l'air triste contrairement à Mattie ou à sa mère, et ça n'en était que plus bouleversant. Peu importe qu'ils se vouent une haine tenace, peu importe qu'ils aient laissé au milieu de sa vie une vilaine cicatrice, Quinn aimait ses parents d'un amour de petite fille.

« Les enfants d'abord. » Les deux couples adultes de la famille en avaient fait leur devise. C'était l'un des rares points sur lesquels ils étaient d'accord. Sans jamais la respecter.

– Quand Ray était petit, j'allais avec lui au bord de l'étang, reprit Quinn. On passait des heures à attraper des têtards et des grenouilles à la main. La semaine suivante, c'était toi qui venais et on allait ramasser des trésors dans les bois pour faire de jolis petits terrariums. J'ai si souvent souhaité pouvoir être avec vous deux ensemble.

Sasha fut prise d'une soudaine envie de pleurer.

Quinn baissa les yeux vers elle.

– Je pense que ça me plairait que vous fassiez connaissance. Vous êtes diamétralement opposés, comme les deux moitiés d'un tout. Ça me fait un peu peur. Je n'ai pas le droit de vouloir réunir ces deux moitiés, pourtant j'en ai toujours rêvé.

– Tu veux faire *quoi* ?

Mattie avait l'air dangereusement contente d'elle-même, plantée au milieu de la chambre de Quinn dans son pyjashort Pink Floyd.

Sa sœur se redressa dans son lit.

– Tu veux dire le mois prochain ? En août de cette année ?

– Tous les gens font des fêtes pour les fiançailles. Pourquoi tu me regardes comme ça ?

Les yeux de Quinn donnaient directement sur ses pensées, pour la simple raison qu'elle ne pensait jamais à fermer les volets de son esprit pour le protéger.

Mattie vint s'asseoir en tailleur au bout de son lit.

– Je pense que la meilleure technique, c'est de prendre les choses à bras-le-corps, non ? Pourquoi laisser tout le monde se monter la tête pendant toute une année ? Pourquoi ne pas faire tomber les barrières dès maintenant ? Évacuer les rancœurs dès le départ ? Faire une petite répétition pour s'entraîner avant le mariage ?

L'avantage avec Mattie, c'est qu'elle faisait volontiers les questions et les réponses. Elle n'avait besoin de personne pour tenir une conversation.

– Ici ? À la maison ?

– Oui. Allez ! Tu veux bien m'aider ?

Quinn repoussa la couette et replia les jambes sous ses fesses.

– Tu as demandé à Emma ?

– Non, je veux lui faire la surprise.

Quinn la dévisagea gravement.

– Je pense que c'est l'une des pires idées que tu aies jamais eues.

Mattie sourit.

– Et c'est pas peu dire.

Elle sauta du lit pour aller se planter devant le miroir posé sur la commode. Elle pencha la tête, adoptant son expression spéciale miroir avant de se retourner.

– Bon, d'accord ! On va les prévenir. On ne connaît pas assez Jamie. On ne voudrait pas qu'il panique et qu'il s'enfuie à tout jamais, pas vrai ?

Mattie était passée du « je » au « on », l'enrôlant de force dans son projet, ce qui n'avait pas échappé à Quinn.

– Ou alors si... Tu penses qu'il faut lui faire peur ? murmura-t-elle. Non. Si Emma ne lui a pas fait peur, alors ça vaut peut-être le coup de le garder. Je crois que je l'aime bien.

Elle ouvrit le dressing de Quinn et pénétra à l'intérieur.

– Bon, bah alors, c'est décidé ! l'informa-t-elle.

– Qu'est-ce que tu fabriques là-dedans ?

– Rien. T'as rien dont j'ai besoin...

Elle ressortit.

– ... à part de la place pour ranger. Tu peux demander à maman ?
– Lui demander quoi ?
– Enfin, lui annoncer. Tu peux l'avertir pour la fête ?
Quinn s'assit au bord de son lit.
– Pourquoi ?
– Parce qu'elle ne te dit jamais non.
– Bien sûr que si.
– Bah, moi, elle ne me dit jamais oui.
– Et papa ?
– Tu peux lui dire aussi ?
– T'es sérieuse ?
Mattie prit l'air penaud, mais c'était forcé. Elle était sans pitié.
– Je ne suis pas sûre d'en avoir envie, murmura Quinn.
– Je sais.
Pour la première fois, Mattie laissa voir à sa sœur à quel point elle tenait à son idée.
– Mais tu le feras quand même, hein ?
Quinn la regarda quitter la pièce d'un pas assuré, sachant qu'elle ferait ce qu'elle lui avait demandé.

C'était précisément en raison de ce que ça allait leur coûter à tous que Mattie avait mis ce projet en branle. Et comme ses parents le comprendraient également, peut-être ne diraient-ils pas non.

– Août de cette année ? Dans un mois ? T'es sérieuse ?
Emma jeta un regard autour d'elle pour s'assurer que Francis ne risquait pas de la surprendre au téléphone en plein service au rayon boulangerie.

– Oui, ça nous laisse juste assez de temps pour préparer la fête, mais pas assez pour creuser des tranchées et miner le terrain, expliqua Mattie.

Emma secoua la tête. C'était une chose d'imaginer ses parents dans la même pièce l'été prochain. Mais là… la catastrophe était imminente !

– Papa et maman ne seront jamais d'accord.

– Mais si. C'est Quinn qui va leur demander. Elle ne leur demande jamais rien.

– Et elle trouve que c'est une bonne idée ?

– Tant que tout le monde est prévenu.

– Il faut que j'en parle à Jamie tout de suite, dans ce cas. Parce que ses parents doivent venir de l'Ohio.

– Vas-y, alors.

Emma réfléchit un instant.

– Écoute. Je suis flattée et honorée mais… pourquoi vous voulez faire ça ?

– Parce qu'on t'aime. On veut fêter ça. Tous les gens célèbrent leurs fiançailles.

– Pas avec notre famille.

– Justement, il est peut-être temps de les mettre au pas. Qu'ils prennent sur eux et qu'ils fassent passer leurs enfants d'abord.

Emma eut un sourire triste.

– Matt, c'est de la folie et tu le sais très bien.

– Mais ça ne devrait pas ! C'est ça, le truc !

Emma rit, puis reprit son sérieux.

– Je ne sais pas.

– Essaie de voir les choses autrement : c'est une manière d'évacuer ce qu'il y a de pire avant le mariage.

Ce n'était pas bête.

– OK, je vais en parler à Jamie. Il faut que je raccroche.

– Tu te souviens d'un certain Jonathan Dawes ?

Mattie était entrée dans le bureau de son père sans faire de bruit.

Il lui tournait le dos. Son ordinateur portable était ouvert, il avait un téléphone à la main et l'autre posé à côté. Une oreillette dans l'oreille, un journal sur les genoux, une tasse de café près du coude. Les cours de la Bourse défilaient sur deux grands écrans derrière, juste à hauteur d'yeux.

Son père avait à peine remarqué sa présence. Son regard allait d'un écran à l'autre. Il laissait la porte de son bureau ouverte en permanence, mais les gens n'osaient généralement pas y pénétrer.

Mattie avait déjà eu du mal à articuler sa question la première fois. Elle ne pouvait pas se détendre tant qu'elle ne la lui aurait pas posée et pourtant elle n'avait pas vraiment envie de la lui poser. En fait, elle était soulagée qu'il ne lui prête aucune attention. Elle ne voulait pas qu'il fasse attention. Elle n'avait qu'à tourner les talons et repartir. Elle serait soulagée pour un temps, mais serait-elle apaisée ?

Soudain, le regard de son père se posa sur elle. Comme toujours, son silence l'avait davantage alerté que sa voix.

– Tu as dit quelque chose, Matilda ? demanda-t-il.

Elle tira un fil de son short en jean.

– Rien d'important. Je...
– Quoi ?

Maintenant, il était intrigué. Et une fois que sa curiosité était piquée, c'était fichu.

Elle pouvait soit inventer un problème de carte bleue, soit lui reposer la question.

– J'ai croisé un type au Black Horse Market. Son visage me disait quelque chose... je me demandais si tu le connaissais.

– Qui ça ?

Elle tira si fort sur le fil qu'il s'enfonça dans sa paume. Elle était obligée de répéter son nom maintenant. Elle avait l'impression de jouer les poseuses de bombe, mais elle n'avait pas le choix. Pinces et câbles en main, prête ?

– Mattie ?
– Il s'appelle Jonathan Dawes.

Clic.

Il demeura impassible.

– Je crois... que c'est un passionné... de surf.

Elle baissait la voix à chaque mot.

Les poseurs de bombe ne savent pas tout de suite s'ils ont réussi ou échoué. Elle l'ignorait. Elle ne savait même pas ce qui pouvait être considéré comme une réussite ou un échec dans ce cas précis. La devise d'Emma lui revint soudain en mémoire : « Ne jamais poser une question à papa, à moins de connaître déjà la réponse. »

Il haussa les sourcils. Pinça légèrement les lèvres. Se racla la gorge mais ne dit rien.

– Je crois qu'il nous donnait des cours de surf quand on était petites. Ça te dit quelque chose ?

Il était immobile. Parfaitement immobile. Le téléphone toujours à la main. Les prix des matières premières défilaient dans son dos. À quoi pensait-il ? Fouillait-il dans ses souvenirs ? Était-il distrait ? Furieux contre elle ?

– Non.

– Tu ne te rappelles pas de lui ?

– Non.

– Tu ne te souviens pas qu'il nous donnait des cours de surf ?

– Non.

Elle eut l'impression que son regard s'était assombri ou bien devenait-elle paranoïaque ?

Elle craqua le fil de son short en jean. Il se retourna vers ses écrans.

– Papa ?

Rien. Téléphone posé. Tête baissée.

– OK.

Maintenant elle savait quel câble elle avait coupé : celui qui causait l'explosion. Silencieuse et discrète peut-être, mais facilement reconnaissable. Et le plus terrible, c'est qu'elle avait réussi son entreprise. Parce qu'elle venait également de comprendre qu'elle n'était pas venue là pour arranger les choses.

Sa posture lui semblait étrange. Elle ne savait pas quoi dire. Il ne lui tournait jamais le dos. Il fallait qu'elle dise quelque chose, mais quoi ? Elle eut une bouffée de chaleur, les mains moites, elle aurait voulu ressouder le câble, revenir en arrière.

Elle était son bébé, sa princesse blonde. Celle qu'il prenait sur ses épaules. Qui lui montait sur la tête. Elle n'avait jamais été mal à l'aise en sa présence.

Elle sortit de son bureau.

– Ferme la porte, s'il te plaît, dit-il.

C'était la voix qu'il prenait pour s'adresser au type chargé de l'entretien de la piscine quand il y avait de la vase dans le fond. Ce n'était pas la voix qu'il employait avec elle.

Elle ferma la porte, mais ne put forcer ses jambes à s'éloigner. Elle resta plantée là, toute tremblante.

Elle entendit un truc rouler, se briser. Un truc en verre. Elle posa sa main sur la poignée, écoutant le silence. Elle distinguait leurs deux respirations, de chaque côté de la porte. Son cœur battait à tout rompre, mais elle n'osa pas la pousser à nouveau.

12
BOÎTES (ET CONSERVES)

Le dimanche après-midi, Quinn passa apporter des pêches jaunes à Myrna Chapman. Elle aimait s'y arrêter une ou deux fois par semaine en rentrant de la ferme des Reese, pour lui déposer ce que le verger avait à offrir ce jour-là.

Myrna avait été la baby-sitter de leur grand-mère Hardy, puis plus tard son amie. Elle habitait une petite maison victorienne et possédait autrefois l'un des plus beaux jardins du village.

Quinn adorait venir voir Myrna quand elle était enfant, lorsqu'il y avait trop de remue-ménage chez elle. La vieille dame lui préparait une tasse de thé et des biscuits, et lui apprenait à prendre soin des fleurs.

Petite, Quinn était intenable, elle devint une élève appliquée en grandissant et, dès l'âge de douze ans, elle l'aidait bien au jardin. Une année, lorsque Myrna avait remporté « haut la main » le prix de la maison la plus fleurie, lors de la proclamation des résultats, elle avait insisté pour le partager avec Quinn.

– Mattie veut célébrer les fiançailles d'Emma et Jamie à la maison en août, avait-elle annoncé en coupant deux pêches avant de mettre le reste dans le saladier sur la table de la cuisine. J'avais pour mission de prévenir les parents.

Myrna parut amusée.

– Et qu'est-ce qu'ils ont dit ?

Quinn s'assit en face d'elle.

– Ils ont tous les deux répondu « peut-être », mais je sais qu'ils diront oui.

– Pourquoi ça ?

– Parce que Mattie a décidé de foncer quoi qu'il en coûte, et que les parents de Jamie ont accepté de venir de l'Ohio. Jamie est l'employé modèle de mon père. Il sera obligatoirement là pour accueillir les Hurn en tant que père, patron et hôte. Et une fois que mon père et Evie auront dit oui, ma mère n'aura pas le choix. Elle viendra à reculons, mais tu la connais. Il faut qu'elle soit là pour faire valoir son point de vue. Elle ne laissera jamais mon père faire comme si c'était sa fête, sa maison et sa fille.

Myrna hocha la tête.

– Bien vu.

– Toujours la même histoire, soupira Quinn.

Myrna saisit un quartier de pêche de ses doigts déformés par l'âge et le savoura avec un plaisir évident.

– Tu viendras ? demanda Quinn.

– Bien sûr.

Myrna n'avait pas été invitée chez eux depuis de nombreuses années parce que grand-mère Hardy l'avait condamnée pour avoir divorcé à une époque où, au « club », ça ne se faisait pas. Vingt ans plus tard, grand-mère Hardy avait divorcé à son tour, s'était remariée et elle vivait maintenant à Oyster Bay en répétant à qui voulait l'entendre : « Bon sang, mais pourquoi ai-je attendu si longtemps ? »

– Je n'ai jamais vu mes deux parents ensemble dans la même pièce, remarqua Quinn. D'aussi loin que je m'en souvienne.

– Moi oui.

– C'était comment ?

Myrna pencha la tête, plongeant dans ses souvenirs.

– Difficile à dire. Ton grand-père était saoul et se comportait comme un rustre – parce que la bonne avait fait brûler les toasts, je crois. Un camion de pompiers a débarqué toutes sirènes hurlantes parce que l'alarme à incendie s'était déclenchée et tes parents essayaient de faire taire Emma.

Quinn sourit.

– Alors il fut une époque où ce n'était pas eux les fauteurs de troubles.

Myrna sourit également.

– C'est générationnel.

Elles savourèrent les pêches en silence un instant.

– J'ai envie de faire un gâteau aux fleurs pour la fête, reprit Quinn.

– Bonne idée. J'ai encore des œillets et de la bourrache, c'est délicieux en gâteau.

À mesure que Myrna avait vieilli, son jardin avait rétréci, se rapprochant de la porte de la cuisine, jusqu'à n'être plus qu'un carré de vivaces bordant la façade arrière de la maison.

Au début, Quinn avait été peinée de cette réduction progressive.

– Je pourrais l'entretenir pour toi, avait-elle proposé, au bord des larmes. Tout ça.

Myrna avait été touchée par son offre, mais ferme.

– Un jardin doit refléter les envies et les capacités de son propriétaire.

En rentrant à vélo, Quinn se rendit compte que ce qu'elle venait de dire n'était pas tout à fait vrai. Lorsqu'elle avait onze ans environ, elle avait déclaré une mystérieuse maladie, qui avait duré des jours et des jours. La fièvre était si forte qu'elle avait dû être hospitalisée. Elle n'était qu'à demi consciente, perdue entre rêves et hallucinations. Une chance, en fait, tant elle détestait cet endroit, ses bruits et ses odeurs.

Elle se rappelait que, dans un moment de lucidité, elle s'était réveillée la nuit, dans l'obscurité de la chambre d'hôpital. Elle avait jeté un regard vers le couloir et avait aperçu ses parents dans l'encadrement de la porte ouverte, tous les deux. Tête baissée, discutant à voix basse.

Il s'agissait peut-être d'une hallucination, mais elle avait cru voir son père prendre la main de sa mère et la serrer un instant avant qu'ils ne se séparent et ne partent chacun de leur côté.

Violet était jolie. Ray aimait bien le truc à paillettes qu'elle se mettait sur les yeux. Ça ne le dérangeait pas que son genou frôle le sien sous la table. En revanche, il ne supportait pas cette question.

– Rien. Pourquoi ?

Violet ramena ses cheveux derrière ses oreilles. Elle secoua son café glacé.

– Tu as l'air tellement distrait.

Ce n'était pas complètement faux. Il était si distrait qu'il lui fallut plusieurs secondes pour s'apercevoir qu'elle venait de l'accuser d'être distrait.

– Ouais. Peut-être. Je ne sais pas.

Ce n'était pas complètement vrai. Il ne savait pas, mais il avait tout de même une bonne idée de ce qui se passait. Il était en train de comparer la fille dont il avait touché pratiquement chaque centimètre carré – et avec qui il sortait plus ou moins depuis deux ans – avec une fille qu'il avait croisée moins de cinq minutes à une fête.

Avec Violet, ils avaient une relation tranquille, jamais vraiment intime. Mais elle était toujours partante, toujours prête, toujours dans les parages. Alors que l'autre fille était carrément, totalement, absolument inaccessible.

Il les connaissait de manières radicalement différentes. Il connaissait Violet de l'extérieur : son physique, son allure, sa sensation sous ses doigts. Et comme il avait à peine vu (et encore moins touché) l'autre fille, il ne la connaissait qu'à travers ce qu'elle faisait, écrivait, lisait.

C'était un gros défaut, lui avait un jour appris son père, de préférer ce qu'on n'a pas à ce qu'on a. Ce qu'on ne peut pas avoir à ce qu'on peut avoir.

Mais *elle*, franchement, lui demanderait-elle aussi souvent à quoi il pensait ?

Il se leva, son gobelet de café hors de prix à la main, en annonçant :

– Il faut que je sois au boulot dans cinq minutes.

Violet se leva également. Tandis qu'ils se dirigeaient vers la porte, elle se rapprocha de lui. Lorsqu'elle l'embrassa sur le menton, il sentit une odeur de fleurs.

– Tu vas chez Frasier, ce soir ?

Violet avait un parfum différent à chaque fois. Toujours agréable, capiteux, féminin, tout droit sorti du rayon beauté – mais jamais le même.

Plantée sur le trottoir, elle le toisait, impatiente.

– Désolé… chez Frasier ? Non. Je l'ai prévenu que je ne pouvais pas.

Frasier était un vieux copain de Wainscott. Si Ray allait volontiers pêcher ou surfer avec lui, il détestait les fêtes qu'il organisait.

– Je passe la soirée à la maison. Dîner en famille.

– Puis tu retournes en ville ?

– Ouais. On se verra sûrement la semaine d'après.

– Je viendrai peut-être passer une nuit chez toi.

– OK.

– Je m'ennuie ici sans toi.

Violet avait tendance à s'ennuyer facilement, il le savait. Il l'embrassa et se dirigea vers le Black Horse, soulagé de pouvoir laisser ses pensées vagabonder sans que personne s'en inquiète.

Et *elle*, s'ennuierait-elle aussi vite ?

Sans bien savoir pourquoi, il pensa à leur ville en Lego. Il ne pouvait pas s'imaginer Violet – ni la Violet petite fille, ni n'importe quelle Violet – se passionner cinq mois durant pour une ville en Lego avec six parcs et pas d'école ni même de magasins.

Il essaya de se représenter mentalement son visage, mais il était déjà flou, au bout de deux semaines seulement. En fait, il était devenu flou dès cette première nuit d'insomnie où son image s'était superposée à ses souvenirs et à ses espoirs. Il n'avait en revanche aucun mal à se remémorer le visage de Violet.

Il avait eu quelques secondes de lucidité – avant de savoir de qui il s'agissait –, où il l'avait vraiment vue telle qu'elle était. Il essayait de se repasser ce moment – quand leurs regards s'étaient croisés dans le couloir, à l'entrée de la cuisine. C'était cet instant-là qu'il ressassait, ce mélange étrange de perplexité, de honte et d'excitation.

Il avait l'esprit assez lucide pour se rappeler qu'il l'avait trouvée belle. Aussi belle que Violet. Plus belle. D'autres garçons n'auraient sans doute pas été d'accord, car Violet était grande, sexy, affriolante. Néanmoins, il était d'accord avec lui-même.

Pourquoi faisait-il ça ?

Il rentra au Black Horse Market par la porte de derrière. Il passa voir Julio puis se mit au travail dans la réserve.

Il commença par sortir des paquets de spaghettis italiens de leurs cartons pour les poser sur les étagères.

En regardant s'il y avait d'autres cartons derrière la dernière étagère, il tomba face à une réplique parfaite de la pyramide de Gizeh tout en boîtes et conserves.

Il sourit, adossé à la vieille porte coupe-feu. Son cœur battait la chamade. Il passa l'heure suivante à empiler de minuscules boîtes de concentré de tomate pour reproduire le Sphinx.

Non, *elle*, elle ne s'ennuierait pas vite. Et oui, il avait effectivement un gros défaut.

Question du jour pour Little Ray :
Quinn t'a déjà emmenée voir les narvals à l'aquarium de Coney Island ?
Big Sasha

Big Sasha,
Oui! Elle aime cet endroit aussi fort qu'elle le déteste. Elle a pleuré devant le vieux morse. « Il peut voir la mer de son aquarium ! » Alors j'ai pleuré aussi, évidemment.
Elle t'a emmené sous la grande baleine bleue du muséum d'Histoire naturelle?
Little Ray

Little Ray,
Oui, des tonnes de fois! Elle avait une histoire à me raconter pour chacun de ces terrifiants dioramas sous-marins.
C'était la seule de la famille à m'emmener en balade comme ça. Sans Quinn, je serais devenu comme Cameron Reese.
Big Sasha

Arrête !

– Tu crois que c'est possible que maman ait eu un amant alors qu'elle était encore avec papa?

Mattie avait choisi le moment où Quinn était en train de se battre avec de mauvaises herbes récalcitrantes dans le carré de courges.

Elle avait décidé de partager son fardeau avec sa sœur. Elle savait qu'elle en assumerait pratiquement tout le poids, ce qui l'arrangeait bien, car elle en avait assez de le porter toute seule.

Quinn se redressa.

– Pourquoi tu me poses cette question?

Elle n'avait pas l'air surprise ni avide de détails, comme d'autres auraient pu l'être.

– Parce que je n'arrête pas d'y penser. Tu te souviens du type du Black Horse Market dont je t'ai parlé ?

– Mmm.

Elle était retournée à ses mauvaises herbes.

– J'ai questionné maman à son sujet et elle s'est complètement fermée. Elle n'ose plus me regarder dans les yeux depuis.

– Qu'est-ce qu'elle t'a répondu ?

– Rien d'intéressant. Que c'était un surfeur. Qu'il nous avait donné des cours, à elle et à nous, petites. Tout ça, je le savais déjà. C'est surtout sa tête, sa réaction...

– Ah oui.

Mattie prit une profonde inspiration.

– Et ensuite, j'ai demandé à papa.

Elle attaqua violemment un bout d'ongle.

– Et c'était trop bizarre, Quinn. Il n'a presque rien dit. Un silence glacial. Je ne l'avais jamais vu réagir comme ça.

Quinn acquiesça, même de profil on voyait son expression peinée.

– C'était dimanche après-midi, il était dans son bureau. Après notre conversation, il m'a demandé de fermer la porte et j'ai entendu un truc se casser.

Elle en tremblait encore rien que de le raconter.

– Ça veut dire quoi, à ton avis ?

– Qu'il a fait tomber un truc.

Mattie laissa échapper un soupir.

– Quinn...

– Tu veux vraiment savoir ce que ça veut dire ?

– Je ne sais pas, mais je ne peux pas m'empêcher de chercher à savoir, je n'arrive pas à faire autrement.

Elle fit craquer ses articulations. Ferma les yeux.

– Aucune de nous ne sait ce qui s'est passé. Tu n'as pas envie de savoir ? insista Mattie.

– Ils n'ont pas envie qu'on sache.

– Non, c'est clair. Mais pourquoi ? Que s'est-il passé ?

Mattie était sur les nerfs, déchaînée, et même si c'était ainsi généralement qu'elle attirait le plus d'ennuis à Quinn, ça ne l'arrêtait pas.

– Tu n'es pas curieuse ?

Quinn essuya ses mains pleines de terre sur son pantalon.

– Je pense qu'aucune information de quelque nature qu'elle soit ne pourra changer la vérité qu'on connaît, déclara-t-elle lentement.

Mattie l'écoutait à peine. Elle écarta les mains.

– Il y a des gens qui divorcent à l'amiable. Qui restent amis. Ils dînent parfois ensemble. Se voient pendant les vacances. Je connais des tas de familles comme ça. Nos parents ne se sont pas approchés à moins de cent mètres l'un de l'autre depuis près de vingt ans. *Qu'est-ce qui leur est arrivé ?* Et pourquoi ne peuvent-ils pas nous le dire ?

– Ils essaient de nous protéger.

– De quoi ? Ils veulent *se* protéger, oui. C'est sans doute le seul point sur lequel ils sont d'accord.

– Et alors ? C'est déjà ça.

– Quand on était petites, peut-être. Mais maintenant, la décision ne leur appartient plus.

Quinn finit par poser ses grands yeux sur sa sœur.
– Fais attention, Mattie. Je t'en prie.
Non, pas question. Elle allait pester, tempêter, ruer.
– Maintenant, c'est peut-être à moi de décider. Ou à ce maudit Jonathan Dawes.

13
ANGOISSE SUIVANTE !

Sasha avait passé deux jours entiers à chercher ce qu'elle pourrait bien écrire à Ray, aussi, lorsqu'elle vit le sphinx qui se dressait derrière les étagères de la réserve, à côté de sa pyramide, faillit-elle pleurer.

Pleurer de joie, bien entendu. Un tsunami d'émotions monta de son cœur et menaça de s'échapper par ses yeux. Trop bizarre.

Cela ravivait tant de sentiments profondément enfouis. Les souvenirs de la ville en Lego, de *Ne tirez pas sur l'oiseau moqueur* et des petits animaux en plastique. C'était une vague de nostalgie, bien sûr, mais aussi un élan nouveau qui permettait de faire la synthèse de son ancien Ray et du stupéfiant Ray inconnu qu'elle avait rencontré en bas de chez Samantha Rubin. Et cet élan avait abouti à sa magnifique offrande : une pyramide de Gizeh faite de boîtes et de conserves, qui se dressait entre deux étagères, au fond de la réserve mal éclairée, près de la vieille porte coupe-feu.

Ainsi était réapparue une ancienne version d'elle-même qui lui avait manqué, bien qu'elle n'ait pas vraiment remarqué sa disparition.

Et puis Francis avait débarqué dans la réserve et l'avait trouvée là.

– Qu'est-ce que c'est que ce foutoir ?

Elle avait laissé échapper un profond soupir. Merde. Elle avait tenté de graver dans sa mémoire sa merveille du monde en boîtes et conserves.

– C'est une pyramide ?

– Ouais.

– Et c'est toi qui l'as faite ?

Elle ne savait pas comment interpréter son ton. Si Francis était impressionné par le chef-d'œuvre, elle voulait partager la gloire avec Ray. Mais s'il était juste furax, elle préférait éviter.

– Mm…

– Alors je te paie pour faire des maquettes avec la marchandise ?

Elle essaya de prendre un air contrit au lieu de simplement faire la tête.

– Je suis désolée. Après avoir terminé la mise en rayon du matin et le réassort, il me restait un peu de temps. Je me suis dit qu'on pourrait prendre des photos à diffuser sur les réseaux sociaux.

C'était n'importe quoi, mais Francis parlait presque autant de l'influence des réseaux sociaux que de son fameux MBA.

Elle vit les rouages de son cerveau se mettre en branle.

– Tu veux dire qu'on pourrait poster ça sur Facebook ? fit-il.

– Bien sûr ! Et peut-être même créer un compte Instagram.

– D'accord.

Il hocha la tête en haussant les sourcils.

– Bien vu. C'est pour ça que j'aime embaucher des jeunes, tu sais.

– Ray a participé, c'est son œuvre aussi.

Elle sourit, le cœur gonflé de fierté malgré elle.

– Mais c'est toi, Ray.

– Je veux dire l'autre Ray.

Maintenant, elle savait exactement ce qu'elle allait écrire à Ray en sortant du boulot. Son pouls s'emballa. Ses doigts la démangeaient déjà.

– C'est vrai ? Il a participé ?

– Ouais.

Francis se mit à rire.

– Et moi qui le prenais pour un adulte. Sincèrement, tu as vu la petite amie canon qui vient le chercher tous les jours à la fin de son service ?

Sasha avala sa salive. Son cœur continuait de battre comme un fou, mais le rythme avait changé. Son sourire vacilla un instant sur ses lèvres avant de s'évanouir.

Le triomphe avait été de courte durée. Prise de vertige, elle était incapable d'articuler un mot. Elle n'aurait jamais cru que Francis avait le pouvoir de lui faire le moindre mal, mais cette phrase comportait à elle seule tant de sous-entendus blessants qu'elle ne pouvait même pas en faire le compte.

Ray était un adulte. Donc elle n'était qu'une gamine. Ray avait une petite amie. Sa petite amie était canon. Sa petite amie était dévouée. Sasha n'avait pas vu venir cette petite amie canon. Pas du tout. Elle n'avait même pas envisagé son existence. Sasha n'avait personne, canon ou non, qui venait la chercher à la fin de son service. Ni tous les jours ni jamais d'ailleurs.

Elle contempla son idiotie de pyramide en conserves et se sentit bête. Ray avait-il ajouté le sphinx pour se moquer d'elle ?

Francis tourna les talons.

– C'est mignon, fit-il en désignant son chef-d'œuvre. Franchement. Tu as déjà pris les photos ?

Elle était dévastée. S'efforça de lutter contre le désespoir qui l'envahissait.

– Non, non, je vais le faire.

– Parfait. Et ensuite, tu me démonteras tout ça et tu rangeras tout dans la réserve comme il faut.

Elle acquiesça misérablement, tandis qu'il ajoutait :

– Dès ce soir.

– À mon avis, on devrait leur téléphoner avant d'aller chez Lexi, suggéra Jamie.

Maintenant que ses parents avaient accepté de venir sur la côte Est en avion pour leurs fiançailles, avec Emma ils avaient décidé de les appeler pour faire les présentations par téléphone, avant la rencontre en chair et en os au mois d'août.

Emma plaqua son portable contre son oreille pour mieux entendre.

– Tu peux sortir du boulot plus tôt ?

– Je vais essayer. J'y retournerai après dîner, si besoin.

Il avait une voix tendue. Elle aurait aimé l'avoir en face d'elle pour déchiffrer son humeur.

– On se retrouve chez moi à six heures.

– Aussi tôt que ça ?

Il ne quittait jamais le bureau avant huit heures les soirs de semaine.

– Ouais, ouais.

Elle arriva devant son immeuble de Long Island pile en même temps que lui. Il l'embrassa tendrement, mais il paraissait stressé. Il tapota du pied nerveusement durant toute la montée en ascenseur.

– Ce n'est qu'une conversation téléphonique, le rassura-t-elle. Et tes parents, ce sont les plus faciles à vivre dans l'histoire, non ?

Il haussa les épaules.

– Je ne sais pas. Qui a des parents faciles à vivre ?

Elle s'efforçait de comprendre. Il ne parlait pas beaucoup de sa famille. Ses parents étaient mariés. Il avait une sœur de quinze ans, en avance pour son âge. Son père travaillait comme commercial pour une entreprise de produits chimiques. Ils habitaient une jolie maison spacieuse dans un joli lotissement, et avec un auvent pour voiture – quelle qu'en soit l'utilité.

S'inquiétait-il à cause d'elle ? Elle avait déjà réfléchi à ça.

– Ils ne verront pas que j'ai des origines indiennes par téléphone, affirma-t-elle en entrant dans son petit appartement.

Il eut l'air atterré.

– Qu'est-ce que tu veux dire par là ?

– J'ai juste un peu peur que… lorsqu'ils vont me rencontrer, ils ne soient surpris que je ne sois pas un peu… plus blanche.

Il la prit dans ses bras et la serra fort.

– Oh, Em… Tu es parfaitement parfaite. Ça me rend dingue que tu t'inquiètes pour ça.

Il la relâcha.

– Enfin bref, je t'ai présentée en détail. Je crois que j'ai utilisé ta description : « moitié bengalie, moitié hippie ». Ils ont vu ton père un dixième de seconde quand ils sont venus visiter le bureau l'an dernier.

Ce n'était donc pas cela.

– Allez, j'appelle.

Ils trouvèrent les trois Hurn à la maison. Tout le monde fut très chaleureux, poli, tout en compliments, un peu mal à l'aise. La mère de Jamie s'extasia sur la caisse de champagne que Robert leur avait envoyée.

– Je suis touchée que vous veniez tous pour nos fiançailles, conclut Emma. J'ai hâte de vous rencontrer.

– Tu vois, ça ne s'est pas si mal passé, décréta-t-elle après qu'ils eurent tous répété en chœur qu'ils avaient hâte de venir, puis raccroché.

James acquiesça.

– Ils sont tous très sympa, en fait, ajouta-t-elle.

Jamais elle ne lui avait vu l'air aussi méfiant.

– Ma mère est plus facile à vivre certains jours que d'autres, commenta-t-il.

– Eh bien, c'est une crème comparée à la mienne.

Mattie était la seule dans les parages, ce fut donc à elle que Sasha dut poser la question. Ce n'était pas l'idéal mais elle n'avait pas le choix.

– C'est qui la fille canon qui passe chercher Ray au boulot tous les jours ?

Ça ne la regardait pas et, objectivement, ça ne la concernait ni de près ni de loin, mais bon.

Mattie était en train de se vernir les ongles de pied sur une chaise longue au bord de la piscine. Elle était tellement distraite ces derniers temps que Sasha espérait pouvoir lui extorquer les informations qu'elle voulait, comme un chirurgien pressé – une extraction propre et nette – sans déclencher une foule de questions en retour.

– Tu veux parler de Violet ?

Et merde. Il fallait qu'elle ait un super nom comme Violet, en plus.

– Je ne sais pas.

Pourquoi ? Elles étaient plusieurs ?

– Je pense qu'il s'agit de Violet. Elle rapplique sans arrêt. Canon, je ne sais pas.

Mattie réfléchit.

– Ouais, peut-être. Tu la connais ?

– C'est Francis, notre directeur, qui m'a parlé d'elle.

Mattie leva les yeux au ciel.

– Francis est un pervers. Il a quoi ? Trente ans ? Violet est au lycée !

Sasha avait intérêt à se remettre un peu en question. Pourquoi était-elle si surprise qu'il y ait une Violet ? Bien sûr, qu'il y avait une Violet. Pourquoi se sentait-elle trahie ? Elle perdait la boule ou quoi ? Qu'est-ce qu'elle s'était imaginé ?

Pourtant, elle rouvrit la bouche pour demander :

– Et c'est sérieux, entre eux ?

Tout occupée à rattraper le vernis qui avait bavé, Mattie ne s'offusqua pas qu'elle pose la question. Ça, au moins, c'était cool.

– Sérieux ? Ce sont des gamins, affirma-t-elle comme si elle était déjà à la retraite. Difficile d'employer les mots « sérieux » et « Violet » dans la même phrase.

Même si c'était mesquin, Sasha fut ravie de l'entendre.

– C'est vrai ?

Elle en voulait encore.

– Violet tourne autour de Ray depuis le collège. Elle va à Nightingale, je crois, où aucun garçon n'a jamais mis les pieds. Alors pour elle, Ray, c'est comme le rhinocéros blanc, tu vois ce que je veux dire. C'est le prototype de la pétasse d'East Hampton trop maquillée qui passe son temps à faire du shopping en espérant repérer des stars.

Mattie haussa un sourcil tel un juge de la Cour suprême.

Le plaisir suscité par cette condamnation sans appel fut cependant de courte durée, car Sasha passa aussitôt à l'angoisse suivante. Alors Ray était comme ça ? C'était vraiment le genre de fille qui lui plaisait ? Ça ne cadrait pas avec l'image qu'elle s'était faite de lui. Mais, en même temps, tout ce qu'elle croyait savoir de Ray était surtout le fruit de son imagination.

Elle ne se retint même pas de poser la question :

– Et Ray... c'est son genre ?

Mattie agita son flacon de vernis dans les airs.

– J'ignore dans quelle proportion c'est son genre et dans quelle proportion c'est son boulet.

Pas très romantique tout ça, pas vrai ?

– Emma l'a surnommée Juste Violet.

– Pourquoi ? demanda Sasha avec un peu trop d'empressement peut-être.

– Parce que chaque fois qu'elle débarque à la maison, on est tous là : « Oh, c'est juste Violet ! »

Sasha eut un petit rire. Paraissait-il aussi diabolique de l'extérieur que de l'intérieur ?

Mattie fignola la seconde et dernière couche de vernis sur son second et dernier petit orteil et vint alors l'inévitable :

– Mais en quoi ça te regarde ?

14

QUAND ON CHERCHE, ON TROUVE

« Je surfe tous les samedis à Ditch Plains. »

Savait-il que Mattie en arriverait là ?

À l'époque, elle avait trouvé ridicule et risible qu'il lui fournisse cette précision. Et pourtant elle se la rappelait. Et voilà qu'elle se retrouvait au volant de la vieille Honda d'Adam, en route pour Ditch Plains, aux aurores, un samedi matin.

Sa mère n'avait pas envie d'en parler. Son père ne voulait pas en parler non plus, mais bizarrement, Mattie avait le pressentiment que Jonathan Dawes, lui, serait prêt à en discuter.

Son livre et sa serviette sous le bras, comme des accessoires de théâtre, elle sortit de la voiture. Cette plage n'était qu'à quelques kilomètres seulement de celle de Georgica, pourtant elle était beaucoup plus sauvage. Le rivage interminable où se cassaient de gros rouleaux était déjà constellé de surfeurs. Les hautes falaises qui se dressaient de chaque côté et le vent violent qui la balayait lui donnaient une atmosphère de bout du monde. Jonathan devait sûrement venir dans leur univers, dans les eaux calmes de Georgica, pour faire flotter les petites filles en équilibre sur l'eau.

Mattie s'approcha du bord, mal à l'aise. C'était bien connu, cette plage était le domaine réservé de locaux revêches. Ceux qui ne surfaient pas là depuis dix ou vingt ans, ceux qui n'avaient pas de planche sous le bras, n'étaient pas les bienvenus. Pourtant, sur son passage, elle récolta plus de signes de tête que de froncements de sourcils. Peut-être les jolies blondes en bikini avaient-elles un laissez-passer ici, comme partout ailleurs.

Elle le reconnut, même de dos et à une centaine de mètres. Il portait une combi si délavée qu'elle n'aurait pas été étonnée d'apprendre qu'il s'agissait de la même que sur la photo, dix-sept ans plus tôt. Des années de sel et de soleil avaient transformé ses cheveux en paille. Il était en train de discuter avec deux autres surfeurs, tenant à la main une planche raisonnablement usée par le temps. C'était un des locaux, peut-être pas revêche, mais en tout cas, il représentait l'une des traditions que les revêches voulaient protéger.

Elle le trouva touchant, bizarrement. De voir à quel point il faisait partie du paysage, à quel point il était détendu, à quel point il était à sa place ici. De voir à quel point il appartenait à cette époque révolue, alors que tout avait changé.

Et si moi, j'étais liée à lui, d'une façon ou d'une autre ? C'était une pensée enivrante et traîtresse.

Elle était là, figée sur place, cramponnée à son livre et à sa serviette, lorsqu'il se retourna et l'aperçut. Il pencha la tête, puis sourit et vint vers elle.

Elle fut surprise qu'il la remarque. Elle s'était presque crue invisible, spectatrice, en dehors de la scène. Elle avait eu l'impression de le regarder sur un écran, comme si elle n'était qu'une paire d'yeux abstraits qui l'observaient dans son environnement naturel. Elle avait oublié qu'elle était venue là pour entrer en interaction avec lui. Elle n'était pas sûre d'en avoir encore envie.

Il venait vers elle avec un certain élan, souligné par ce jeu d'ombres et de lumière, ce mélange d'interrogation et d'espoir sur son visage. Elle prit alors conscience qu'elle avait fait un choix.

L'avait-elle seulement voulu ?

Sûrement. Elle n'était pas venue jusqu'ici par hasard.

Il s'approcha pour lui faire la bise. Elle était de plus en plus mal à l'aise, serrant ses affaires contre elle. Il était tout à fait à l'aise, la serrant dans ses bras malgré tout.

– Je suis content de te voir, Mattie. J'espérais que tu viendrais.

Ça la paniqua. Elle se repassa ce qu'il avait dit, ce qu'elle avait dit. Elle n'était qu'une idiote de gamine des Hamptons parmi tant d'autres. Qu'espérait-il ?

Je ressemble à ma mère.

Voilà pourquoi il la regardait ainsi. C'est ce qui l'aida à se reprendre.

– Je voulais vous poser une question, annonça-t-elle, retrouvant toute son audace.

Il hocha la tête comme si, ça aussi, il s'y attendait.

Maintenant qu'elle était là, devant lui, elle ne savait pas comment formuler les choses.

Était-ce parce qu'elle en voulait à sa mère ? Qu'elle voulait la coincer ? Prouver quelque chose ? À quoi cela mènerait-il ?

À rien de bon. Pourtant, elle ne pouvait pas laisser tomber.

– Est-ce que vous… ?

Elle laissa sa phrase en suspens.

Il ne la termina pas à sa place, ne la pressa pas.

– Est-ce que ma mère et vous…?

Il inclina à nouveau la tête. Il ne semblait pas stressé le moins du monde. Pas de la même façon qu'elle en tout cas.

– … vous êtes sortis ensemble?

Il n'avait pas l'air surpris ni énervé. Mais il ne répondit rien.

Déjà, elle faisait machine arrière.

– Je sais que c'est très personnel comme question. Alors que vous ne me connaissez même pas.

Ça le fit rire.

– Quoi? fit-elle, toute gênée.

– Tu as raison. Je ne te connais pas.

Elle sentait bien qu'il voulait la mettre à l'aise. Il rit encore, moins gaiement cette fois.

– J'ai presque l'impression de te connaître pourtant.

Il croisa son regard moins d'une seconde. Était-ce elle qui détournait les yeux ou bien lui?

– Parce que je ressemble à ma mère.

Il haussa les épaules.

– C'est indéniable.

– Tout le monde le dit.

Il hocha la tête.

– Ouais. J'imagine.

Elle se recentra sur son objectif.

– Vous étiez proches, à l'époque?

– Durant un temps, oui.

Il était étrangement calme.

Elle attendit qu'il poursuive, en vain.

– On a des photos. De vous. À l'époque.

Il ne laissa paraître ni nervosité ni peur, à l'inverse de sa mère.

– Moi aussi, j'en ai.

Il avait été amoureux de sa mère. Elle en était presque sûre maintenant.

Il remonta un peu pour s'asseoir sur le sable et lui fit signe de l'imiter. Ils demeurèrent un moment silencieux.

– Tu as abordé la question avec ta mère ?

– J'ai essayé.

– Elle n'a pas voulu en parler ?

Mattie laissa échapper un petit reniflement désabusé.

– Dès que j'ai prononcé votre nom, elle s'est complètement fermée. Et depuis, elle m'évite.

Il parut attristé, mais pas vexé.

– C'était une période compliquée. Tu le sais sûrement.

– Le divorce, vous voulez dire ?

Elle entrait en terrain miné.

Pour la première fois, une légère gêne passa sur son visage. Il soupira :

– Je suis obligé de m'en remettre à ta mère, désolé.

Avaient-ils divorcé à cause de lui ? Était-ce aussi simple ? Sa mère avait trompé son père, et il l'avait larguée ? Une histoire banale et sordide.

Il traça des vagues dans le sable avec ses mains.

– Je suis ravi que tu sois venue, Mattie. J'aimerais beaucoup te revoir. Si tu veux reprendre le surf, fais-moi signe. Je suis super disponible et je pratique des tarifs raisonnables.

Il lui sourit. Il plaisantait sûrement au sujet des tarifs.

– Mais si ta mère n'a pas envie de t'en parler, alors ça me gêne d'en discuter avec toi.

En parler, *en* discuter. Il y avait donc un sujet de discussion. Il ne le niait pas.

– Parler de votre relation avec ma mère, précisa-t-elle, tentant de gagner un peu de terrain.

Lorsqu'il reprit la parole, ce fut d'une voix moins posée, moins assurée.

– De notre relation. Et de toi.

– Et de moi ? riposta-t-elle, outrée, sans même réfléchir. Qu'est-ce que j'ai à voir dans l'histoire ?

Elle regretta aussitôt d'avoir dit ça, et elle n'avait pas fini de le regretter. Elle se repasserait sûrement cette scène comme un coup de pied aux fesses pour le restant de ses jours.

Elle avait répliqué sans écouter, sans chercher à comprendre, tout simplement à cause de ce mantra qu'on répétait aux enfants du divorce : « Ça n'a rien à voir avec toi. Tu n'as pas à t'en vouloir. » Tous les adultes de la planète – et même de parfaits inconnus – lui avaient servi cette petite phrase à la moindre occasion. Elle dansait devant ses yeux, l'aveuglait, l'empêchait de voir où il voulait en venir.

Il ne répondit pas. Il ne pouvait pas, visiblement, ce qui lui laissa un long et pénible temps de réflexion.

« Et de toi. » Elle avait beau rejeter cette information, elle pénétrait néanmoins à petits coups cinglants et perturbants dans son esprit.

Elle était bébé à l'époque. Les coups se firent plus lents, plus sourds, plus douloureux. Quel mal pouvait donc faire un bébé ?

Vlan. Il n'y avait qu'une seule chose qu'un bébé puisse faire pour briser un mariage.

Mais ça ne pouvait pas être elle. Non, pas ça. Elle se retrouva à fixer ses pieds à lui.

Lorsqu'elle releva la tête vers son visage, elle y lut un infini malaise. Il pensait qu'elle était au courant. Ou qu'elle s'en doutait, tout du moins. Il pensait qu'elle était venue pour mener l'enquête, peut-être confirmer ses soupçons. Elle avait pitié de lui. Mais encore plus d'elle-même.

Il plaqua ses deux mains sur le sable, fort. Puis il la contempla en les époussetant.

– Je suis désolé, Mattie.

Et il avait l'air sincère.

– Il faut que tu aies une conversation avec ta mère.

La plupart du temps, lorsque Evie partait à Wainscott avant lui pour le week-end, Robert s'arrangeait pour se faire conduire par une voiture de sa boîte afin de pouvoir travailler pendant le trajet. En général, Sasha partait avec sa mère, mais de temps à autre, il lui arrivait de faire le voyage en compagnie de son père.

Voilà une conversation que Sasha avait déjà entendue à l'arrière d'une impeccable voiture noire – une Mercedes, par exemple. Son père pianotait sur son téléphone. Le chauffeur, pour être poli et pensant bien faire, lançait :

– Puis-je vous demander de quelle origine vous êtes, monsieur ?

Son père levait les yeux de son portable, agacé.

– Du Canada. Région de Toronto.

Vite, son téléphone.

– Mais avant... votre famille ?

Là, tout le monde aurait compris où le chauffeur voulait en venir. Il était lui-même d'origine indienne, pakistanaise ou du sud-est de l'Asie. Il voyait en son père un congénère potentiel. *Vous n'êtes pas des leurs*, pensait le chauffeur, sans doute avec une certaine fierté. *Vous êtes des nôtres, n'est-ce pas ? Qui êtes-vous vraiment ?*

Mais ça ne fonctionnait pas avec son père.

– Du sud de l'Ontario.

Un point, c'est tout. Circulez, y a rien à voir, les gars.

Le chauffeur n'avait pas l'air convaincu, forcément, il était peut-être même vexé. Il se tournait éventuellement vers les yeux bengalis de Sasha, pour obtenir son soutien. Si c'était le cas, elle lui adressait un vague sourire de compassion mêlé d'un avertissement.

Elle était toujours tentée d'en dire plus : *Mon père est originaire du Bangladesh. Ça se voit, non ? Sa mère biologique, en tout cas. Il n'en parle jamais, mais il lui est arrivé malheur durant la guerre, en 1971. C'est un rescapé mais il ne l'avouera jamais. Il a été envoyé au Canada à l'âge de deux ans pour être élevé par des parents blancs. Il est grand, maintenant. Ils l'ont bien nourri.*

Son père avait passé son enfance à patiner sur une mare glacée, dans le fond du jardin, comme tous les gamins d'Ontario. D'après ce qu'elle avait compris, ça ne le dérangeait pas plus que ça d'être différent des autres – d'être d'une origine différente. Il n'était pas sur la défensive, pas chatouilleux sur le sujet. Ça ne l'intéressait pas vraiment.

– Je me concentre sur les choses sur lesquelles je peux agir, lui avait-il confié un jour.

À l'écouter, il était plus canadien que canadien. Il avait eu les meilleurs parents du monde. On lui faisait plus facilement chanter les quatre couplets de *Ô Canada* et une dizaine de cantiques anglicans qu'avouer qu'il était issu du viol d'une adolescente dans un camp de réfugiés du Bangladesh. Il avait joué au hockey sur glace à Princeton. Il avait fondé Califax Capital. Eu quatre filles magnifiques. C'était tout ce qu'il y avait à savoir sur lui.

Son père était à nouveau en train de donner ses ordres au téléphone. Personne ne pouvait deviner quoi que ce soit à son sujet par téléphone.

Quinn était passée des dizaines de fois devant le salon de tatouage et de piercing de Hampton Bays sans jamais songer à pousser la porte. Elle avait parfois remarqué la femme entre deux âges, aux cheveux rouge et noir, toute tatouée, qui fumait sur le seuil. Prise d'une soudaine impulsion, Quinn gara son vélo sur le parking.

La femme était à l'intérieur. Elle se présenta comme Raven.

– Vous faites les piercings dans le nez ? demanda Quinn.

– Oui.

– Vous pouvez m'en faire un ?

– Tu as quel âge ?

– Vingt et un ans.

Raven fit la grimace.

– Tu es sûre ? Je t'en aurais donné seize. Qui fait du vélo sur Montauk Highway passé quinze ans ? Tu as une pièce d'identité ?

– Oui.

– OK, alors. Tu le veux tout de suite ?

– C'est possible ?

Raven jeta un regard circulaire autour d'elle.

– Tu vois d'autres clients ?

Quinn secoua la tête. La pièce était faiblement éclairée, les murs couverts de modèles de tatouages. Dont une grande majorité de serpents et de dragons.

– Tu remplis le formulaire, tu choisis ton bijou et on y va.

– OK.

À en juger par sa collection personnelle, Raven avait une nette préférence pour les tatouages ailés. Papillons, anges, oiseaux de proie, un hibou, un lion ailé, un dragon, une ou deux chauves-souris.

Quinn remplit le papier, lui donna sa carte d'identité et choisit un minuscule anneau en titane pour commencer.

– Tu t'appelles vraiment Quinn ?

Raven la mena dans l'arrière-boutique, où l'ambiance était moins mystique mais l'éclairage meilleur pour percer des trous dans les gens.

– Oui, c'était le nom de jeune fille de ma grand-mère paternelle.

Raven désigna un fauteuil du style dentiste.

– Vous vous appelez vraiment Raven ?

– Non, ma mère m'a prénommée Barbara.

– Oh.

La poitrine généreuse de Raven était sanglée dans une sorte de corset de cuir, qu'elle portait sur un pantalon moulant, avec des boots noires à talons. Sous sa profusion d'ailes, sa peau paraissait flasque et fatiguée. Une tonne de bagues ornait ses doigts boudinés. Difficile de dire si l'une d'entre elles signifiait qu'elle était mariée. Elle avait une cicatrice dans le cou et une autre sur l'avant-bras. L'esprit de Quinn se mit à vagabonder tandis qu'elle s'efforçait d'imaginer la petite fille que sa mère avait prénommée Barbara.

Tout le monde a une mère. C'est ça, le truc. La semaine d'avant, Emma l'avait traînée voir un film qui se passait durant la Première Guerre mondiale. Quinn s'était ratatinée sur son siège tandis que les soldats tombaient un à un dans les tranchées. Et chaque fois que l'un d'eux mourait, elle pensait à sa mère. M. Reese avait eu une mère. C'était l'une des nombreuses bontés de la nature : en général, on ne vivait pas assez vieux pour voir ses propres enfants vieillir.

Quinn tenta de se détendre dans le fauteuil.

Raven était-elle la mère de quelqu'un? L'esprit de Quinn s'aventura un peu plus loin. Sans bien savoir pourquoi, elle n'en avait pas l'impression.

– C'est lequel, votre premier tatouage? demanda-t-elle.

Pop! fit le pistolet de piercing. Et en cet instant précis, Quinn habita complètement son corps.

Une heure et demie plus tard, la rougeur avait disparu et Quinn avait un morceau de titane dans la narine gauche. Elle connaissait également l'histoire de chacun des trente et un tatouages de Raven, et avait de ce fait un bon aperçu de sa vie – du premier, à quatorze ans, au plus récent («mais pas le dernier») pour ses soixante ans en avril. Son premier petit ami avait choisi le premier, un agneau niché au creux de ses seins, et elle s'était choisi des ailes pour les trente suivants.

Quinn l'embrassa après lui avoir donné ses cinquante-huit dollars, pourboire compris, ainsi qu'un sac de prunes jaunes qu'elle était allée chercher dans son panier de vélo. Raven la serra fort contre son cœur.

– Tu es une exploreuse d'âme, tu sais ça ?
– Qu'est-ce que ça veut dire ? demanda Quinn à son épaule.
– Tes yeux... ils te permettent de voir au fond de l'âme des gens.

Quinn trouvait que ce n'était que partiellement vrai. Elle aimait aller au fond des gens, oui, mais c'était surtout son âme à elle qui voyageait.

En rentrant chez elle à vélo dans la nuit, Quinn se demanda pourquoi elle ne restait pas davantage dans son propre corps. C'était un corps tout à fait correct, elle n'avait pas à se plaindre de lui. Il fonctionnait parfaitement – les gens disaient généralement qu'elle était la sportive la plus douée de la famille, mais contrairement à Emma, elle n'avait aucun goût pour la hiérarchie ni pour la compétition. Alors pourquoi s'en échappait-elle si souvent ? Pourquoi ne se sentait-elle pas plus attachée à lui ?

Et si, un jour, elle s'évadait de son corps et oubliait d'y revenir ? Comme Ping, le petit canard chinois, lorsque la porte du bateau où il vit avec toute sa famille se referme et qu'il reste à flotter sans but sur le Yang-Tsé[1]. Serait-ce vraiment une tragédie ou au contraire une sorte d'apothéose ?

En passant devant la ferme des Reese, Quinn eut le pressentiment que les laitues manquaient d'eau, elle s'arrêta donc,

---

1. NdT : Référence à *The Story about Ping*, album de Marjorie Flack, datant de 1933, traduction épuisée en France.

appuyant son vélo contre la grange. La lune se leva pendant qu'elle s'occupait des plantations.

Quinn savait que le temps s'écoulait de façon différente pour elle. C'était un autre truc bizarre... Elle ne tenait pas compte de l'heure ou des jours de la semaine. Elle avait pourtant longtemps essayé de s'y conformer, mais ça n'avait pas marché, elle n'y voyait pas le cadre, la logique qu'y trouvaient les autres gens. Le temps se rétrécissait ou s'étirait, faisait un bond en avant ou deux en arrière, selon la lumière, la saison et surtout selon son humeur.

Parfois, elle s'imaginait les dates du calendrier comme une série de portes menant d'une pièce à une autre. Quinn ne franchissait pas le seuil. Elle n'était même pas entrée dans le bâtiment.

Quand elle était à la ferme ou au jardin, le travail était son horloge. Les plantes lui donnaient l'heure.

C'est ainsi qu'elle avait compris en arrivant à la maison que le dîner devait être déjà bien entamé, alors qu'elle était censée être à l'heure.

Son père se leva pour l'accueillir. Elle avait oublié son piercing, mais il le remarqua aussitôt.

– Bon sang, mais qu'as-tu fait à ton joli petit nez ?

Il ne plaisantait pas. Il était peiné, ça se voyait.

Elle y porta la main, se remémorant brusquement la présence du bijou en titane.

– Je trouve que ça embellit mon nez plutôt ordinaire, répondit-elle avec franchise.

– Fais voir ! s'écria Mattie en se levant. Waouh !

Sasha s'approcha également.

– Mais pourquoi, Quinn ? la questionna son père. Tu sais très bien ce que je pense du piercing. Si tu retires ce machin, est-ce que le trou se refermera ?

Sa voix était montée dans les aigus, inhabituellement cassante.

– Moi, je trouve ça cool, décréta Mattie. C'est la première fois que Quinn essaie d'être cool.

– En général, quand elles deviennent femmes, les Indiennes se percent le nez, intervint Quinn.

– Tu n'es pas une femme indienne, rétorqua-t-il.

Quinn était désolée. Désolée que cela perturbe autant son père. Désolée que Sasha la voie se faire gronder parce que ça devait l'atteindre alors qu'elle était sa plus farouche défenseuse.

– Pourtant, c'est un fait, j'ai du sang bengali, répondit-elle en pesant ses mots.

Elle sentait la chaleur et le désarroi de Sasha à ses côtés.

Evie s'approcha, consciente qu'il était trop tard pour sauver le dîner et même la soirée. Elle posa la main sur l'épaule de Quinn.

– Promets à ton père de ne plus te refaire de piercing, fit-elle d'une voix détachée, en championne des petits et grands arrangements.

Quinn se tourna vers lui.

– Je te le promets, déclara-t-elle solennellement. Pas même les oreilles.

– Les oreilles, ça aurait été, marmonna-t-il.

La mère de Quinn arriva pour l'échange le dimanche, mais c'est deux jours auparavant qu'elle arrêta sa fille dans la cuisine.

– Hé, attends. Stop. Tu as quelque chose de changé.

Quinn hocha la tête.
Lila prit son menton entre ses mains.
Quinn désigna son nez.
Sa mère l'examina, plissant les yeux, puis l'effleura du bout du doigt.
– C'est joli. Ça me plaît bien.

Little Ray,
Quinn t'a-t-elle déjà raconté l'histoire des Indiens d'Eel Cove? J'en ai rêvé la nuit dernière.
Big Sasha

Big Sasha,
Bien sûr! J'adorais le personnage de la mère chamane avec ses perles en verre dépoli. Je pense encore souvent à ses potions (pour oublier son propre nom, pour partager ses pensées, pour entendre ce que disent les gens à l'autre bout du monde). Tu te rappelles, quand les enfants de la famille blanche ressortaient de chez le docteur, ils étaient encore plus patraques et mal en point et, du coup, ils allaient voir en douce la chamane pour qu'elle les guérisse vraiment?
Little Ray

C'est à l'époque où Quinn est tombée malade. Je n'avais pas fait le rapprochement à l'époque. On devait avoir six ou sept ans seulement. Je me rappelle qu'on lui rendait visite à l'hôpital. Et que le soir où elle est rentrée à la maison, elle est sortie de son lit et elle est allée directement dans l'étang en pyjama.
Mes souvenirs de l'hôpital sont si flous et confus que je n'étais

même pas sûre que ce soit vraiment arrivé. Mais si tu t'en souviens aussi, c'est que c'était vrai. Je m'étais glissée dans son lit d'hôpital avec elle. Elle m'avait dit : «Il faut que je sorte d'ici parce qu'il n'y a aucun espoir de guérir dans cet endroit.»

15
LE PRIX À PAYER

– Dis-moi juste qu'il n'a pas fait Princeton.
– Il a fait Princeton, répondit platement Emma.
Cette virée au marché avec sa mère lui avait semblé une bonne idée de prime abord. Mais voilà qu'elle se retrouvait à traîner derrière elle avec un panier plein de tubercules bizarres et une terrible envie de pleurer. Entre une tomate cœur-de-bœuf et une noire de Crimée, sa mère lui était tombée dessus.
– Je ne vois pas où est l'urgence. Pourquoi foncer tête baissée ? Tu as vingt-deux ans ! Tu viens juste de le rencontrer !
– Tu t'es mariée à vingt-deux ans.
– Exact, et regarde où ça m'a menée !
Emma secoua la tête, incrédule.
– Merci beaucoup, maman. Ça t'a menée à Quinn, Mattie et moi.
Lila laissa retomber les tomates dans la cagette pour la prendre dans ses bras. Elle déposa un baiser dans ses cheveux.
– Bien sûr, ma chérie. Et ça, je ne l'ai jamais regretté. Mais tu sais bien ce que je veux dire…

Emma effleura les feuilles hérissées d'un ananas. Non, mais franchement, un ananas sur un marché bio ?

– Je doute que ça pousse dans le coin, ça, commenta-t-elle.

– Et cette fête dont Mattie et Quinn n'arrêtent pas de parler, marmonna Lila. Mon Dieu ! En août ? C'est vraiment nécessaire ?

– Je trouve ça gentil, répliqua laconiquement Emma.

Lila laissa échapper un soupir appuyé, et se tourna vers un tas de haricots verts.

– Je ne comprends pas quel intérêt tu as à te marier… Tu peux faire tout ce que tu veux sans être obligée de te marier !

– Tu t'es mariée. Deux fois.

– Pour les enfants. Ne me dis pas que tu veux déjà avoir des enfants !

Rien que pour l'embêter, Emma aurait eu envie d'avoir quelques enfants à lui mettre sous le nez, là.

– Je veux l'épouser parce que je l'aime. On a envie de vivre ensemble.

– Emma, tu as toute la vie devant toi pour ça. Mais c'est maintenant que tu es le plus libre. Tu peux voyager. Faire des expériences. Voir comment ça se passe avec tout un tas de gens.

– Je ne veux pas voir comment ça se passe avec tout un tas de gens. Je suis bien avec lui.

Sa mère posa son panier.

– Oui, maintenant. Mais comment savoir ce qu'il en sera dans cinq ans ? Ou dix ? Ou vingt ?

Emma n'aimait pas du tout la tournure que prenait cette conversation. Elle n'aimait pas cette sensation de jugement oppressant qui enflait dans sa poitrine.

– Eh bien, l'idée, c'est d'épouser quelqu'un qu'on aime et de rester avec lui qu'importe ce qui arrivera dans cinq, dix ou vingt ans, parce que c'est ta famille, parce que c'est justement le but du mariage et parce que tu t'y es engagée.

Lila se détourna, reprit son panier et s'en fut voir les baies. Elles payèrent leurs achats et regagnèrent la voiture en silence.

Emma détestait l'odeur de la voiture de sa mère, d'autant plus quand elle était restée en plein soleil. Elle ne supportait pas le bazar qui était entassé là : un tour de potier et des sacs d'argile – ou toute autre fourniture, selon son hobby du moment ; des barres diététiques bizarres, à moitié mangées, qui finissaient collées sous les semelles ; tout son matériel de sage-femme tellement biscornu et incongru qu'il valait mieux ne pas se demander à quoi il servait. Des vestes, des chaussures, de la paperasse... Il fallait se faire une place pour pouvoir s'asseoir.

Lila attendit d'arriver devant la maison pour rompre le silence.

– Dis-moi juste que tu ne vas pas prendre son nom.

Emma sortit de la voiture en claquant la portière derrière elle. Si elle n'avait pas pensé à prendre son nom avant, maintenant, elle avait hâte de le faire.

De tous les mensonges qu'il avait pu raconter dans sa vie, celui que Ray regrettait le plus concernait son dépucelage. Ce n'était pas forcément le pire. Il n'avait causé de tort à personne. Mais, contrairement à la plupart des mensonges qui finissent par sombrer dans l'oubli, celui-ci revenait sans cesse le hanter.

Par exemple, chaque fois qu'il se disait qu'il n'avait toujours pas perdu sa virginité, le mensonge lui tapotait l'épaule. Chaque fois qu'il se disait qu'il allait peut-être perdre sa virginité, le mensonge toussotait, sceptique. Et c'était fréquent.

Par exemple, en cet instant, il était dans son lit, au clair de lune, enfoui sous les draps dans lesquels Sasha avait dormi la veille, et il tentait d'ignorer son odorat, ses terminaisons nerveuses, son cerveau, bref son corps entier dans un vain effort pour ne pas trop penser à elle.

Bêtement, il avait raconté ce mensonge à Parker, qui pourtant n'en avait pas grand-chose à faire. Parker était un vrai bon ami et ce mensonge minait leur amitié.

Pourquoi avait-il fait cela ? Parfois, il lui semblait que celui qui cédait à ces impulsions idiotes et celui qui en subissait les conséquences étaient deux individus distincts. Parker ne le jugeait pas, il s'en moquait plutôt. Il ne lui avait même jamais confié où il en était sur ce point, alors pourquoi Ray avait-il eu besoin de mentir ?

En partie parce qu'il avait cette croyance un peu puérile qu'il pouvait régler la question quand il le voulait. Violet l'avait fait en troisième, l'avait-elle informé. Il s'était dit qu'il n'aurait qu'à sauter le pas avec elle sans en faire tout un plat. Puisqu'il avait cette possibilité à portée de main, c'était presque comme s'il était déjà passé à l'acte.

Au printemps, il s'était promis de le faire avant la fin de l'été, avant d'entrer en terminale. Pour que l'affaire soit classée une bonne fois pour toutes.

Mais maintenant, pour de tout autres raisons, parce que sa vision de l'amour s'était transformée, il se doutait qu'il ne pourrait finalement pas le faire avec Violet. Il allait devoir attendre plus longtemps parce qu'il avait le pressentiment qu'il s'agissait d'un truc important.

Enfin, bref. Il avait eu tort de raconter ça. Il faut vivre avec ses mensonges. C'est le prix à payer.

Mattie ne voulait plus se regarder dans le miroir. Elle s'en était rendu compte la veille lorsqu'elle avait détourné la tête en passant dans l'entrée de la maison de Wainscott. Elle avait pourtant toujours adoré le miroir de l'entrée. C'était là qu'elle se préférait. Sauf que, désormais, elle ne supportait plus de se voir. Elle se faufilait rapidement, tête basse, comme une fille cachant un terrible secret.

Depuis qu'elle avait découvert, en sixième ou en cinquième, qu'elle était plutôt mignonne, Mattie avait passé un nombre outrageant d'heures face au grand miroir qui surmontait sa commode. Elle avait admiré plusieurs versions d'elle-même sur son lit : Mattie qui lisait un livre, Mattie au téléphone, qui riait à une bonne blague, Mattie qui faisait ses devoirs, l'air concentré. Mais aujourd'hui, en rentrant du boulot, elle avait esquivé son reflet, s'était assise à son bureau, avait tiré les rideaux et éteint la lumière avant de se laisser tomber sur son lit, fixant son téléphone.

Ce soir, elle était censée dîner au nouveau resto mexicain d'East Hampton avec Megan Viser et deux copines de l'UCLA qui lui rendaient visite, mais elle ne pouvait pas supporter de se regarder pour se maquiller. Elle n'arrivait pas à choisir une tenue. Elle appela Megan pour lui dire qu'elle était patraque.

Ce qui autrefois lui plaisait le plus chez elle l'effrayait désormais. Ses beaux cheveux blonds et ses yeux bleu-violet. Avec ses grands yeux noirs, étranges, Quinn semblait débarquée d'un autre monde ; Emma était la beauté exotique dont les longs cheveux bruns tombaient au creux des reins ; et Sasha, la plus typée indienne, était en toute discrétion la plus jolie des quatre, mais leur père avait toujours eu un faible pour les blondes. Il avait été élevé par une blonde. Il en avait épousé deux pour le meilleur et pour le pire. Sa blondeur l'avait émerveillé. Ça l'avait rendue spéciale à ses yeux comme aux siens.

J'ai tout pour moi, avait-elle longtemps pensé. Elle avait remporté le jackpot à la loterie génétique. Elle avait hérité du cerveau et du cran de son père, de son mérite en tant qu'*outsider*, de son aplomb de *self-made-man*, de l'avantage qu'il avait fait de sa différence. Et tout ça combiné avec l'allure d'une princesse Disney. Ça la rendait malade quand elle y pensait maintenant. Comme si elle appuyait sur un hématome.

Et son amour. Le plus important, elle avait l'amour de son père et l'assurance qui en découlait.

Tout à coup, il y avait tant de choses qui lui faisaient peur dans ce miroir…

Qui allait-elle voir ? Qui d'autre allait-elle voir ? Qui ne verrait-elle pas ? Qu'allait-elle perdre ?

Ce qu'elle n'avait en fait jamais eu, en fin de compte. Pour la première fois, elle avait pris en horreur ses différences et plus encore sa suffisance.

Qui était Jonathan Dawes ? Que voulait-il ? Avait-il vécu toutes ces années en se disant qu'il avait une fille, là-bas, quelque part ? Savait-il depuis le début où elle était ? Avait-il pensé à elle ? S'était-il demandé ce qu'elle devenait ?

C'était terrifiant d'envisager sa propre existence en relation avec la sienne. À ce qu'il avait pu penser ou espérer. De quel genre de fille rêvait-il ? Pour lui, elle n'était pas une fille parmi d'autres, comme elle pouvait l'être au milieu de ses sœurs, elle était une chose unique, étrange. Avait-elle une responsabilité envers lui ?

Elle envisagea de couvrir le miroir comme chez son amie Ellie lorsqu'ils avaient fait la *shiv'ah* pour sa mère. Mais elle ne pouvait pas couvrir tous les miroirs de la maison car, au fil des années, elle avait entretenu une relation privilégiée avec chacun d'entre eux. Sa Mattie préférée, celle qui allait et venait, lui avait toujours été renvoyée par celui de l'entrée. Mais il y avait aussi la Mattie au-dessus de la cheminée du salon, qu'elle n'avait découverte qu'une fois qu'elle avait été assez grande pour se voir. La Mattie lumineuse de la véranda, où elle venait s'épiler les sourcils parce que c'était bien éclairé. Même les photos de famille sous verre dans l'escalier reflétaient son visage. Elle croisait toujours une version mobile d'elle-même dans l'austère robe de magistrat de son grand-oncle Henri Harrison.

Elle se leva. Elle ne supportait pas de se retrouver seule avec ses pensées dans l'obscurité. Elle ne supportait pas de se retrouver seule face à son reflet à la lumière.

Elle détestait sa suffisance, et également sa prétendue croisade pour la vérité. Bravo, mademoiselle la détective ! Joli travail d'avoir exhumé les secrets de famille et d'avoir piégé sa mère, prise en flagrant délit de mensonge ! Mais elle était prête à lui accorder princièrement son pardon, si Lila daignait se confesser et se repentir. En faisant la lumière sur cette ténébreuse affaire, Mattie allait aider toute la famille à trouver enfin la paix et à se reconstruire, de préférence avant la grande fête du mois d'août.

En fait, la seule personne qu'elle avait piégée, c'était elle-même. La seule qui allait souffrir, c'était elle, et pour le pardon, elle pouvait toujours attendre.

Elle descendit dans le salon et alluma la télé. Recroquevillée sur le canapé, elle zappa d'une émission idiote à l'autre. Elle finit par s'arrêter sur un *reality show* mortel alternant les scènes monstrueuses entre cabine à UV et opérations de chirurgie esthétique. Ça lui allait parfaitement : elle pouvait déverser son mépris et son dégoût sur d'autres personnes qu'elle-même.

Elle entendit quelqu'un dans la cuisine. Le bruit de ventouse de la porte du frigo. Des pas légers qui traversaient le salon et montaient trois marches. Elle ignorait que Quinn était à la maison. Quinn qui lui avait recommandé d'être prudente, qui l'avait mise en garde, avertie qu'elle risquait de se rendre malheureuse si elle continuait à fouiner.

Quinn apparut sur le seuil, baignée par la lumière de l'écran. Mattie ne leva pas le nez de la télé, mais sa sœur sentit tout de suite dans quel état elle était.

– Qu'est-ce qui se passe ?

Mattie secoua la tête. Elle se confiait toujours à Quinn, c'était impossible de résister ; la plupart du temps, elle savait avant même qu'on le lui dise, de toute façon. D'habitude, c'était un vrai soulagement de lui confier ses problèmes car elle écoutait et encaissait sans se plaindre.

Mais, Mattie avait beau chercher, elle ne pouvait pas se décharger du fardeau sur elle, cette fois. C'était encore trop flou, trop inconsistant. Elle n'avait aucune certitude, juste un terrible soupçon et la honte d'avoir réclamé une info qu'elle n'était pas prête à entendre. Ce n'était pas simplement que Quinn avait une fois de plus raison – ça allait sans dire qu'elle avait raison. C'était que partager cette information lui donnerait plus de réalité qu'elle n'était pour l'instant capable de le supporter.

L'inquiétude assombrit les beaux, les grands yeux de Quinn.

Mattie se ratatina davantage, tentant d'échapper au regard surnaturel de sa sœur. Elle serrait les lèvres. Si jamais elle ouvrait la bouche, elle allait se mettre à pleurer.

Quinn resta là, pensive. Mattie savait qu'elle avait une bonne idée de ce qu'était le problème et même un nom à citer, mais elle n'insista pas. C'était encore une des choses qui la différenciaient de son horrible sœur, Mattie. À la place, elle se posta derrière le canapé pour lui natter les cheveux comme autrefois.

Mattie sentit un frisson la parcourir à son contact, puis elle se laissa aller entre ses mains, relâchant ses épaules.

– Une natte ou deux ? la questionna Quinn.

De grosses larmes coulaient déjà sur ses joues. Mattie se demanda si elle le sentait, si elle comprenait qu'elle ait besoin de pleurer sans lui donner d'explication. Elle leva deux doigts.

Les mains expertes de sa sœur divisèrent et tressèrent, tressèrent et divisèrent. Mattie pleurait en silence. Quinn lui nattait les cheveux en faisant comme si de rien n'était. Elles ne parlaient pas, mais le réconfort se passait de mots.

Salut, Little Ray,
Je peux te confier un truc bizarre (encore un) ?
Je me compare beaucoup à ton père. Même quand j'étais tout petit, je me disais que, comme c'était le père de mes sœurs, c'était un peu le

mien aussi. Je ne le connais même pas. Je me dis qu'il me connaît un peu même si ce n'est pas le cas. Parce que mes sœurs m'ont toujours raconté des anecdotes à son sujet. Pour moi, c'était le père modèle et je ne voulais pas le décevoir. C'est dingue, hein?
Big Sasha

Big Sasha,
C'est fou, c'est drôle, c'est même carrément flippant de voir à quel point nos vies sont parallèles. Je comprends tout à fait ce que tu veux dire pour mon père, parce que j'avais les mêmes fantasmes au sujet de ta mère. Encore pire, j'ai parfois eu envie de pousser ma mère sous un bus (au sens figuré) et que Lila soit ma mère aussi, pour ne plus être une demi-quelque chose, mais une fille à part entière, au même titre que nos sœurs. Pour moi, Lila est la « vraie » mère, assez forte et déterminée pour avoir tenu tête à mon père. Et ma mère n'est qu'une sorte de pâle doublure, une imposture. C'est affreux, non? (Je n'arrive pas à croire que je viens de t'écrire tout ça.)
Pour être honnête, certes, Robert est un sacré personnage, mais il n'est pas facile à vivre.
Little Ray

Little Ray,
« Parallèles » est le terme exact, malheureusement. Des droites qui évoluent côte à côte, à l'infini, sans jamais se croiser.
À propos d'imposture, Adam a perdu son boulot de prof en juin dernier et il n'est propriétaire d'aucune des maisons où nous vivons. Il a abandonné ses deux enfants en Californie pour épouser ma mère et ne les voit pratiquement plus. Quand j'étais petit, je pensais énormément

à eux – mon demi-frère et ma demi-sœur, à l'autre bout du pays. Je me demandais : est-ce qu'un papa a le droit de faire ça ? Je m'interrogeais sur les liens familiaux.

J'aime mon père. J'ai un certain respect pour lui, mais pour rien au monde je ne voudrais lui ressembler.

Big Sasha

16

TOUCHER LE FOND DE LA PISCINE

– Tu peux rester une minute ?

Sa mère arborait le même air fuyant depuis des semaines, tandis qu'elle tentait de s'éclipser de la cuisine de Wainscott, sa tasse de thé à la main, sur les talons d'Adam.

– S'il te plaît ! supplia Mattie en se levant d'un bond.

Elle n'avait même pas essayé de ne pas hausser le ton.

Lila se figea. La note d'urgence dans sa voix l'avait arrêtée. Elle n'avait pas complètement démissionné de son job de mère.

– Ça va ? demanda-t-elle.

– Eh bien...

Mattie réfléchit un instant. Elle avait sa mère tout à elle pour quelques secondes au moins. Elle ne voulait pas la laisser fuir à nouveau.

– Plus ou moins.

Elle n'aurait pas dû être surprise de se mettre à pleurer.

Sa mère jeta un coup d'œil à Adam qui était déjà dans le salon. Elle se retourna vers Mattie.

– Qu'est-ce qui se passe, ma chérie ?

Mattie se percha sur une fesse au bord de la table. Le soleil chaud du matin pénétrait à flots par la porte-fenêtre. Il mettait en lumière la peau qui commençait à plisser dans le cou de sa mère et les légères taches brunes sur ses pommettes.

Mattie prit une profonde inspiration, ça allait sortir. Elle ne pouvait plus faire demi-tour. Elle se lança :

– Je ne sais même plus qui je suis.

Sa mère se rapprocha, posa sa main sur la sienne. Elle était nerveuse, prête à détaler, mais au moins elle était là.

– Je suis au courant pour Jonathan Dawes, même si tu voulais me le cacher.

La peur, le déni, l'amour maternel se disputaient la vedette sur le visage de sa mère. Sous son haut de pyjama, Mattie sentait la sueur dégouliner de ses aisselles le long de ses côtes.

– Il ne me l'a pas dit, parce qu'il pense que c'est à toi de me le dire, mais je sais qu'il y a eu quelque chose entre toi et lui.

Elle pleurait plus fort, sa mère la serrait plus fort également, si bien qu'elle ne voyait plus son expression. Et c'était un soulagement, car ce qu'elle avait à dire maintenant, elle préférait le marmonner indistinctement dans son cou.

– Je sais que je suis mêlée à tout ça. Je ne veux pas creuser, mais je ne peux pas m'en empêcher. Je ne peux pas m'empêcher de penser que je lui ressemble beaucoup… beaucoup plus qu'à papa.

Sa mère la serrait presque trop fort.

– Ça ne veut rien dire.

Mattie s'arracha à son étreinte.

– Tu m'as assez évitée, tu m'as assez menti, maman, ça suffit.

Elle s'essuya le nez et les yeux sur la manche de son pyjama.

– Je veux que tu me dises la vérité, là, tout de suite. C'est tout.

Le combat faisait toujours rage sur le visage de sa mère. Et ça ne la rendait pas belle. Défaite, honteuse, sur la défensive, elle refusait cependant obstinément de parler.

– Est-ce que papa est mon père ?

Sa mère pleurait aussi, maintenant.

– Ton père est bien ton père.

Elle campait sur ses positions.

Mattie aurait aimé s'arrêter là mais c'était impossible. Elle était enfin seule à seule avec sa mère, après dix-neuf ans de secrets. Elle n'allait pas la laisser s'en tirer comme ça.

– Si je faisais un test ADN, qu'est-ce qu'il m'apprendrait ?

Sa mère eut l'air choquée.

– Mais Mattie, enfin, pourquoi voudrais-tu faire ça ?

– Je ne veux pas faire ça ! Du tout. Je veux juste que tu me dises la vérité.

Sa mère pleurait à chaudes larmes désormais.

– Essaie de ne pas porter de jugement trop dur, Mattie. Quand on est malheureux, on fait des choses idiotes. On fait de mauvais choix. On cherche à se rassurer de façon destructrice. On fait mal aux gens qu'on aime.

– C'est ce que tu as fait ?

– J'étais affreusement malheureuse à l'époque. Et ton père aussi. Je ne savais plus où j'en étais. Peut-être que tu comprendras mieux plus tard, quand tu seras mariée, que tu auras des enfants.

Mattie se sentait envahie à la fois par l'envie de compatir à sa peine et celle de la condamner. Et ces deux émotions ne se compensaient pas.

– J'espère bien que non.

Sa mère encaissa. Elle n'était plus trop sur la défensive. Elle se moucha dans un morceau d'essuie-tout dont elle tendit l'autre moitié à Mattie. Elle chassa d'un revers de main les moucherons qui tournoyaient autour d'un régime de bananes trop mûres.

– La seule chose que tu dois savoir, c'est que ton père t'adore, et ce depuis le jour de ta naissance. Il n'a jamais remis en question le fait que tu sois sa fille.

Le moment était venu de poser la question la plus délicate, et Mattie le fit sans même l'avoir prémédité :

– Oui, mais est-il au courant ?

Big Sasha,
Ce que j'ai omis de te dire, c'est que je rejette ma mère mais tout en ayant envie de la protéger. Elle a déjà trois belles-filles à gérer, et deux d'entre elles rêvent de se débarrasser d'elle. C'est à moi que revient la mission de la défendre. J'essaie. Elle est vraiment généreuse. Je la trahis surtout en pensées, mais rarement en actes.
Little Ray

Little Ray,
Ça me rappelle quelque chose que je n'ai jamais raconté à personne. L'an dernier, je suis allé assister à l'un des cours de mon père à la fac de droit où il enseigne (ou plutôt enseignait) sans le prévenir. L'amphi aurait pu accueillir deux cents étudiants… et ils n'étaient que deux. Mais il a fait son cours comme si la salle était comble. Je suis resté parce que c'était encore plus gênant de partir, mais j'avais honte pour lui. Puis tu imagines le malaise sur le chemin du retour, alors qu'on faisait

tous les deux comme si de rien n'était. Quand je veux éviter de trop le charger, je repense à ça. Je ne suis pas sûr que ce soit une bonne idée.

Je crois que, dans la famille, je suis un accident de parcours, une erreur. Le truc en trop qui fait que tout le monde baisse les bras et n'essaie même pas de comprendre. Quand ils m'ont eu, Lila avait déjà trois enfants, et Adam en avait déjà abandonné deux. Lila venait de changer de voie professionnelle. Adam avait quarante-cinq ans. Je suis le bébé «Bon, tant pis…».

Grand-mère Hardy n'arrive pas à se mettre dans la tête que je suis son petit-fils : « Tu es un gentil garçon. Qui est ta mère ? » J'ai rencontré ma demi-sœur Esther moins de cinq fois dans ma vie. Son mari pense que je m'appelle Roy. Quand Mattie est entrée à l'université, mes parents ont mis en location le rez-de-chaussée de la maison. Et j'ai surpris ma mère en train de dire aux voisins que ça y était, le nid était vide.

Je ne me plains pas. C'est plutôt une chance de ne pas avoir la pression, de ne pas avoir en permanence mes parents sur le dos, contrairement à la plupart de mes amis. C'est juste que, parfois, j'ai un peu l'impression d'être déclassé, décalé, déconnecté.

De temps à autre, Lila tente de me faire sa psychanalyse sauvage. Selon elle, si je tiens tellement à passer mes étés dans cette maison, c'est parce que j'ai du mal à me détacher du passé. Mais vu qu'avec mon père ils ont tendance à bazarder tout le reste, j'ai plutôt l'impression que j'ai du mal à m'attacher au présent et au futur.

Désolé pour le débordement d'états d'âme. Je ne sais pas ce que j'ai aujourd'hui.

Big Sasha

Big Sasha,

Moi, c'est le contraire. Je suis la fille unique d'Evie et elle n'a pas grand-chose d'autre à faire, alors mes parents sont super centrés sur « notre petite famille ». On s'organise de petits dîners tous les trois, de petites vacances tous les trois. Ils sont tous les deux « très impliqués » dans mes études et c'est l'horreur. Quand Mattie est entrée à la fac, mes parents ont emménagé dans une maison plus grande et toute neuve.

Je sais que j'ai de la chance d'avoir des parents qui s'intéressent à moi. Je leur en suis reconnaissante... enfin, j'essaie. Mais pour être parfaitement honnête, chaque fois que nos sœurs font leur sac pour aller à Brooklyn, je n'ai qu'une envie, c'est de les suivre. Quand elles partent, je cesse presque d'exister. Un peu comme C-3PO : « Puis-je me mettre hors-circuit ? »

N'hésite pas à faire déborder tes états d'âme chez moi quand tu veux, il n'y a pas de problème. Et comme tu peux le constater, je te rendrai la pareille immédiatement.

Little Ray

– Je veux annuler la fête.

Mattie prenait sa pause déjeuner, grignotant un sandwich à l'ombre de la grange, pendant que Dana tenait la caisse.

Quinn se figea, posa les sacs de compost qu'elle avait dans les bras. Elle sentait le malaise de sa sœur. Mattie ne disait pas ça pour faire de la provoc.

– Pourquoi ?

Quinn s'assit en tailleur dans l'herbe face à elle.

– Nos parents sont impossibles.

– Ça, on le savait déjà.

– Maman a dit à George et Esther de ne pas s'embêter à traverser le pays, mais plutôt d'« attendre de voir si ça tient jusqu'au mariage ». Elle a vraiment prononcé ces derniers mots.

Quinn hocha la tête.

– Papa est partagé entre l'envie d'impressionner les Hurn et celle de punir Lila. Devine laquelle va l'emporter ?

– Punir Lila.

– Exactement.

– Il a donc décrété qu'il mettrait autant d'argent que maman dans la cagnotte. Et devine combien maman a mis ?

– Rien.

– Exact. Sa contribution se limitera à une salade de haricots, a-t-elle annoncé. Papa a donc répondu que, d'accord, il apportera également une salade. Je te laisse deviner à quoi.

– Au homard.

– Exact.

– On peut se charger du reste, affirma Quinn. Pas la peine de faire des chichis. Et tu sais qu'Evie nous aidera.

– Mais qui va acheter l'alcool ?

Quinn haussa les épaules.

– On prendra ce qu'il y a dans la maison.

Robert conservait pas mal de bouteilles à Wainscott, sachant que Lila ne buvait pas.

– Et puis, j'ai de l'argent de côté, compléta-t-elle.

– Et pourquoi ce serait à toi de payer ? Pourquoi se comportent-ils toujours comme des gamins ?

Quinn la dévisagea avec attention.

– Mattie, je sais bien que ce n'est pas la véritable raison. On savait parfaitement comment ça allait se passer. Ils sont tous les deux assez courageux pour accepter de venir et de se faire face… et c'est déjà un miracle.

Mattie soupira.

– Oui, sans soute.

– Alors quelle est la véritable raison ?

Mattie posa son sandwich dans l'herbe.

– Je… je n'ai plus envie, c'est tout.

Quinn sentait bien que ça allait au-delà de ça. Elle se doutait de ce que c'était, mais visiblement sa sœur n'était pas encore prête à le lui confier.

– Tu veux annuler ?

– Je ne voudrais pas faire de peine à Emma et j'ai peur que les Hurn aient déjà acheté leurs billets d'avion. Alors j'ai vraiment honte, mais honnêtement, je ne sais pas ce qui m'a pris. Comment ai-je pu une seule seconde m'imaginer que c'était une bonne idée ?

Mattie se prit la tête entre les mains.

– Alors finalement tant mieux si personne n'est vraiment enthousiaste. Ce sera peut-être un soulagement pour tout le monde si on annule. En vérité, je crois que même Emma serait soulagée.

Quinn sentait le soleil lui chauffer les genoux. Oui, ce serait un soulagement. Mais ce n'était pas ce qu'elle recherchait. Le soulagement n'était qu'un piètre guide dans la vie.

On ne pouvait pas nier la souffrance ni l'éviter. Il fallait l'accepter, c'était sa devise. Et la laisser s'exprimer si elle le souhaitait. Pourtant, ce n'était pas ce qui se pratiquait dans la famille, il n'y avait qu'à regarder autour d'elle.

– Je pense qu'on devrait continuer, déclara-t-elle au bout du compte. Je m'occuperai de tout, si tu veux.
– Pourquoi ?
– Parce qu'on a évité tout ça trop longtemps. Il faut qu'on aille de l'avant. Nous tous.
– Tu es sûre ?

Mattie lui lança un regard sceptique et plein de sous-entendus. Parce que Quinn n'avait jamais assisté aux événements familiaux où elle était conviée, ne s'était jamais habillée convenablement pour l'occasion, et n'avait même pas tenu assise le temps de passer ses exams.
– Oui.
– Ça risque d'être sanglant.
– Peut-être, mais ce n'est pas une raison pour ne pas le faire.

Sasha/Ray,
Mon alter ego, mon homologue, mon double négatif. Nous ne sommes jamais au même endroit au même moment. Est-ce parce que nous nous annulons ? Peut-on même prouver que nous sommes bien deux ? Pile et face, lumière et ombre, fille et garçon, Yin et Yang ?
Alors j'ai eu une idée : pourquoi ne pas être complémentaires plutôt qu'adversaires ? En temps que forces opposées, nous ne nous annulons pas, nous nous amplifions.
Mais que se passera-t-il si, juste une fois, j'ai envie d'être avec toi ?
Ray/Sasha

PS : J'avais un peu bu quand j'ai écrit ça. Aie l'indulgence du troisième verre.

– Tu es venue avec l'Audi noire qui est garée à l'arrière ?

Mattie s'efforçait de porter deux grands seaux pleins de zinnias dont l'eau glacée lui éclaboussait les jambes à chaque pas.

Matt Reese lui sourit.

– Je crois que cette bonne vieille Dana vient de la prendre en photo.

Mattie leva les yeux au ciel avec application.

– La voiture de papa, j'imagine ?

– Non, de ma belle-mère. Un crétin a défoncé la roue avant de mon vélo alors qu'il était accroché devant chez Dreesen. Ils m'ont prêté cette voiture le temps qu'on le fasse réparer.

Matthew lui prit l'un des deux seaux des mains.

– Je suis surpris que tu n'aies pas ta propre voiture.

Elle posa l'autre seau de fleurs sur le comptoir.

– Qu'est-ce que tu sous-entends ?

– Je ne sais pas.

Il haussa les épaules.

– Que t'es une fille à papa.

– Mon papa a quatre filles, répondit platement Mattie, une étincelle de défi dans les yeux.

– Aucune autre comme toi. D'après Quinn, il te passe tout.

– Quinn a dit ça ?

Matthew s'assit sur l'une des deux chaises pliantes derrière le comptoir. C'était toujours calme, le mercredi soir, une fois qu'ils avaient fini la cueillette et le tri.

– Oui, et ce n'est pas une honte. C'est plutôt positif. C'est une chance.

Il mettait une telle conviction dans ses paroles, comme s'il en faisait une affaire personnelle.

Elle se laissa tomber lourdement sur l'autre chaise, s'adossant contre la toile verte du dossier. L'étrange sérum de vérité de la ferme Reese faisait à nouveau des siennes.

– Je suppose que c'est parce que je concentre la plus grande part de culpabilité du divorce. Parce que j'étais toute petite. Parce qu'Emma n'en avait pas besoin et que Quinn n'en voulait pas. Parce que Sasha ne l'avait pas mérité.

Parce que je ne suis pas des leurs.

Ses yeux se remplirent de larmes.

– Je suis désolé, fit-il.

Elle s'efforçait de ne pas prendre l'air trop bouleversée, mais il s'en rendit tout de même compte.

– Je ne voulais pas te faire de peine.

– C'est bon, t'inquiète.

– N'écoute pas ce que je dis. Qu'est-ce que je sais des parents, je ne connais même pas les miens...

Il se débrouillait pour garder un ton détaché, léger.

– J'ai une certaine expérience des grands-parents, en revanche.

– Moi, non. Sauf que grand-père Harrison a ruiné la famille avant de mourir et que grand-mère Hardy glisse une cuillère ou une fourchette dans son sac à main chaque fois qu'elle nous rend visite.

Il éclata de rire.

– Tu savais que ta grand-mère avait essayé d'embaucher la mienne comme femme de ménage lorsqu'elles étaient toutes les deux jeunes mariées ? Ma grand-mère n'a jamais oublié.

Mattie écarquilla les yeux.

– Eh bien, tu devrais lui raconter que la jadis grande Gloria Hardy-Harrison vole de l'argenterie, maintenant. Enfin, plutôt des couverts en inox. Ça la réjouira sûrement.

Matthew réfléchit.

– Je vais peut-être le lui dire moi-même.

La conversation s'était tarie, mais Matthew demeurait assis. Mattie s'emplit les poumons d'air estival.

– Quinn a raison, tu sais. J'ai droit à toutes les faveurs. On me passe beaucoup de choses.

Elle s'essuya les yeux d'un revers de main.

– Mais les apparences sont parfois trompeuses. J'ai sans doute été une fille à papa. Maintenant, je ne sais plus ce que je suis.

Il hocha la tête, comme pour l'encourager à poursuivre.

Soudain, elle se demanda si tout le monde était au courant, ou du moins, si les gens avaient des doutes depuis le début. Si ça se trouve, c'était un des ragots qui circulaient dans le coin… *Et ce pauvre Robert Thomas qui s'imagine que la petite blonde est sa fille…* Et si, pendant toutes ces années, tout le monde avait su, à part son père et elle ?

Elle plongea la main dans le seau d'eau froide, pour en ôter les feuilles.

– Toutes les certitudes que j'avais sur moi-même se sont envolées.

Plus tard dans la soirée, Mattie s'assit au bord de la piscine. La surface de l'eau était jonchée de feuilles ; l'entreprise chargée de l'entretien les avait plantés parce que Lila ne payait plus sa part des factures. Quand son père verrait dans quel état elle était, il allait piquer une crise.

C'était toujours la même chanson : Robert avait horreur des piscines sales. Lila s'en moquait. Mais Robert avait encore plus horreur de payer pour Lila que d'avoir une piscine sale.

– Moi, je la préfère dans cet état, avoua Quinn qui sortait juste de la maison.

– C'est plus accueillant pour les grenouilles et les libellules, convint Mattie.

– Et ça me plaît.

– Ça ne va pas plaire à papa.

Quinn acquiesça. Elle s'assit à côté de Mattie.

– Il va sortir son épuisette comme d'habitude. Tu vas voir, prédit-elle. Il va tout nettoyer. Et à la fin du week-end, il remettra les feuilles et les saletés dans l'eau.

Quinn se mit à rire.

– Il ne se rend même pas compte que maman s'en fiche.

Elles se turent un moment.

– Tu as déjà entendu parler du père de Matthew Reese ?

Quinn secoua lentement la tête.

– Non, je crois que personne n'en a jamais entendu parler.

– Il ne sait même pas qui c'est ?

– Si sa mère le sait, elle ne l'a jamais dit. Matthew a posé la question à son grand-père un jour et il lui a répondu : « Ton père peut être n'importe quel homme de ce pays. »

Mattie digéra l'information.

– Cameron ne doit pas avoir le même père, murmura-t-elle.

– Non, sans doute pas.

Elles se turent à nouveau.

– J'ai vu leur mère une fois, fit Quinn à voix basse.

– C'est vrai ? Je croyais qu'elle avait complètement disparu du décor.

– Il y a deux ans, je ramassais les pêches, tard le soir. Elle était assise sur le perron de la ferme, sous la pluie. Elle attendait qu'on lui ouvre, sauf que toutes les lumières étaient éteintes. Elle m'a demandé si j'avais de l'argent.

– Et qu'est-ce que t'as fait ?

– Je lui ai donné vingt dollars et elle est partie. Je ne sais pas si elle est revenue depuis.

– C'est trop triste.

Quinn acquiesça.

– Elle était amie avec maman quand elles étaient jeunes.

Nouveau hochement de tête.

– Carly Reese a brisé le cœur de son père. Le pauvre M. Reese peut à peine prononcer son nom. Elle a piétiné le cœur de tout le monde, sans vergogne.

Merde ! T'as vu ça, double bénéfique, on est vraiment tous les deux invités à cette fête ! On va être au même endroit au même moment !

Je vais enfin voir ton visage de près en août.

Dress code : gilet pare-balles et combinaison de survie.

Sasha lut et relut le mail de Ray. Elle descendit au rez-de-chaussée et chercha sa mère, qu'elle trouva dans la buanderie.

– La fête de fiançailles d'Emma et Jamie est confirmée, alors ? Papa a dit oui ?

Même entre un panier de linge et une machine à laver, en compagnie de la chair de sa chair, sa mère se montrait diplomate.
– On dirait bien que oui ! s'écria-t-elle avec enthousiasme.
– Pourquoi ?
– Parce que les filles le lui ont demandé.
– Alors c'est si facile ! Pourquoi personne ne m'a prévenue, depuis tout ce temps ?
– Ne sois pas comme ça, Sasha. Ce ton sarcastique, c'est déplaisant.
« Déplaisant ». Sa mère employait souvent ce mot. Sasha savait que ce n'était pas positif, sans bien savoir ce que ça signifiait exactement. À qui donc était-elle censée plaire ? Elle se retint cependant de poser la question, parce que c'était sûrement déplaisant.
– Et Lila a dit oui ? C'est encore plus incroyable !
Sa mère s'était remise à plier les caleçons de son père.
– Au début, elle n'était pas d'accord, à ce que j'ai compris. Puis, finalement, elle a changé d'avis.
Alors elle allait vraiment voir Ray le 9 août ! Elle essaya de s'imaginer en train de lui serrer la main ou de lui faire la bise. Était-ce réellement possible ?
Et leurs parents ? Parviendraient-ils à rester dans la même pièce ? À supporter la voix de l'autre ? Allaient-ils se serrer la main ? Était-ce réellement possible ?
– Et la famille de Jamie sait où elle met les pieds ?
– Ne sois pas mélodramatique. Nous sommes tous des adultes.
Le visage de sa mère s'était fermé, l'air sévère, lèvres pincées.
Sasha se retint de pousser un grognement.
– Notre vie entière n'est qu'une série de détours et de slaloms

pour que papa évite de croiser Lila et *vice versa*. On ne peut faire semblant de l'ignorer.

Sa mère arrêta de plier le linge pour la dévisager. Sasha prit l'air innocent.

— Ou alors si, peut-être qu'on peut…

Le regard de sa mère se fit encore plus dur.

Sasha haussa les épaules.

— Bon, d'accord. C'est toi la spécialiste en matière de faux-semblants. Alors tu n'auras qu'à me dire ce que je dois faire et je suivrai tes ordres.

Pourquoi, mais pourquoi, faisait-elle toujours subir ça à sa mère ?

La colère finit par animer son visage.

— Je ne te comprends pas, Sasha. Pourquoi es-tu gentille avec tout le monde sauf avec moi ?

Sasha avait honte. Elle était officiellement déplaisante. Elle avait déplu. Mais c'était une habitude chez elle. Elle faisait de la provoc, encore et encore, jusqu'à ce que sa mère finisse par sortir une seule phrase sincère.

Putain, tu as raison. C'est un mélange d'excitation et d'effroi. Comme un ouragan qui couve et qui va tout raser. Ce n'est même pas Mattie qui force le truc, maintenant. C'est Quinn ???

Pas facile de suivre les pensées de Quinn, mais c'est amusant d'essayer. Un peu comme tenter de repérer un chien de prairie. Elle disparaît et réapparaît à l'autre bout du pré. Sauf que cette fois, je l'ai perdue.

WTF ? Qu'est-ce qui lui prend ?

J'aimerais pouvoir te le dire. Personne ne prend les choses plus à cœur qu'elle. Elle qui aime tant la paix, c'est elle qui souffre le plus qu'on ne la trouve jamais.

Bien dit, sister. *(Tu n'es pas ma sœur, mais tu es la sœur de Quinn.) C'est exactement ça.*

C'est une pure putain de folie, non ?

17
LE PIED EN DEDANS

« On n'en a jamais parlé. » Voilà ce que sa mère lui avait répondu lorsque Mattie lui avait demandé si son père était au courant.

Assise au bout du ponton, elle profitait du doux soleil de la fin d'après-midi. Le ciel et l'étang étaient tous deux d'un rose parfait, et la surface de l'eau lisse comme une perle, à part à l'endroit où elle trempait ses pieds. Son père, Sasha et Evie allaient arriver d'une minute à l'autre. Elle voulait savoir quand ils seraient là, mais n'était pas tout à fait prête à leur faire face.

C'était affreux, mais hélas tristement plausible. Sa mère avait donné naissance à un bébé blond aux yeux bleus après son aventure avec son prof de surf californien. Et elle n'avait jamais abordé le sujet avec son mari d'origine indienne, selon ses dires.

Avaient-ils seulement parlé de cette aventure ? En avait-il eu vent ? Vu sa réaction en entendant le nom de Jonathan Dawes, il devait bien se douter de quelque chose. Mais jusqu'à quel point ? Elle avait supposé que c'était la cause de leur divorce – cela collait au niveau du timing, et du climat de fureur qui avait présidé à leur séparation – mais maintenant, elle avait l'impression que ce n'était que la partie émergée de l'iceberg.

À se demander si finalement les sujets les plus importants n'étaient pas ceux dont ils parlaient le moins.

Elle entendit le gravier crisser. Elle devina que son père était au volant car la voiture allait trop vite. Son pouls se mit à accélérer à mesure qu'elle ralentissait.

Elle n'avait jamais appréhendé de le voir, elle ne lui avait jamais rien caché. Pas même quand elle était revenue de colo, trépignant de fierté parce qu'elle avait eu ses premières règles. Il était cool, toujours gentil avec elle. Il la taquinait, mais pas trop.

Peut-être ne savait-il vraiment rien du tout.

Mais il faut dire qu'il était doué pour ignorer ce qu'il ne voulait pas voir.

Elle resta assise, pétrifiée, tendant l'oreille, les pieds toujours dans l'eau. Les portières de la voiture claquèrent. Des pas crissèrent sur le gravier. Son père ouvrit la porte de la maison avec son sens de la propriété habituel. Elle se l'imaginait plus qu'elle ne pouvait l'entendre.

Peu lui importait que la maison ait été construite par le grand-père de son ex-épouse tant haïe, rénovée par le père de cette même ex-épouse, et qu'elle soit habitée la moitié du temps par cette femme en personne et son nouveau mari. Quand son père était là, il occupait les lieux pleinement, joyeusement, sans aucune retenue.

– Y a quelqu'un ? lança-t-il. Mattie ?

Il savait qu'Emma et James passaient la soirée avec des amis sur Shelter Island et que Quinn travaillait. Toutes les portes-fenêtres étaient ouvertes, il y avait donc quelqu'un.

Elle l'entendit dans la cuisine. Elle ne distinguait pas les pas légers de Sasha et d'Evie, mais elle pouvait compter les pas pesants de son père.

– Matt ?

Elle gardait les yeux rivés sur la ligne où l'étang rejoignait l'océan. Saurait-il en la voyant ? Sentirait-il que quelque chose avait changé ?

Comment allait-elle faire pour rentrer dans la maison ? Que pourrait-elle dire ? Il fallait qu'elle se lève et qu'elle entre... Elle en était incapable mais qu'allaient-ils penser si elle ne venait pas à leur rencontre ?

Finalement, elle n'eut pas à retourner à l'intérieur. Car déjà son père ouvrait brutalement la porte-fenêtre poisseuse du salon et sortait sur la pelouse mouillée.

– Mattie, c'est toi ?

Elle avait envie de pleurer. Elle n'osait même pas ouvrir la bouche. Elle se tourna et hocha la tête sans bien savoir s'il pouvait la voir dans la pénombre.

Il la rejoignit sur le ponton, complètement décalé dans son costume chic d'un tailleur londonien et ses chaussures bien cirées. Il ouvrait déjà les bras.

– Bonsoir, ma chérie. Qu'est-ce que tu fais là ?

Rien ne clochait dans son expression, son attitude, sa voix. Si c'était le cas pour elle, il ne sembla pas le remarquer. Il alla d'un pas décidé jusqu'au bout du ponton et la prit dans ses bras.

Il venait toujours à la rencontre de l'autre. Il n'était pas compliqué, il ne calculait rien avant de s'engager. Il n'avait aucune retenue.

C'était sacrément courageux de sa part. Après tout ce qu'il avait traversé, avec tout ce qu'il avait perdu, avec tout ce qu'il avait à perdre, elle ne comprenait pas.

Cela changerait-il s'il savait? Perdrait-elle tout ça? Elle se targuait d'être une rebelle et dépassait souvent les limites mais, contrairement à lui, elle reculerait sûrement lâchement si elle avait quoi que ce soit à perdre.

Son cœur se serra lorsqu'elle repensa à la plage de Ditch Plains, pensée traîtresse.

Il l'embrassa puis fit mine de la jeter à l'eau. C'était un petit jeu entre eux, facile à reprendre. Elle se débattit en riant, criant, et tenta de le pousser dans le vide. Il fit semblant de tituber au bord du ponton. Mais il était grand, fort et malin, et elle savait qu'il ne tomberait que s'il le voulait vraiment.

Il passa un bras autour de ses épaules pour rentrer dans la maison.

– On fait des steaks au barbecue. Evie a acheté un mélange d'épices. Comment ça va, à la ferme? Tu as rapporté d'autres pêches jaunes?

Elle appuya sa tête contre son épaule en marchant. Les larmes jaillirent de ses yeux, mais il ne remarqua rien.

Il était toujours cool avec elle. C'était cool de l'aimer, cool d'être aimée.

Il n'était pas au courant, hein?

Et que se passerait-il, si jamais…?

Environ une semaine avant les fiançailles, la mère de Jamie envoya une lettre enthousiaste de présentation et de félicitations à chacun des parents d'Emma. La différence dans leurs réactions n'était pas du meilleur présage.

Lila n'avait toujours pas répondu à la sienne.

– Bon sang, une lettre manuscrite sur du papier gravé à leurs initiales, ça me donne la chair de poule ! avait-elle explosé lorsque Emma lui avait demandé ce qu'il en était. Le cauchemar de mon enfance. Et « Mme Stewart Hurn » ? Non ! C'est une plaisanterie ? Elle n'a pas de nom ? Dis-moi la vérité, Em. Ils sont du genre à fréquenter le country club ?

– Ça ne t'empêche pas de leur répondre, avait répliqué Emma. Avant qu'ils arrivent pour la fête.

De l'autre côté, il y avait son père qui ne s'était pas contenté d'envoyer un mot pétillant d'enthousiasme, mais l'avait assorti d'une caisse de champagne.

Comme Emma se plaignait de l'entêtement de Lila à Jamie, il avait répondu :

– En tout cas, ma mère a apprécié le champagne.

Mais c'était ça, le problème : le contraste. Les gens dont les parents sont mariés ont tendance à penser que leur père et leur mère se soutiennent, formant une sorte de grand tout parental. Les siens faisaient tout le contraire. Robert se plaçait toujours en héros, mais en grandissant Emma avait fini par voir le dessous moins héroïque des cartes : il agissait délibérément ainsi pour faire de l'ombre à Lila.

Le vendredi soir :

– Jamie vient à la maison ?

– Non, pas ce soir, papa. Il travaille tard. Demain, j'espère. Il essaiera de prendre la navette assez tôt.

– Nous serons ravis de le recevoir quand il le souhaite.

Le lendemain matin :

– On voit Jamie ce soir ?

– Dès qu'il sortira du bureau.

– Il se donne à fond, pas vrai ?

Au dîner, le soir, devant ce cher Jamie, son père continua à lui taper sur les nerfs.

– Le mariage est la plus belle chose du monde.

Il passa le bras autour des épaules d'Evie qui venait enfin de s'asseoir après avoir fait la cuisine et le service.

Emma ne voulait pas faire de remarque mais ça lui donnait envie de vomir. Elle était d'une étrange humeur, toute retournée, à vif. Prise entre les provocations incessantes de sa mère et l'autosatisfaction complaisante de son père, qui faisait étalage de la réussite de son mariage avec une autre femme. Comme si elle était parfaitement invisible aux yeux de ses deux parents.

– Qu'est-ce que tu racontes, papa ? Ce n'est pas un peu simpliste ? Maman et toi, vous avez été mariés et maintenant vous vous haïssez.

Son père lâcha Evie afin de se redresser sur sa chaise. Il avait l'air aussi surpris que si la fougère posée sur la table avait déplié une de ses tiges pour le pincer.

– C'est bien pour ça que ta mère et moi, nous ne sommes plus mariés, répliqua-t-il sèchement.

– Mais vous l'avez été. Tu ne peux pas dire le contraire. Certains mariages fonctionnent à merveille, d'autres non.

Jamie était au supplice.

Son père n'était pas d'humeur pour une dispute, ni même

une véritable conversation. C'était la fin de la semaine, il avait le ventre plein, il avait bu quelques verres de vin. Il était en mode uniquement affirmatif.

– Votre mariage, à Jamie et à toi, fonctionnera à merveille, conclut-il presque comme s'il s'agissait d'un décret.

Misère, vivre entre ses parents, c'était mener la guerre sur les deux fronts.

– Ouais, on va essayer, soupira-t-elle.

Plus tard, dans la soirée, Emma et Jamie s'assirent sur le bord de la terrasse, dans la pénombre.

– Pourquoi font-ils tout ça ?

Emma n'était pas particulièrement pessimiste, ni même très intuitive, pourtant, elle avait le mélancolique pressentiment qu'entre Jamie et elle existait la promesse d'une relation rare, unique, une tendre pousse qui essayait de prendre racine pour s'enfoncer profondément dans la terre et croître, se développer. Mais son passé toxique, régulièrement remué et ressassé par ses parents, risquait de la tuer. Et que cette promesse ne serait plus alors que le fruit de leur imagination.

James s'accroupit derrière elle et lui massa les épaules pour dénouer les tensions. Elle fondit entre ses mains.

– Ça devrait sûrement nous faire plaisir, dit-il.

– Plaisir dans quel sens ? demanda-t-elle.

Elle colla son menton contre sa poitrine et inspira l'odeur d'herbe coupée, de chlore et de soleil qui montait des dalles de pierre. Elle savoura la chaleur de son corps autour du sien.

– Ils font ça en notre honneur, parce qu'on va se marier. Ils nous prennent au sérieux, même si on est jeunes et qu'on s'est rencontrés en avril, et que personne ne se marie plus.

– Mais nous, oui.

– Nous, oui.

– C'est tout ce qui compte.

– Oui, tout ce qui compte.

– Alors pourquoi on fait cette fête ?

Il suivit sa colonne vertébrale de ses deux pouces. Elle n'allait pas pouvoir continuer à répliquer bien longtemps.

– On n'est peut-être pas obligés.

– Non ?

– Non, peut-être pas.

Elle réfléchit. Mattie en avait envie. Quinn en avait envie. Mais pourquoi ? Mattie avait sans doute des motivations égoïstes : goûter de nouveaux canapés, s'acheter une robe sexy, pouvoir boire du vin, faire des histoires. Mais pas Quinn. Emma avait toute confiance en Quinn, même si elle ne l'aurait sans doute pas avoué tout haut. Pour Quinn, qui détestait les fêtes, avait horreur de se mettre sur son trente et un, et qui était une vraie éponge émotionnelle, ce serait une véritable torture, un sacrifice. Alors pourquoi ?

– C'est peut-être un test, murmura Emma.

– Ça ne fait pas envie.

– Peut-être qu'on va tous être mis à l'épreuve. Si on s'en sort, c'est qu'on est assez forts.

– Assez forts pour le mariage ?

– Assez forts pour se marier et pour survivre à la cérémonie. J'ai l'impression que si on réussit le test, le mariage se passera bien. Il faut du cran pour réussir son mariage ici.

– Partout.

– Encore plus ici.

– On va y arriver, toi et moi, assura-t-il. Je n'ai pas peur.

Elle s'allongea sur le ventre, le nez dans l'herbe.

– Tu devrais, marmonna-t-elle d'une voix étouffée.

Sasha avait besoin d'éclaircir un point :

Tu viens aux fiançailles avec ta petite amie ?

Ma petite amie ? Tu veux dire Violet ?

Ouais. Francis l'adore.

Ah, Francis. Je devrais sans doute être surpris ou jaloux, mais non. Si je ne réagis pas en petit ami, c'est sûrement parce que ce n'est pas ma petite amie. Et non, elle ne vient pas aux fiançailles.

Soudain, il eut un doute affreux :

Et toi ?

Si j'amène ma petite amie ? Non. Et pas de petit ami non plus.

Bon Dieu, ce que Ray était soulagé. Il n'avait même pas envisagé qu'elle puisse avoir un petit ami et venir à la fête avec lui. Et cette éventualité l'avait soudain plongé dans la panique et le désespoir. Heureusement que ça n'avait duré que douze minutes environ.

Quinn repéra sa mère au rayon vaisselle jetable du supermarché de Newtown Lane avant qu'elle ne la voie. Il y eut ainsi un moment privilégié, hors de leur relation, deux étrangères en terrain étranger.

En un instant, toute une histoire pouvait se créer. Tant de choses pouvaient se révéler devant un rayon d'assiettes en carton et de serviettes en papier. C'est ce qui se produisit lorsque, dans le regard de sa mère, elle passa de simple étrangère à fille.

Quinn n'était pas à sa place ici. Complètement décalée. Absolument pas raccord, comme une baleine échouée sur le sable, immobile, sur le flanc, contemplant son destin par son grand œil rond. Ou alors, c'était juste une impression qu'elle avait.

Lila ne voulait pas d'un enfant ordinaire. C'était le truc. Elle était incrédule devant Emma, la cheftaine, qui rangeait ses livres par couleur. « C'est ma rebelle », aimait-elle répondre lorsqu'on lui demandait dans quelle université elle était. Lila levait les yeux au ciel devant Mattie et sa collection de produits de coiffage, ses mules à plumes roses et ses tenues mini-mini. Elle avait donc placé tous ses espoirs en Quinn.

– Qu'est-ce que tu fais là ? s'exclama-t-elle.

Ses pupilles se dilatèrent.

– Des courses.

– Je m'en doute. Mais pourquoi ?

Lila aurait accueilli à bras ouverts une fille vegan, à dreadlocks, vêtue de faux cuir, qui fume de l'herbe et court les festivals de folk.

Une fille qu'on peut utiliser comme arme de guerre contre son ex-mari. Quinn le savait, le sentait. Parfois, elle était tentée... Sauf qu'elle n'était pas comme ça. Elle ne cadrait pas avec l'idée que Lila se faisait d'une fille originale. Ni personne d'ailleurs. Elle était l'amie des plantes et des personnes âgées ; elle établissait toujours des liens plus forts avec de parfaits inconnus. Elle n'était à sa place ni à l'école, ni dans un bureau et certainement pas au supermarché. Quinn était un mystère pour son père et sûrement une honte pour ses sœurs. Même Lila, toute pleine de contradictions qu'elle était, ne pouvait lutter contre ce désir naturel de toute mère de voir sa fille trouver sa voie.

– Pour la fête, précisa Quinn.

– Le truc d'Emma et Jamie ?

Lila n'avait même pas besoin de s'écrier : « Quoi ? *Toi* ? Ici ? Pour ça ? »

Quinn baissa les yeux vers les deux colonnes de gobelets en plastique qui roulaient au fond de son panier.

– Oui.

Voilà ce qu'elle avait perçu un instant dans le regard de sa mère, la peur de la différence, de la vraie marginalité, tendance psychotique.

– Quinn, pourquoi diable t'es tu embarquée dans cette galère ?

Elle lâcha son panier vide qui tomba avec un fracas métallique.

– Ce n'est pas une galère, c'est une fête.

– D'accord, c'est une fête. Et depuis quand tu aimes les fêtes ? Tu as horreur de ça. Je ne t'imagine même pas y assister et encore moins l'organiser.

Quinn rebondit sur l'expression, qui tombait à pic. Elle ne

voulait pas l'organiser, elle voulait la désorganiser. Désorganiser cette famille, la voir se décomposer. Être réduite en miettes s'il le fallait. On ne pouvait plus reculer.

Ce serait sans doute une galère.

Mais ensuite ils pourraient peut-être faire un grand ménage.

Il y avait tellement de choses pour lesquelles Sasha aurait dû s'inquiéter qu'elle ne savait par où commencer. Elle décida donc de s'inquiéter pour la robe.

Pour une fois, le hasard avait bien fait les choses car Emma et Mattie étaient à la maison et d'accord pour l'emmener faire du shopping. Si elles avaient essayé de prévoir ça, même en s'y prenant des semaines à l'avance, ça n'aurait jamais marché.

– Tu as déjà une robe, Em, fit remarquer Mattie tandis qu'elles montaient dans la voiture d'Emma.

– Je sais, mais je veux quand même aider Sasha.

Elle lui lança un regard.

– Et toi.

– Tu penses pouvoir dompter ta bimbo de sœur pour qu'elle présente bien devant les parents de Jamie, supposa Mattie.

Emma rit, mais un peu jaune.

La rue principale d'East Hampton était bordée de Lamborghini, avec au volant des hommes dégarnis escortés de leurs petites amies style top models. En la remontant entre ses grandes sœurs, Sasha sentit ses vieux complexes revenir au galop.

Emma et Mattie étaient grandes, pas elle. Elles avançaient sur leurs longues jambes fuselées tandis qu'elle boitillait avec son pied en dedans. Plus elle y pensait, plus le défaut lui semblait s'accentuer, au point qu'elle était même surprise d'arriver à marcher.

Emma avait toujours été « grande pour son âge », puis simplement grande. Mattie pareil. Même Quinn, pourtant taillée comme un petit garçon de douze ans, avait au moins cinq bons centimètres de plus que Sasha. Celle-ci se rappelait avoir un jour confié à sa mère d'un ton morose :

– Je crois bien que je ne suis pas grande pour mon âge.

Ses sœurs couraient, sautaient, bondissaient en permanence. Elles ne cessaient de taper dans des trucs, lancer des bidules, faire du chose ou du machin. Sasha, elle, attendait que son pied se remette droit, ce qui finit par arriver, plus ou moins. À part certains jours, comme aujourd'hui, où il paraissait rentrer vers l'intérieur.

Sasha se demanda, et ce n'était pas la première fois, si ses sœurs se moquaient parfois d'elle à ce propos. Pas en face, bien entendu, mais dans son dos, peut-être ?

Avaient-elles évoqué son manque de grâce devant Ray ? Cette vieille angoisse prenait une tout autre dimension, désormais.

Elles prirent Newton Lane et commencèrent par les magasins les plus branchés où la musique, les lumières, les parfums étaient tellement forts que Sasha en avait mal à la tête.

– Non, fit Emma face à la minirobe dos-nu que Mattie lui montrait.

– Non, fit-elle devant la robe moulante imprimée alligator.

Finalement, Mattie et Sasha s'amusèrent à exhiber les robes les plus atroces qu'elles pouvaient trouver.

– Pas de rose fuchsia, pas de Lycra, pas de plumes, pas de chaînes, décréta Emma.

– Alors il va falloir qu'on aille faire nos courses chez Burberry, se plaignit Mattie.

– Et moi, je n'ai plus qu'à mettre mon uniforme du lycée, dans ce cas, renchérit Sasha.

Emma rigolait de moins en moins.

– Il faut que je sois au boulot à treize heures, leur rappela-t-elle.

Elle les conduisit au pas de course dans une boutique de vêtements d'occasion très chics.

– Ici, ce sera moins cher et moins vulgaire.

Elle sélectionna deux ou trois tenues qu'elle emmena dans la cabine. Pour lui faire plaisir, Sasha choisit une robe longue rayée bleu et blanc.

– Ils le font en modèle burka ? demanda Mattie par-dessus le rideau.

Ses deux sœurs attendaient qu'elle essaie les modèles.

Sasha se sentait rouge, poisseuse et difforme, le syndrome typique de la cabine d'essayage.

– Waouh! Regardez-moi ça! s'exclama Emma en admirant son décolleté tout en rajustant la taille de la robe. Sur nous quatre, il y a au moins une vraie femme.

Mattie acquiesça.

– Notre déesse de la Fertilité. Alors que nous autres, on est bonnes pour la césarienne.

– Tu es en train de dire que je suis grosse, traduisit Sasha.

– Non, je dis que tu es magnifique, affirma Mattie, sincère.

Parfois, Mattie la faisait culpabiliser pour ses courbes mais, aujourd'hui, elle était d'humeur généreuse.

– Essaie la noire, l'encouragea-t-elle.

– Et toi, pourquoi tu n'essaies rien ? Pourquoi il n'y a que moi ?
– Elles ne sont pas assez vulgos, affirma Mattie en adressant un sourire en biais à Emma.

Sasha passa docilement la noire et ressortit, en nage, pour l'inspection.

Emma la prit par les épaules pour la faire tourner sur elle-même.

– Regarde-moi cette taille fine. Je la montrerais davantage si j'étais toi.
– Moi aussi ! renchérit Mattie.
– Si Mattie était foutue comme toi, elle ne porterait plus jamais le moindre centimètre carré de tissu, déclara Emma.
– Sauf en cas de grand froid, confirma l'intéressée.

Les trois sœurs contemplèrent son reflet dans le miroir. Sasha se dandinait, mal à l'aise.

C'était dur de se retrouver comme ça, face à elles. Pour une fois, elle se souciait vraiment de son apparence. Le 9 août, ce serait la seule occasion de sa vie de voir Ray face à face, en chair et en os, et que Ray la voie.

Elle voulait être jolie. Elle voulait qu'il la trouve jolie. Serait-ce le cas ? Avait-il seulement ce genre de pensées à son égard ? Ou bien serait-il au contraire abasourdi, horrifié, d'apprendre qu'elle avait ce genre de pensées à son égard ? Parce qu'elle avait l'impression que c'était le cas. Bien que tout soit assez confus dans son esprit, elle en était presque sûre.

Elle voulait être sexy, mais pas trop. Elle voulait attirer l'attention, mais juste un peu et pas de n'importe qui. Elle voulait une robe qui donne envie de la siffler, mais à lui uniquement, sur une fréquence qu'elle seule entendrait. Comme une sorte de *private joke* entre eux, mais pas drôle.

– Tu t'habilles pour qui ? lui demanda Emma.

Sasha en eut le souffle coupé. Mortifiée, elle sentit son visage lui cuire de honte. Dans le miroir, elle vit le rouge lui monter aux joues.

– Quoi ? bafouilla-t-elle.

Comment Emma avait-elle pu deviner ?

– C'est la question que je me pose chaque fois, répondit sa sœur, philosophe. C'est Myrna Chapman qui a abordé le sujet la première. Elle a dit : « Quand tu t'habilles bien, c'est presque toujours que tu t'habilles pour quelqu'un en particulier. »

Mattie faisait le clown avec un boa en plumes turquoise, mais Emma avait clairement flairé quelque chose. Sasha tira sur l'ourlet de sa robe noire.

– Tu vois, moi, par exemple, je m'habille pour Jamie, évidemment, mais aussi pour sa mère, que je ne connais même pas. Je me suis rendu compte que je pensais à elle quand j'ai choisi ma robe.

Sasha déglutit.

– Et toi, Matt ?

Mattie releva la tête.

– Pour Matt.

– Toi-même ?

– Non, l'autre ! Matt Reese.

Emma laissa échapper un léger soupir.

– Comme nous toutes.

– Je suis sérieuse. Je m'habille pour lui tous les jours, avec plus ou moins de succès, mais il ne semble même pas le remarquer.

Emma leva les yeux au ciel.

– Impossible ! Je suis sûre qu'il a remarqué.

Mattie réfléchit.

– Alors peut-être serait-il plus juste de dire qu'il ne semble pas sensible à mes efforts.

– C'est bien le seul, répliqua Sasha. Je suis sûre que Cameron y est très sensible, lui.

Mattie fit une grimace dégoûtée.

Emma se retourna vers Sasha.

– Tu ne m'as pas répondu.

Sasha s'absorba dans la contemplation d'un portant qui se dressait face aux cabines. Elle s'arrêta sur une couleur magnifique – un vert pâle, entre céleri et menthe – et sortit le cintre pour mieux voir. Elle le leva à bout de bras. Il s'agissait d'une robe à bretelles en soie, longueur trois quarts et coupée dans le biais. Simple mais féerique.

Elle retourna dans la cabine pour la passer.

Elle se sentit tout de suite à l'aise dedans. Elle soulignait sa silhouette, sans être moulante cependant.

Elle rouvrit timidement le rideau et souleva sa masse de cheveux qui lui collait au cou.

Ses deux sœurs la fixèrent.

– J'ai les yeux qui sortent de leurs orbites, annonça Mattie.

– Waouh ! Sasha ! s'exclama Emma. C'est la bonne.

Sasha tourna sur elle-même avec un frisson d'excitation.

– Elle n'est pas trop décolletée ?

– Non, juste ce qu'il faut, répondit Mattie. Par contre, il ne faut pas que tu mettes de soutien-gorge.

Elles l'admirèrent encore un instant.

– Sash, j'ai bien noté que tu refuses de nous dire pour qui tu t'habilles, reprit Emma. Mais qui que ce soit... cette personne va avoir le coup de foudre.

– Alors j'espère juste que ce n'est pas la mère de Jamie, conclut Mattie.

18
LA VÉRITÉ ET DEUX TONDEUSES À GAZON

Franchement, Jonathan Dawes avait mal choisi son moment pour débarquer sur le parking poussiéreux du stand de produits de la ferme.

Ou bien, au contraire.

La fête des fiançailles, ce rendez-vous tant attendu, avait lieu dans moins de quarante-huit heures, et ce que Mattie avait espéré être un grand événement s'annonçait mal.

La pelouse du jardin était en friche. Lorsque son père allait arriver dimanche, ses cheveux allaient se dresser sur sa tête. Et Mattie n'avait aucune chance d'arriver à convaincre une quelconque entreprise d'entretien des espaces verts de la région de venir s'en occuper car elles avaient toutes perdu des plumes dans la grande guerre entre leurs parents. *Idem* pour celles qui entretenaient les piscines. Et pareil pour celle qui était censée ôter l'arbre tombé en travers de l'allée. En temps normal, Mattie ne se souciait guère de ce genre de problème. Mais là, c'était différent.

– On travaille pour être payés, pas pour se faire balader, avait déclaré Mike de *Hamptons Jardirêve*.

Touché.

Même le gars du parking en ville refusait d'avoir affaire à eux.

— On a entendu parler de cette maison. Les deux propriétaires sont en conflit.

Quand Jonathan Dawes arriva, Mattie était assise derrière le comptoir, essayant de localiser sur son smartphone l'agence où son père avait loué la tondeuse la dernière fois.

Elle n'avait pas conscience qu'elle lui en voulait à ce point avant de le voir claquer la portière de sa Prius rouge cerise pour s'avancer vers elle. Soit il ne s'attendait pas à la trouver là, soit c'était un excellent acteur.

— Mattie, murmura-t-il d'un ton surpris en haussant les sourcils.

Elle se leva. Elle était contente qu'il y ait un comptoir entre eux. Elle était contente qu'il n'y ait personne dans les parages – pas d'autres clients, ni de membres de la famille Reese, pour le moment. Elle ne fit aucun geste vers lui et se contenta de croiser les bras.

— Tu travailles ici ? s'étonna-t-il.

— Ça fait seulement quatre ans.

Oui, elle était furieuse. Elle sentait le goût de la colère dans sa bouche.

Il fit la grimace.

— Je ne dois pas venir très souvent.

— Ça doit être ça.

Il inclina légèrement la tête. L'ambiance était tendue.

— Tout... va bien pour toi ?

Elle fut tentée de répondre « oui, très bien » et de s'en débarrasser en lui refourguant du maïs ou des tomates, mais le goût amer demeurait sur sa langue.

– Oui, je ne sais plus qui je suis, mais à part ça, tout va très bien.

Son visage se décomposa. Il mit un moment à se reprendre.

– À cause... de ce que je t'ai dit à Ditch Plains ?

– Ça a eu un certain impact, je dirais.

– Évidemment, dit-il lentement.

Il se passa la main sur la figure.

– Je me suis rejoué cette conversation des centaines de fois. Je croyais vraiment que tu étais au courant. Ou que tu t'en doutais. Je pensais que c'était pour ça que tu étais venue me voir.

Même maintenant Mattie ne pouvait se résoudre à regarder les choses en face. Son côté pervers la poussait à aller jusqu'au bout. Qu'elle était au courant de quoi ? Qu'elle se doutait de quoi ? Mais, d'un autre côté, elle n'en avait vraiment pas envie.

– Je suis venue parce que vous me l'avez proposé. Mais la question, c'est : pourquoi vous me l'avez proposé ? Pourquoi êtes-vous venu me voir à la base ? Pourquoi avoir mis tout ça en branle ?

Sciemment ou pas, Jonathan Dawes avait lancé une grenade au beau milieu de sa vie. Elle avait perdu ses repères, sa confiance en elle... et cette fichue grenade n'avait même pas encore fini d'exploser.

Il avait l'air plus fatigué que la dernière fois, mais en même temps plus alerte. Il posa les mains à plat sur le comptoir.

– Écoute, c'est une longue histoire. Ça remonte à très longtemps.

Il se dandina d'un pied sur l'autre, mal à l'aise.

– J'ai beaucoup pensé à toi, pendant tout ce temps. Je vous apercevais parfois en ville, tes sœurs et toi, sans oser vous aborder.

J'ai attendu que tu sois adulte, capable de faire tes propres choix, de décider ce que tu voulais savoir sur toi-même.

— J'ignorais qu'il y avait quelque chose à savoir ! le coupa-t-elle. Et c'était beaucoup plus simple comme ça.

Il soupira.

— Quand je t'ai abordée au supermarché, je pensais juste te dire bonjour et c'est tout. C'est toi qui as décidé de venir à Ditch Plains. Je n'avais pas du tout prévu que ça se passerait comme ça.

Mattie se redressa de toute sa taille, elle était presque aussi grande que lui. Elle laissa tomber ses bras de chaque côté de son corps.

— Mais est-ce que vous *vouliez* que ça se passe comme ça ?

Il baissa les yeux. Lorsqu'il releva la tête, le regard qu'il posait sur elle avait changé.

— Parce que vous m'avez vraiment pourri la vie, s'empressa-t-elle de poursuivre. Et celle de mes parents. Celle de ma mère, bien sûr, mais le pire, c'est mon père. Et ça, vous deviez le savoir.

— Je n'ai pas...

Mattie avait perdu toute retenue et, pour une fois, c'était au service de la vérité.

— Vous n'aviez peut-être pas bien réfléchi. Je ne prétends pas savoir quelles étaient vos intentions, mais vous ne pouvez pas faire comme si vous n'étiez qu'un simple spectateur de l'histoire de mes parents.

Elle s'interrompit. Au bout d'un moment, il finit par hocher la tête.

— Tu as raison. C'est impossible.

– Ça a sûrement été dur pour vous aussi, déclara-t-elle, surprise par sa propre franchise.

Il était visiblement bouleversé. Il scruta longuement son visage, tout en essayant de jauger à quel point il pouvait s'ouvrir à elle. Il n'était plus aussi jeune qu'il voulait le paraître.

– Tout à fait. Tu as aussi raison sur ce point.

Il jeta un regard autour de lui. Tout était calme. Les voitures passaient au loin, reflétant la vive lueur du soleil.

– On pourrait s'asseoir quelque part pour discuter un moment ?

– On peut discuter ici, répondit-elle.

Cette ferme agissait vraiment comme un sérum de vérité, elle avait déjà pu le constater.

– D'accord.

Il leva les yeux vers le ciel. Puis les baissa vers la terre sèche à ses pieds.

– Je vais être un peu brutal et te dire la vérité. J'étais amoureux de ta mère. À l'époque, je détestais ton père. Et je ne supportais pas de ne pas pouvoir vivre avec vous deux.

Et hop. Mattie savait désormais d'où venait son côté « un peu brutal ». Mais, bizarrement, là, maintenant, elle se sentait à l'opposé de tout cela : infiniment vieille, capable de discrétion, secrets et délicatesse.

– Et pourquoi ce n'était pas possible ?

Il secoua la tête.

– Ça a été un vrai désastre. J'ignore ce que tu sais.

– Pas grand-chose.

– Et à quel point veux-tu savoir ?

— Davantage. Pourquoi vous ne pouviez pas vivre avec ma mère ? Après leur séparation ?

Même sa voix était plus posée, plus calme, comme si elle passait au ralenti.

— Après ta naissance, le couple de tes parents a volé en éclats. Lila voulait quitter Robert, mais il refusait de la laisser partir. C'était une période affreuse.

Il leva les yeux comme s'il contemplait un souvenir dans les cieux.

— Ta sœur Quinn nous a surpris ensemble, ta mère et moi. Je m'en suis tellement voulu. Elle était si petite. Je ne crois pas qu'elle s'en souvienne, mais les yeux qu'elle avait…

Mattie acquiesça. Elle connaissait bien ces yeux et elle doutait qu'ils aient oublié quoi que ce soit.

— Enfin bref, Robert n'a pas supporté que Lila veuille le quitter. Ça l'a rendu fou. Comme si, dans son esprit, elle lui appartenait. Il gagnait déjà bien sa vie, à l'époque. Il a voulu la punir. Il a mis ses avocats sur le coup. Il a fait venir la police chez moi pour violence domestique alors qu'il savait qu'on était ensemble, Lila et moi.

— Bon Dieu…

— Trois flics ont débarqué dans ma chambre. On m'a conduit au poste sur la base du faux témoignage de Robert. Des bruits circulaient sur notre compte. Lila était marquée au fer rouge.

— Je n'avais jamais entendu parler de cette histoire.

— Et ce n'était que le début. Lila aurait supporté les rumeurs et la honte. Mais il s'est servi de vous, les filles. Il a menacé de lui retirer votre garde. Il vous a enlevées presque une semaine. Vous avez vécu dans un hôtel à Manhattan. Votre mère était folle d'inquiétude. Finalement, le juge a ordonné qu'il vous ramène à Wainscott. C'était l'été. Il a décidé que vous resteriez dans la maison et que vos parents viendraient chacun leur tour, une semaine sur deux.

Voilà qui expliquait pas mal de choses. Emma avait-elle souvenir de tout ça ? Et Quinn ?

Jonathan Dawes s'interrompit. Il se frotta les yeux. Il semblait vieillir à mesure qu'il voyageait dans le temps.

– Et là, j'ai fait un truc stupide. J'ai voulu te récupérer. Mais tes parents étaient mariés à l'époque de ta naissance. Ton père était si fier que jamais il n'a envisagé la possibilité que tu ne sois pas sa fille. Je n'avais aucun droit d'un point de vue juridique, mais j'étais furieux. Je ne pouvais pas supporter la situation. Même ta mère m'a supplié de laisser tomber, pour ton bien. C'est ce qui nous a éloignés l'un de l'autre, finalement.

Mattie hocha la tête. Inspira. Expira. Elle le dévisagea, pleine d'empathie pour lui. Le puzzle de sa vie se mettait plus ou moins en place.

Il faisait presque nuit lorsque Jonathan Dawes acheva son histoire. Quel que soit le légume ou le fruit qu'il était venu chercher, il n'en avait plus besoin.

– Bon…

Il soupira.

Il hésitait visiblement à se pencher vers elle, mais il n'osait plus prendre l'initiative.

– Je te demande pardon, dit-il tout doucement.

Il tourna les talons et se dirigea vers sa voiture.

– J'espère que la vérité te libérera, Mattie.

Lentement, posément, elle ferma le stand pour la nuit et rentra chez elle à vélo. Elle avait envie de rester le plus longtemps possible dans l'entre-deux.

Elle revoyait Jonathan Dawes, son visage tanné par le soleil, ce corps qu'il entretenait soigneusement pour rester jeune, son allure nonchalante de surfeur. Il avait été piégé, comme tous les autres, non ? *Puisse la vérité tous nous libérer*, pensa-t-elle.

La veille de la fête, lorsque Quinn passa chez Myrna pour lui apporter des cerises, elle la trouva en robe de chambre.

– Ça va ? s'inquiéta-t-elle.

– Oui, ma chérie. Juste un rhume. Rien de grave.

Quinn s'approcha pour poser la main sur sa joue douce et flétrie.

Myrna la dévisagea, les yeux plissés.

– Tu n'as pas l'air en grande forme non plus, Quinn.

Cette dernière haussa les épaules.

– Non, ça va. Je vais te faire un thé. Et les cerises vont t'apporter de la vitamine C.

– Oh oui, un thé, avec plaisir.

Quinn remplit la bouilloire.

– Mais j'ai bien peur de ne pas pouvoir venir à la fête demain.

Elle posa la bouilloire.

– Oh, c'est vrai ? Même si je viens te chercher en voiture ?

– Pas la peine.

– Et si je passais après le déjeuner, voir comment tu vas ?

– Non, ma chérie. Ne t'en fais pas pour moi. Apporte-moi juste une part de gâteau quand ce sera fini.

Le changement avait lieu à midi, comme d'habitude, et la fête commençait à seize heures. Pour la première fois de sa vie, Ray allait quitter la maison en « propriétaire » et y revenir quelques heures plus tard comme invité.

Mais les lieux étaient dans un état... Et ça le contrariait. Sans être la baronne de Rothschild, il avait un minimum d'exigences de base. Il pensa à sa chambre à Brooklyn. Hum, vraiment un minimum.

Ce qui le réveilla à quatre heures du matin, c'est l'idée que Robert et Evie (et Sasha!) allaient arriver dans cette maison en chantier avec à peine quatre heures devant eux pour la remettre en ordre. Une image lui revenait sans arrêt en tête : l'expression déçue de Robert – alors qu'il n'avait jamais vu Robert, déçu ou non.

Voilà pourquoi Ray se retrouvait à ratiboiser la pelouse, chevauchant une tondeuse autoportée John Deere 107 centimètres à rayon de braquage zéro qu'il avait louée chez *Power Equipement Plus* à East Hampton.

Il ne pouvait pas tailler les haies comme un pro, mais c'était mieux que rien.

Sa mère et Adam étaient déjà partis, le temps qu'il revienne avec sa tondeuse – ce qui était un soulagement pour ses quatre enfants. Ils ne rentreraient pas à Brooklyn mais iraient déjeuner avec grand-mère Hardy à Oyster Bay et la ramèneraient ensuite à Wainscott pour la fête.

Ray avait prévu d'aller prendre une douche et se changer chez son ami Frasier avant la fête, mais il avait peur de ne pas avoir fini le jardin à temps.

Jamais il n'était resté au-delà de l'heure du changement auparavant. Il s'était toujours plus ou moins figuré que la maison se volatilisait le dimanche à midi pile, puis se rematérialisait un instant plus tard sous une forme légèrement différente.

C'était toujours perturbant de devoir fuir comme un voleur alors que ses sœurs pouvaient rester et voir la métamorphose s'accomplir. Il s'imaginait qu'elles étaient un peu magiques, elles aussi. Au douzième coup de midi, elles changeaient de famille.

Et s'il continuait à tondre la pelouse au-delà de midi, alors que les autres arrivaient ? Il pourrait toujours dire qu'il était envoyé par l'entreprise d'entretien des espaces verts. Ils ne le connaissaient pas, ils ne le reconnaîtraient pas. Enfin, tout du moins, Robert et Evie ne le connaissaient pas.

Il vit Mattie surgir de la maison en pyjama alors qu'il longeait l'allée.

– Qu'est-ce que tu fabriques ? hurla-t-elle pour couvrir le vrombissement de l'engin.

– Je tonds la pelouse.

– Ça, j'ai vu. C'est génial. Mais où tu as déniché la tondeuse ?

Ray freina et mit le moteur au point mort.

– Je l'ai louée.

– Sérieux ?

Il prit un air outragé.

– Je travaille !

– Mais comment tu l'as amenée jusqu'ici ?

– Ils m'ont loué une remorque.

– Que tu as tractée avec quoi ?

Il commençait à se sentir de moins en moins fier et de plus en plus crétin.

– Avec la voiture que j'ai louée ailleurs.

Il redémarra et s'éloigna avant qu'elle ne puisse lui poser davantage de questions. En réalité, cette petite affaire lui avait coûté plus qu'il ne gagnait au Black Horse en une semaine.

Plus tard, lorsqu'il s'arrêta près de la piscine pour essuyer son visage ruisselant de sueur, Quinn traversa la pelouse en bondissant et vint s'asseoir derrière lui sur la tondeuse. Il ne s'agissait sûrement pas d'un véhicule pour deux personnes, mais elle se recroquevilla, perchée à l'arrière comme une cigale. Et il reprit ses allers-retours entre la piscine et l'étang, la terrasse et la forêt.

Il appréciait sa compagnie. Il se retourna pour la regarder et sourit. Il y avait trop de bruit pour discuter. Elle avait glissé un brin d'herbe entre ses dents comme un vieux fermier tandis qu'il continuait à aller et venir, aller et venir.

De temps à autre, elle lui donnait un coup de coude dans le dos.

– Attention, ça, c'est du trèfle.

Et il le contournait docilement.

À la fin, elle sauta à terre. Le silence paraissait encore plus silencieux après le vacarme. L'odeur humide et forte d'herbe coupée lui piquait le nez.

– Attends. Pourquoi tu fais cette tête ? lui demanda-t-il.

– Quelle tête ?

Le ton était malicieux, pas interrogateur.

– Cette tête.

– Bon, viens avec moi.

Il la suivit jusqu'à l'appentis où ils stockaient les vélos et les outils. Elle poussa la porte et il scruta la pénombre. Il n'eut pas besoin d'attendre que ses yeux s'accoutument à l'obscurité tant elle étincelait. Une John Deere 137 centimètres à rayon de braquage zéro. Flambant neuve.

– Merde.

– Mon père l'a fait livrer ce matin, expliqua Quinn en haussant les épaules, tout sourire. Tu étais déjà parti quand elle est arrivée.

19

QUI SÈME LE VENT...

OK, Little Ray. C'est parti...

Sasha reçut le texto de Ray juste au moment où elle entendit la porte s'ouvrir et les premiers invités entrer. Son pouls s'accéléra encore.

Elle marqua un temps d'arrêt en haut des escaliers, pour regarder en bas. Enfin, on ne pouvait pas vraiment les qualifier d'invités. Comme prévu, ils étaient venus un peu plus tôt, en tant qu'hôtes, afin de voir les autres avant que les Hurn n'arrivent de l'aéroport.

– Bonjour, fit Lila en pénétrant dans le hall.

Elle n'allait pas frapper à sa propre porte, quand même. La maison de son arrière-grand-père. Pas étant donné la situation.

Sasha retint son souffle et recula vite sur le palier, espérant qu'elle ne l'avait pas aperçue. Elle voulait avoir un moment pour observer, s'en mettre plein les yeux, sans être vue.

Lila venait en tête, grande et impérieuse. Mais Sasha devinait déjà des auréoles de sueur aux aisselles de sa robe en lin clair.

Ses cheveux blond cendré étaient coiffés en carré lisse et net et elle portait des escarpins beiges à bout pointu avec des bas transparents. Sasha était fascinée par le nombre de taches de rousseur constellant ses mollets, ses pieds, ses mains, le moindre centimètre carré de peau visible. Car elle avait beau avoir imaginé Lila mille fois, jamais, dans son esprit, elle n'avait eu de taches de rousseur.

Sasha se sentait si brune comparée à elle, une sombre étrangère sans aucune rousseur.

Puis venait Adam. Il était moins grand qu'elle ne se l'était figuré. Pas vraiment petit, mais il occupait moins d'espace. Ses cheveux drus et grisonnants frisaient autour des oreilles. Il avait un blazer bleu marine et de petites lunettes rondes à monture métallique, à la Trotski.

Enfin venait Ray. Elle dut rassembler son courage pour le regarder. Il dépassait son père d'une tête, mais n'avait pas l'allure impérieuse de Lila. Il semblait circonspect, nerveux, un peu méfiant. Elle sentit son cœur s'emballer. Elle essayait de le voir en tant qu'individu, de l'observer d'un regard clair et détaché, mais ce n'était pas facile. Comment tout ce qu'elle éprouvait à son égard pouvait-il tenir en une seule et même personne ?

Il leva les yeux comme s'il savait qu'elle se trouvait là. Il ne dit rien. Se contenta de la regarder, sourit, haussa légèrement les épaules. Il ne l'accusa pas de les espionner, mais elle comprit qu'il était temps de descendre. Elle garda les yeux rivés sur lui, souriante, un peu gênée de le voir si intimidé. Et malgré sa nervosité croissante, elle ne détourna pas le regard.

Sasha descendait justement l'escalier lorsque son père et sa

mère sortirent du salon. La soie vert pâle de sa robe froufroutait autour de ses genoux, ses chaussures brillaient d'un éclat argenté.
C'est parti.

Elle jeta un nouveau coup d'œil à Ray. C'était réconfortant d'avoir un *alter ego*. Même si elle n'avait partagé que peu de proximité physique avec lui, elle avait l'impression qu'ils regardaient leurs parents à travers les mêmes yeux.

Robert fit le premier pas. Il serra d'abord la main d'Adam, puis celle de Ray. Pendant ce temps, Lila serra la main d'Evie, puis celle de Sasha. Les autres mains étaient-elles aussi moites et froides que la sienne ? On échangea des « bonjour » et des « ravi de vous rencontrer ».

Sasha avait conscience que la robe écarlate de sa mère était terriblement voyante à côté du lin beige de celle de Lila, que le rouge à lèvres de sa mère paraissait terriblement rouge comparé au gloss transparent de Lila. À nouveau montèrent en elle des sentiments contradictoires, la lâcheté le disputait à la honte. Sa robe vert pâle aurait-elle l'approbation de Lila ? Oui, sûrement. Et celle de sa mère ? Non, sûrement pas. Elle en rirait peut-être même plus tard.

Pire, Sasha sentait l'inébranlable confiance en elle de Lila, sûre de son bon droit. La robe d'Evie coûtait sans doute dix fois plus cher, mais c'était Lila qui menait le jeu, qui savait comment s'habiller, comment se comporter. Sa simple attitude montrait qu'elle se sentait chez elle, que c'était toujours sa maison, et sa famille dans le fond, malgré tous les efforts de Robert pour présenter les choses autrement.

Lorsqu'ils reculèrent tous afin de laisser Robert et Lila se saluer, ils esquivèrent. Le temps était comme suspendu. Lila inclina la tête, lèvres pincées. La mâchoire de Robert se contracta. Il passa un bras autour des épaules d'Evie. Sasha sentit son autre main se poser sur sa clavicule, dans un geste pas aussi possessif qu'elle l'aurait cru, mais légèrement tremblant. Elle en fut ébranlée.

Le simple fait de regarder son père la rendait nerveuse. Avec Lila dans la pièce, elle le voyait d'un œil différent, et elle n'était pas sûre d'en avoir franchement envie.

Robert plaça sa large carrure en travers du passage, dans une posture de propriétaire et de gardien, contrôlant l'accès au reste de la maison. L'avancée de Lila avait beau être inexorable, il se comportait comme si elle devait attendre son signal.

Sasha jeta un regard à Ray et vit chez lui le reflet de sa propre anxiété. Ils étaient si connectés qu'elle se rappela soudain qu'ils n'étaient pas censés se connaître, ils avaient oublié ! Mais l'atmosphère était si pesante que personne ne leur prêtait la moindre attention. Elle pivota sur ses talons et fit un pas vers lui, tendant la main.

– Bonjour, Ray.

– Je vous sers un verre ? tonna Robert.

Il se tourna pour descendre les trois marches menant au salon. Et voilà. C'était lui qui avait donné le signal.

Quant à savoir ce que Lila et lui allaient se dire… ils ne s'étaient pas adressé un mot, et voilà.

Tous les parents passèrent au salon. Ray retint Sasha un instant en lui prenant la main.

– Salut, Sasha, lui glissa-t-il.

Quinn sortit alors de la cuisine. Elle portait une tunique indienne turquoise, avait peigné ses cheveux fins et coincé un brin de jasmin au-dessus de son oreille. Un point argenté brillait sur l'aile de son nez, malgré la requête de son père. Mais elle semblait perturbée, perplexe. Ses yeux paraissaient tellement perdus dans le lointain, qu'ils donnaient l'impression de contempler une autre maison, une autre fête.

Elle embrassa Sasha alors qu'elle l'avait vue dix minutes plus tôt. Puis Sasha la vit embrasser Ray.

Petite, elle était toujours jalouse quand Quinn parlait de Ray. L'envie la tenaillait lorsque Quinn quittait leur ancien appartement sur la 88e Rue pour retourner à Brooklyn. Elle savait que Ray s'y trouvait et que ce qu'elle perdait, il le gagnait. Elle savait que Quinn aimait beaucoup Ray. Elle le savait et, pour la première fois, elle le vit : l'espace d'un instant, le visage éteint et distant de Quinn s'anima, réchauffé par la tendresse, l'intimité qui les liait, et le visage de Ray s'éclaira en retour. De voir cet amour s'exprimer sous ses yeux, Sasha n'était plus jalouse.

Elle voyait de l'extérieur ce qu'elle avait également de son côté et elle était heureuse que, dans une famille telle que la leur, ils aient au moins ça, tous les deux. Dans une famille où il y avait toujours trop, où il n'y avait jamais assez, Quinn était leur miracle partagé. Son influence sur eux deux était aussi discrète que puissante. C'était grâce à cela que Ray et Sasha se comprenaient si bien.

C'était étrange, c'était merveilleux d'avoir un double.

Lors de leur première rencontre, Ray n'avait pas réussi à se remémorer l'apparence de Sasha quelques minutes seulement après l'avoir quittée. C'était pour cela que ça le frappa, cette fois.

Il avait l'esprit volatil. Il était évaporé. Il avait peur de l'oublier à nouveau s'il se retournait.

La dernière fois, lorsqu'il l'avait aperçue en tenue décontractée dans un couloir sombre, c'était surtout son imagination exaltée qui avait élaboré sa silhouette. Elle était alors une inconnue aux possibilités inconnues.

Cette fois, il resta bouche bée, pétrifié par un dangereux mélange de désirs et d'inhibitions. Sa délicatesse, sa finesse, sa volupté étaient directement dévoilées par sa robe vert pâle, bien mieux que son cerveau en surchauffe n'aurait pu l'imaginer.

Elle discutait avec la sœur de Jamie. Il osait à peine poser les yeux sur elle sans toutefois pouvoir les poser ailleurs.

Les inhibitions n'étaient pas vraiment en train de l'emporter, si ? Il essaya de se concentrer sur ce qu'il était en train de raconter à M. Folkes, leur voisin d'Eel Cove Road, mais il ne cessait de perdre le fil. M. Folkes étant un peu sénile, ils faisaient la paire.

Sasha, c'est bien toi ? Est-ce possible que le Yin de mon Yang ressemble vraiment à ça ? Me fasse cet effet-là ?

Une brise fantomatique souffla sur la terrasse, sur l'étang. En passant devant lui, Robert le toisa des pieds à la tête et les inhibitions revinrent en force.

Juste avant le début de la fête, Emma avait tenté de chasser cette idée d'essai avant le mariage. Elle avait été prise d'un espoir un peu fou : *Et si on passait un bon moment, en fait ?*

Elle se sentait sûre d'elle dans sa robe rose pêche ; Jamie l'avait embrassée fougueusement derrière la haie juste avant que sa famille arrive. Elle s'était dit que, tout compte fait, c'était peut-être leur fête, leur grand moment à eux.

Ses sœurs s'étaient donné du mal pour que tout soit beau. Les parents de Jamie semblaient sains d'esprit et sympathiques. Au premier abord.

– Tu peux dire un mot au barman ? Qu'il arrête de servir du gin à ma mère, OK ? lui glissa Jamie au passage alors que grand-mère Hardy l'entraînait dans un coin.

Emma regarda autour d'elle. Susan Hurn se tenait à quelques mètres du bar improvisé, sirotant un verre garni d'une rondelle de citron vert, en grande conversation avec Evie. Le père de Jamie, lui, était avec le sien, au bord de la piscine en train de parler golf, pêche, bricolage ou je ne sais quoi. Robert soulignait ses propos par d'amples gestes des bras.

À l'ouest, les nuages étaient devenus gris et le vent s'était levé. Les invités coinçaient serviettes et assiettes sous les verres et les bouteilles.

Emma aperçut sa mère juste devant la maison, son assiette pleine à la main. Adam restait à ses côtés, sur le qui-vive. Il sentait le danger couver, lui aussi.

Ça l'inquiétait que les Hurn snobent Lila. Était-ce à cause de cette stupide lettre sur le papier gravé à leurs initiales ? Lila ne s'était-elle donc pas donné la peine de leur répondre finalement ? Ils avaient dû sentir qu'elle était hostile à ce projet.

La veille au soir, au téléphone, elle avait entendu Jamie dire à sa mère :

– Elle s'y fera.

Emma passa la tête dans la cuisine où Quinn était en train de monter son gâteau aux fleurs. Mattie, vêtue comme une bonne sœur, selon ses standards, et anormalement timide, s'occupait du buffet. Quant à sa petite bande d'amis de Princeton, ils se baladaient au bord de l'étang.

J'aimerais que ce soit fini.

Elle vit la mère de Jamie faire un pas vers le bar et demander un autre verre au jeune voisin boutonneux qui jouait les barmen.

Qu'était-elle censée faire ? Arracher le gin tonic des mains de sa future belle-mère ? Une femme avec qui elle avait tout au plus échangé cinq phrases... C'était un peu tôt dans leur relation pour ce genre de démonstration brutale d'amour filial.

Pourquoi il ne m'a pas dit que sa mère avait un problème avec l'alcool ? se demanda-t-elle, peu charitable.

Il y avait sûrement eu des indices, cependant, non ? Si elle avait fait attention. Si elle avait posé les bonnes questions. Mais encore eût-il fallu qu'il veuille le lui faire comprendre...

Emma n'avait jamais été quelqu'un de très charitable, d'accord, pourtant jamais elle n'avait eu ce genre de pensées à l'égard de Jamie jusque-là.

Elle entendit le redouté tintement d'une fourchette contre un verre. Son père scrutait le ciel, lui aussi. C'était un mauvais moment à passer, mais un passage obligé inévitable. Elle jeta un coup d'œil inquiet à Jamie.

C'est parti !

Son père prit position au milieu de la terrasse, non loin d'Evie. Il fit à nouveau tinter son verre, les invités approchèrent. Jamie installa grand-mère Hardy dans un fauteuil bien stable et alla voir sa mère. Son père lui avait déjà trouvé une chaise. Sa sœur, Grace, avait l'air anxieux.

– Vous êtes censés être la famille normale, murmura Emma.

Lila était toujours adossée à la façade de la maison, en retrait. Personne n'avait touché à sa salade de haricots.

En surgissant de la maison, Mattie fit un détour pour l'éviter. Quinn sortit, elle, par la porte-fenêtre de la cuisine avec son gâteau orné de fleurs des champs et alla déposer son offrande sur le buffet. Sasha, mal à l'aise, se tenait au côté d'Evie. Ray était avec M. et Mme Reese à l'ombre de la tonnelle.

Jamie revint vers Emma et lui prit la main. En voyant le dos de sa chemise maculé d'auréoles de sueur, elle fut prise d'un soudain élan de tendresse.

– Tout d'abord, Evie et moi, nous aimerions souhaiter la bienvenue à nos invités, commença son père de la voix forte qu'il prenait en public, tout en passant un bras autour des épaules d'Evie.

Emma lança un regard gêné à sa mère. Ça n'arrangeait franchement rien que son père présente les choses de cette manière.

– Surtout les Hurn, qui ont fait le voyage depuis l'Ohio jusque chez nous, poursuivit-il.

Son père ne semblait pas vraiment nerveux, mais pas vraiment détendu non plus. Il enchaîna sur le fait qu'il était fier de l'engagement que Jamie et elle s'apprêtaient à prendre l'un envers l'autre dans la grande institution du mariage, bla bla bla...

Quelques applaudissements polis s'élevèrent, surtout de la part des membres les plus âgés de l'assistance.

– Emma, tu es une belle jeune femme accomplie.

Il leva son verre et elle l'imita.

– Jamie, tu fais honneur à ta famille et à notre entreprise.
– Merci, monsieur.

D'habitude, Emma adorait les compliments, quels qu'ils soient, mais là, elle aurait pu s'en passer. Elle trouvait déplacé de vanter des mérites personnels en public. Et de toute façon, il ne faisait pas ça pour elle ni pour Jamie, mais pour lui et pour les Hurn.

– Je porte un toast à vous deux.

Ceci fut accueilli par un grondement d'applaudissements, des verres levés et des commentaires de circonstance du genre « bien dit ».

Le père de Jamie, Stewart, rejoignit Robert. Il se racla la gorge, attendit que le silence revienne avant de se lancer :

– Susan et moi, nous sommes très reconnaissants à Robert et Evie de nous accueillir dans leur superbe demeure.

Emma s'attendait à ce qu'il remercie aussi Lila et Adam, mais ça ne vint pas. Il blablata encore un moment et finit également sur un bon mot lourdingue :

– Nous tenons également à remercier Robert d'avoir offert à Jamie cette formidable opportunité chez Califax... et de lui offrir maintenant une plus belle opportunité encore, celle d'épouser sa fille.

Robert rit de bon cœur, flatté, et quelques invités rirent jaune, embarrassés. Emma n'osait même plus regarder sa mère. Quel supplice.

Les Hurn n'avaient donc pas compris la situation ? Ils ne voyaient donc pas que ce n'était pas la peine d'en rajouter pour attiser l'hostilité qui régnait entre les deux côtés de la famille ?

Emma jeta un regard désespéré à sa sœur.

Quinn se faufila courageusement jusqu'au centre du groupe.

– Excusez-moi de vous interrompre, monsieur Hurn, mais avant que vous poursuiviez, j'aimerais préciser que c'est aussi ma...

Trop tard. Lila posa son verre sur la table avec une telle violence qu'il se brisa.

– Stewart, vous vous trompez..., affirma-t-elle en faisant un pas en avant.

Emma n'aurait su dire si elle s'adressait seulement à M. Hurn et à Robert ou à toute l'assemblée.

– ... sur plusieurs points.

Elle se redressa de toute sa taille et sa voix portait bien. Elle jouait la sorcière venue maudire le mariage. Et pourtant, toute la sympathie d'Emma allait à cette sorcière en cet instant.

Jamie serra fort sa main dans la sienne. Elle était pétrifiée sur place.

– J'ignore ce que Jamie vous a dit, mais ce n'est pas la maison de Robert. Mon grand-père l'a construite sur un terrain acquis par son père. Oui, vous êtes ses invités, mais aussi les miens. Cette demeure n'appartient pas à Robert... pas plus qu'à Emma.

Jamie ouvrit la bouche, mais Robert le fit taire.

Il bouillait de rage, hors de lui. Il faisait peur à voir.

– J'aimerais m'expliquer, répétait-il.

Il ne regardait même pas Lila, prenant ce pauvre Stewart à partie. Emma sentit le malaise se répandre autour d'elle tandis que son père expliquait en détail à M. Hurn comment il avait racheté la maison au père de Lila avant que ce bon à rien ne fasse faillite et ne perde tout. Les pauvres invités étaient-ils censés subir cela ?

Emma discernait à peine les mots de son père. Elle entendait juste la violence de sa colère contenue, comme s'il avait attendu vingt ans pour lui laisser libre cours.

Même Lila blêmit, mais il était hors de question qu'elle recule.

– Nous étions encore mariés à l'époque. Nous la lui avons rachetée ensemble, précisa-t-elle.

Emma n'en revenait pas. Ils déballaient tout ça, là, devant tout le monde ? Ils étaient donc incapables de la moindre retenue ? C'était exactement ce qu'elle redoutait et, en même temps, c'était tellement ridicule qu'elle peinait à le croire.

Son père se tourna enfin vers Lila. Emma dut détourner la tête. Son pouls s'affola complètement. Même s'il débordait de rancœur et de dégoût, elle ne s'attendait pas à ce que le fier Robert lève le voile sur certaines zones d'ombre en public.

– On était mariés ? Ah bon ? Ça ne sautait pas aux yeux vu ton comportement, à l'époque !

Emma sentit pour la première fois poindre dans sa voix une forme de douleur brute, naïve, primitive.

Elle nota distraitement que la plupart des invités s'étaient poliment dispersés, pour se réfugier sur le ponton ou dans la maison.

C'était trop intense, trop éprouvant à regarder.

– Papa, fit Sasha à voix basse.

Lila porta ses deux mains à sa gorge. Sa peau n'était pas de la bonne couleur.

– Pourquoi ressors-tu ça, là, maintenant ?

Jamie s'interposa entre ses parents. Emma l'aurait sûrement retenu si son esprit avait été en état de marche.

Il prit la parole d'une voix calme et posée :

– Nous allons mettre tout cela de côté pour le moment, car

n'oublions pas que nous sommes réunis pour célébrer un heureux événement...

La première impulsion de Jamie était toujours de faire ce qu'il fallait et, s'il ignorait ce qu'il fallait faire, de tenter quelque chose, au moins.

Emma scruta le visage de sa mère, à la recherche d'un reste de santé mentale qu'elle ne trouva pas.

– Reste en dehors de ça, s'il te plaît, Jamie, le coupa sèchement Lila.

Sasha assistait à la scène, en proie à un immense désarroi, levant de temps à autre les yeux vers le ciel menaçant.

Elle voulait s'éclipser depuis un moment, mais Evie lui serrait la main si fort qu'elle ne la sentait presque plus.

« Serre-moi la main aussi fort que tu as mal », lui répétait sa mère quand elle était petite et qu'elle devait se faire faire une piqûre ou des points de suture.

Jamie se tenait tout raide. Elle voyait son regard aller et venir entre le masque implacable de Lila et celui de Robert, déformé par la colère. Puis il tourna la tête vers sa mère, qui venait de se lever de sa chaise, à quelques mètres de là. Son visage se décomposa.

Sasha ne voyait pas l'expression de Susan Hurn, mais son pas furibond était vacillant. Elle marmonna quelques mots agacés à l'adresse de Lila, et soudain une phrase retentit tout haut :

– Et vous n'avez pas à donner d'ordres à mon fils !

– Susan, souffla son mari.

– Et merde, soupira Jamie.

Maintenant, sa mère était à plein régime, elle faisait de grands moulinets des bras en portant contre Lila quantités d'accusations outrageantes qu'elle ponctua par un vibrant :

– Vous m'entendez ?

Oh, misère !

Sasha jeta un coup d'œil furtif vers Ray.

Lila était trop abasourdie pour riposter. La fureur de Robert était brutalement retombée, mais trop tard. Sasha aurait juré apercevoir dans son regard une lueur de compassion envers son ex-femme.

Et voilà, ils avaient récolté la tempête.

Sasha avait beau leur en vouloir d'avoir gâché la fête, elle avait néanmoins pitié d'eux. Mais elle était surtout désolée pour Emma.

– Sale ivrogne !

Sasha étouffa un cri. Elle entendit le fracas métallique de couverts qui tombent par terre. Qui avait dit ça ? Mattie, bien sûr. Mattie qui était en larmes.

Oh, misère !

Sasha plaqua sa main libre sur sa bouche.

La sœur de Jamie, Grace, tirait sa mère par le bras. Elle aussi était en larmes.

Susan Hurn repoussa sa fille. Elle recula d'un pas pour prendre son élan puis, à deux mains, renversa la table du buffet. Porcelaine, verre et argent explosèrent sur les dalles de la terrasse. Des éclats festifs fendirent les airs. Des kilos de homard mayonnaise s'effondrèrent dans une pluie de salade de haricots. Les vols au vent firent un vol plané, les tranches de melon patinèrent.

Les secondes, les images se carambolaient, mais bizarrement, Sasha et Ray eurent la même pensée au même moment. Le gâteau de Quinn, orné de fleurs ; des fleurs qu'elle avait fait pousser, des fleurs qu'elle avait cueillies, arrangées avec soin sur le gâteau, des pétales fragiles qu'elle avait mêlés à la pâte avec amour. Elle y avait incorporé un peu de sa magie. Il était sur la table... et la table était renversée !

Comme au ralenti, le gâteau sembla tomber à l'envers. Il s'éleva d'abord dans les airs, tandis que Sasha et Ray accouraient chacun d'un côté de la table. Sasha nota que, bizarrement le gâteau n'était pas entier. Il en manquait une part.

Ils l'atteignirent tous les deux en même temps. Mais trop tard ! Sous leurs yeux effarés, le gâteau se retourna et s'écrasa par terre ; magie, sucre et beurre explosèrent lamentablement sur le carrelage.

Non, ce n'est pas possible. Ce n'est pas réel. Faites que ce ne soit pas réel.

Ray était trop en colère contre sa mère pour lui témoigner la moindre sympathie. Soudain, Robert avait perdu tout prestige à ses yeux. Il se moquait que la mère de Jamie soit foldingue, que le buffet soit par terre et la terrasse jonchée d'éclats de verre. Sauf que si le père de Jamie faisait un pas vers sa mère, il lui mettrait personnellement son poing dans la figure.

En revanche, il était touché que Sasha essaie d'arranger les choses, que Quinn ait tenté vaillamment de s'interposer entre leurs crétins de parents, alors qu'ils ne le méritaient franchement pas.

Il considéra avec mélancolie le beau gâteau écrasé sous les pas pressés, éparpillé aux quatre coins de la terrasse et au-delà.

C'était sans doute nécessaire que leurs parents crèvent enfin l'abcès, mais sincèrement que leur avait fait Quinn ? Pourquoi Sasha avait-elle dû assister à cela ? Et lui ?

Sa mère arborait encore une expression féroce. Il aurait pu prendre feu sous ses yeux, qu'elle ne l'aurait sans doute pas remarqué. Mais Sasha, la jolie Sasha, était toute voûtée de tristesse. Pourquoi les gens les plus gentils étaient-ils toujours ceux qui souffraient le plus ? Comme dans toutes les guerres longues et terribles, c'étaient les innocents qui trinquaient le plus.

Parce que nous voulons que les adultes fassent la paix, alors qu'ils veulent continuer à se faire la guerre.

Pourquoi cependant cela les touchait-il toujours autant ? Ses sœurs, Sasha et lui ? Pourquoi aimaient-ils encore ces gens-là, malgré leur égoïsme et leur penchant pour la destruction ? Il aurait mieux valu les laisser tomber. Pourquoi continuaient-ils à compter sur eux, même maintenant ? Allaient-ils éternellement devoir porter le fardeau de leurs rancœurs toxiques ?

Impuissant, il regarda Sasha, par-dessus la table renversée qui se dressait toujours entre eux. Va savoir pourquoi, elle avait le sac d'Evie à la main, et se tenait, stupéfaite et solitaire, plantée face à une chaise qui avait les quatre fers en l'air. Il y avait une tache sombre sur la ceinture de sa robe vert pâle. Risquait-elle de lui en vouloir parce qu'il était dans l'autre camp ? Il ferma les yeux.

Il les rouvrit juste à temps pour voir avec soulagement les Hurn quitter la maison par une porte latérale. Le père de Jamie marchait courbé, écrasé par la colère et la honte, sa mère était toujours titubante et sa sœur avait le visage gonflé de larmes.

Jamie serra une dernière fois Emma dans ses bras et lui murmura quelque chose à l'oreille avant de suivre sa famille. Il fallait qu'il leur trouve un endroit. Il fallait qu'ils parlent.

Comment rassembler toutes ces pièces éparses afin de classer l'affaire et de passer à autre chose ? Ils étaient allés trop loin pour qu'on puisse faire comme si de rien n'était.

Emma était en train de ramasser les éclats de verre sur la terrasse pour les déposer dans un grand saladier en bois. Lorsqu'elle se redressa, il vit son chagrin écrit au mascara noir sur ses joues. Quel désastre.

Mais où était passée Quinn ?

Robert se tenait sur le perron, les bras croisés façon grosse brute, guettant visiblement le passage de Lila et Adam.

Ray entendit des cris en provenance du jardin. Mais il se moquait bien de savoir de qui il s'agissait. Les voitures remontaient l'allée, crissant sur le gravier, pour vite filer sur la belle route bien lisse. En de pareilles circonstances, qui n'aurait pas choisi de prendre la fuite ?

Sauf qu'eux, les enfants, même grands, n'avaient pas le choix. C'était ça, le plus injuste.

Mais non, ils ne porteraient pas toujours le fardeau de la rancœur. Sasha releva la tête et croisa son regard. Elle ne lui en voulait pas, elle ne lui en voudrait pas. Il en était sûr.

Lui, plus que tout autre au monde, savait ce qu'elle ressentait. Elle savait ce qu'il ressentait. Ils n'avaient même pas besoin de se parler. Bizarrement, ils n'en avaient jamais eu besoin.

Sans réfléchir, il se dirigea vers elle. Il n'avait pas d'intention précise lorsqu'il contourna la table renversée, les chaises à l'envers et les assiettes échouées par terre pour la rejoindre. Leurs corps étaient encore étrangers l'un à l'autre, pourtant quand il lui tendit la main, elle la prit. Ils restèrent là, main dans la main, à contempler ce qui restait du royaume.

Il se moquait bien de qui pouvait les voir. De quoi voulaient-ils protéger leurs parents ? Du bonheur ? De l'harmonie et d'une forme d'amour inhabituelle ?

Leurs parents ne méritaient pas leur pardon, et pourtant ils l'auraient. Y avait-il un remède à cela ?

20

JE NE PLEURAIS PAS, MAIS JE NE POUVAIS PAS M'ARRÊTER

Les nuages se décidèrent enfin à crever. C'était plutôt un soulagement, en fait. La pluie tomba dru.

Quinn la regardait fouetter la surface de l'étang, de la piscine. De la vapeur montait du sol et le ciel descendait à sa rencontre.

La pluie emporta les restes du buffet écrasé sur la terrasse en un flot répugnant. Pluie et larmes réunies s'évacuèrent en flaques, piscine et étang.

Ses pieds nus s'enfonçaient dans le sol détrempé. Elle avait la tête vide, qui sonnait creux lorsque les grosses gouttes s'écrasaient sur son crâne. Elle leva son visage vers le ciel, et laissa l'eau de pluie baigner ses paupières.

Accueille la souffrance. Donne-lui une voix si nécessaire.

Désormais, elle en avait une. Elle était affreuse, mais elle s'exprimait. Peut-être que personne n'avait senti le changement, mais elle oui. Peut-être qu'ils allaient enfin tous pouvoir passer à autre chose.

Presque tout le monde était parti. Plus aucune réplique, plus aucune image ne s'attardait sur les pierres chaudes. Elle laissa la pluie les emporter, toutes, sauf une : celle de Sasha en robe vert pâle et de Ray en veste noire, debout côte à côte au milieu de ce bazar. Petite et grand, claire et foncé, gauche et droite. Elle avait remarqué qu'ils se tenaient la main. Les opposés s'étaient rejoints. Le désespoir évacué, c'était ce qui restait. Il y avait un passé, mais aussi un avenir. La boucle était bouclée.

Nous étions, nous sommes, nous serons toujours pleins d'espoir. Comment pourrait-il en être autrement?

Elle s'assit dans l'herbe mouillée et regarda la pluie piqueter la surface de l'étang en mille endroits. Mais dans sa tête, elle voyait leurs deux mains unies.

Elle aurait pu rester là jusqu'à ce que le soleil se couche, et même sans doute jusqu'à ce qu'il réapparaisse à l'horizon. Prendre un moment pour se reconstruire intérieurement. Il lui restait juste une chose à faire. Mais quoi? Ça lui échappait.

Soudain, elle se souvint qu'elle avait promis une part de gâteau à Myrna.

La mère de Sasha l'informa que son père était déjà dans la voiture.

– Viens vite! souffla-t-elle avec insistance à deux reprises.

Sasha s'était efforcée de maintenir un semblant d'ordre dans ses impressions, peurs, sentiments jusqu'à ce que ce soit tout simplement trop pour elle. Au contact de la main de Ray dans la sienne, tous les systèmes grésillèrent, crépitèrent et puis plus rien. Court-circuit.

Son esprit n'était plus qu'une toile vierge sur laquelle passaient des sensations flottantes, furtives, qui la griffaient frénétiquement : la lanière de sa chaussure neuve qui s'enfonçait dans son talon ; les doigts blancs de Susan Hurn crispés sur la table ; le gâteau aux fleurs qui montait au ralenti vers le ciel gris.

Avant de partir en voiture, Sasha voulait voir Quinn. Elle avait besoin de lire sur son visage que tout allait bien se passer. Mattie lui dit qu'elle l'avait vue. Qu'elle était couchée dans l'herbe, au bord de l'étang.

Sous la pluie battante, Sasha traversa la pelouse, pieds nus. La boue se faufilait entre ses orteils avec des bruits de ventouse, sa robe gorgée d'eau lui collait aux jambes, entravant ses pas. Le jour commençait à baisser. Sa robe verte parfaite tirait sa lumière de la lumière. Désormais, elle paraissait toute noire.

Quinn n'était pas là. Sasha remonta tant bien que mal vers la maison. Elle sentait l'impatience de son père dans la voiture, toutes vitres fermées, séparé du reste du monde par la buée. L'atmosphère à l'intérieur était sous pression, chargée d'indignation, le véhicule menaçait d'exploser comme dans un film de Vin Diesel. Elle imagina des morceaux de la Mercedes paternelle éparpillés sur des kilomètres, de Manorville à Montauk.

Emma était partie au volant de sa voiture quelques minutes plus tôt. C'est ce qu'avait dit Mattie. Et, oui, elle semblait en état de conduire. Mattie repartait avec Lila et Adam. Et Ray devait reconduire grand-mère Hardy à sa maison de retraite d'Oyster Bay avec la voiture de Mattie.

Sasha entraperçut Lila à la place passager à travers une vitre trempée.

Je ne vous voyais pas comme ça. Je vous imaginais mieux.

Elle sentait déjà l'urgence de reconstruire Lila, son père et toute la mythologie qui en découlait. Pourtant, elle était consciente que ce n'était pas la bonne solution. Ils ne le méritaient pas.

Peut-être est-ce pour nous que nous les tenons à bout de bras, pas pour eux, songea-t-elle. *Nous ne sommes qu'une bande de rêveurs.*

Quand la réalité pointait son nez de temps à autre, ils se bousculaient tous pour la fuir.

À part peut-être Quinn. Elle, elle n'avait pas peur.

Evie baissa la vitre, agacée.

– Allez, prends vite tes affaires, on y va! On t'attend au bout de l'allée.

Qui aurait voulu demeurer sur les lieux du désastre? Personne.

Filer vers la sortie, s'éloigner au plus vite, laisser quelqu'un d'autre régler le problème.

À part peut-être Quinn. Mais où était-elle donc?

Sasha trouva ses maudites sandales argentées abandonnées sur la terrasse. Elle trouva son téléphone et son sac dans la cuisine.

Et en boitillant sur le gravier, elle finit par trouver Quinn. Elle était à vélo, toujours vêtue de sa longue tunique, trempée et maculée de boue. Ses cheveux ruisselaient, son piercing brillait. Elle avait un sac en toile rouge sur l'épaule.

– Ça va?

– Oui, je reviens. J'ai juste un petit truc à faire! lança-t-elle en s'éloignant en pédalant dans la pénombre.

Sasha voulait lui demander quelque chose, mais elle ne se rappelait plus quoi. Les feuilles chargées d'eau faisaient ployer les branches de chaque côté de la route, formant une sorte de voûte gothique au-dessus de la tête de sa sœur.

Quinn pédalait toujours debout, comme quand elle était en CM1. La gorge de Sasha se serra.

C'était trop tard pour ce qu'ils avaient toujours espéré. Ou peut-être pas.

Ils étaient bloqués dans les embouteillages du Queens, à encore un kilomètre du Midtown Tunnel, quand le portable du père de Sasha se mit à sonner. Il conduisait, il était trop en colère pour adresser la parole à sa femme, à sa fille, ou pire à son téléphone. Celui-ci demeura donc au fond de sa poche.

Et sonna encore. Il s'énerva, pesta mais ne répondit pas.

Lorsque l'appareil sonna à nouveau, Sasha se redressa sur la banquette, le cœur battant.

– Tu devrais peut-être répondre, chéri, risqua Evie. Et si c'était grave ?

– Bon Dieu, Evie. Je ne vois pas ce qui pourrait tourner encore plus mal aujourd'hui, grogna-t-il.

Ses mots, couvrant la quatrième sonnerie, vrillèrent le cœur de Sasha. Dans sa religion personnelle, c'était le genre de phrase qu'on n'avait pas le droit de prononcer.

Il se leva à demi de son siège pour tirer le portable du fond de sa poche.

– Merde, marmonna-t-il. Je l'ai raté.

Il jeta le téléphone à Evie comme s'il était au-delà de toute déception ou crainte.

– C'est un numéro en 631, que je ne connais pas, annonça-t-elle.

– Tous le même numéro ?

– Oui, quatre appels.

Evie attendit qu'il s'arrête un instant pour lui montrer l'écran.

– Ça te dit quelque chose ?

Robert plissa les yeux, secoua la tête.

– Écoute la messagerie.

Instinctivement, Sasha ancra fermement ses deux pieds au sol de la voiture, et ses mains bien à plat sur la banquette. Elle s'aperçut alors que les palpitations dans sa poitrine n'étaient pas seulement dues au stress mais à son propre portable qui vibrait. Elle l'ignora, concentrée sur le message.

Evie plaqua le téléphone de Robert contre son oreille, si bien que seul un chuchotement s'en échappait.

– Robert, arrête-toi, dit-elle.

Evie n'avait jamais donné d'ordre à son mari. Et celui-ci n'aurait jamais obéi si la voix de sa femme n'avait été aussi blanche. Il donna un violent coup de volant pour traverser les deux voies à sa droite et s'arrêta sur l'accotement. Deux files entières de voitures le klaxonnèrent.

Il avait toujours les mains cramponnées sur le volant même s'il était au point mort.

– C'est qui ?

– Une dame des urgences de Brookhaven.

Son père serra la mâchoire, les yeux clos. Sasha avait peur pour lui. Pourquoi donc ? Pourquoi s'imaginait-elle que cette nouvelle le concernait lui, et pas elle ?

Evie laissa échapper un étrange couinement animal suivi de ces cinq mots précipités :

– Quinn a eu un accident.

Les vraies tragédies n'arrivent pas progressivement. La tension ne monte pas petit à petit comme dans les films ou les romans. Il n'y a pas d'épilogue pour en tirer une leçon ou une morale.

Les vraies tragédies arrivent en cinq secondes, cinq mots. Elles attendent qu'on soit coincé dans un bouchon au milieu d'un stupide tunnel pour vous éclater la tête. Elles vous arrachent ce que vous aimez et vous laissent les mains vides.

Sasha entendit une voix méconnaissable sortir de sa bouche :
– Elle va bien ?

Vu l'expression d'Evie, elle avait envie et en même temps pas envie de savoir. Elle se prit la tête entre les mains, comme un boxeur qui attend le coup final, protégeant ses oreilles d'autres mots violents.

Son père n'était qu'un trou noir de peur, il s'effondrait de l'intérieur, un spectacle insoutenable.

– Ils nous demandent de venir tout de suite à l'hôpital.

Non, non. On est déjà à terre. On n'est pas prêts à encaisser, pensa Sasha.

21
APRÈS ÇA, IL FAUT NETTOYER

Les parents de Ray s'enfermèrent dans leur chambre de Brooklyn, sans allumer la lumière. De temps à autre, il entendait un gémissement de sa mère, puis le silence à nouveau.

Emma et Mattie s'étaient endormies sur les canapés du salon.

Un médecin de Brookhaven leur avait fourni des somnifères, aussi soupçonnait-il que ses sœurs en avaient pris pour sombrer dans un oubli temporaire.

Combien de temps avaient-ils passé à l'hôpital aujourd'hui ? La soirée s'était prolongée, la nuit était venue, et pourtant ça lui semblait si brutal qu'il avait l'impression d'avoir tout imaginé. Ils y étaient allés dans l'idée de prendre soin de Quinn, de la soigner. Mais le temps qu'ils arrivent là-bas, c'était trop tard. Elle était déjà partie. Il n'y avait personne à serrer dans ses bras, à réconforter. Il n'y avait personne pour les serrer dans ses bras, les réconforter.

Comment as-tu pu nous faire ça, Quinn ?

Les deux moitiés de la famille, réduites au silence, assommées, se faisaient face, au bord de l'abîme.

Comment on va faire sans toi ?

Leurs parents avaient des formalités à régler. Il ne savait pas précisément comment ça se passait dans ces cas-là. Il se laissa envahir par la stupeur sans oser aller au fond, tout au fond. Ils étaient venus voir Quinn, mais elle n'était plus là, elle n'était plus nulle part. Que fallait-il faire, alors ? Rentrer à la maison ?

Il hésita à avaler un ou deux comprimés. C'était un supplice de rester conscient, mais s'il s'endormait, il devrait se réveiller et revenir à la réalité, se remémorer ce qui venait de se produire alors qu'il serait faible, encore ensommeillé. Il préféra rester en contact avec la réalité, la garder à l'œil tant qu'il le pouvait.

Alors, non, il préférait ne pas dormir. Il ne tenait pas en place. Il ne supportait pas d'être à l'intérieur, il ne supportait pas d'être à l'extérieur. Il ne supportait pas d'*être*.

Il arpenta Carroll Street en long, en large et en travers, remarquant la pluie sans la sentir. De temps à autre, un éclair le faisait revenir à lui, puis repartir en lui.

Il descendit jusqu'au Gowanus Canal avant de comprendre où il voulait aller, alors il remonta jusqu'à la gare d'Atlantic Avenue et prit le dernier train de nuit pour Montauk.

Il arpenta le train, allant et venant dans l'allée. Il n'y avait qu'une poignée de voyageurs dans chaque voiture. Il devait les agacer, mais il ne parvenait pas à contraindre ses jambes à rester assises.

Il envoya un texto du train. Difficile d'imaginer que les mots allaient s'envoler de son portable, et traverser l'espace pour apparaître sur le sien. Mais peut-être que si. Et peut-être qu'elle se sentait aussi seule que lui.

Le nom des villes avait d'habitude à ses oreilles des échos de comptine enfantine, mais cette nuit, il prenait une résonance lugubre : Wantagh, Seaford, Amityville, Babylon, Islip, Speonk.

Soudain lui revint en mémoire l'histoire du putois punk de Speonk que lui avait racontée Quinn. Il sentit son visage se décomposer, et il pleura en parcourant les trois dernières voitures du train. Il se demanda si Sasha la connaissait.

Il la revit au moment où il avait croisé son regard dans la salle d'attente de l'hôpital, quelques heures plus tôt. Mais il ne put s'accrocher longtemps à cette image.

Pourquoi cela ?

D'instinct, il ne voulait pas voir ni faire plus que le strict nécessaire, car tout ce qu'il ferait serait associé à l'horreur de cette nuit, contaminé par son simple contact. Et tout ce qu'il ferait demain, et après-demain. Et peut-être que tout le restant de sa vie serait empoisonné parce qu'il se déroulerait dans un monde où Quinn n'était plus.

Il descendit à East Hampton. La gare était déserte. Il y avait un seul taxi devant, et le chauffeur dormait. Il se mit à marcher.

Le vent enfla à mesure qu'il progressait vers le sud, vers la mer. Au bout d'un moment, il ne sentait plus ses pieds. Il se demanda si l'engourdissement allait petit à petit gagner le reste de son corps.

Il s'était promis de garder la réalité à l'œil, mais c'était difficile. Et si ce n'était pas vraiment elle ? Et si elle n'était pas vraiment morte ? Et si elle revenait à elle ?

Et si, en fait, il avait tout imaginé, et qu'une réalité plus réelle pouvait encore intervenir pour remplacer celle-ci ?

Il remonta le temps. Et si elle n'avait pas pris son vélo ? Et si elle était partie quelques minutes plus tard ou plus tôt ? Et s'il n'avait pas plu ? Et si elle avait pris un autre chemin ?

Et si le conducteur n'avait pas été un sale con ? Et s'il n'avait pas bu de margarita à sa garden-party ? La police avait affirmé qu'il était en dessous du taux légal d'alcool dans le sang, mais quand même.

Et si elle était tombée dans l'herbe au lieu de tomber sur la chaussée ? Comment avait-elle pu tomber sur la chaussée ?

Non, il fallait qu'il surveille la réalité car s'il détournait le regard une seconde, elle risquait de se défiler, elle risquait de le prendre par surprise, de lui tomber dessus et il ne pourrait plus jamais se relever.

Sasha n'avait pas prévenu ses parents qu'elle sortait. Elle en avait l'intention avant même de voir le message de Ray s'afficher sur l'écran de son portable. Alors elle avait fait le mur. De toute façon, ses parents ne risquaient pas de le remarquer à cette heure-ci.

Elle ne pouvait pas se retrouver face à son père, ce soir. Elle avait peur pour lui. *Il ne sait pas comment on fait dans ces moments-là*, se surprit-elle à penser.

D'ailleurs, elle ne savait pas non plus. Tout ce qu'elle savait, c'est qu'elle adorait Quinn. Elle avait compris qu'elle était la magicienne de la famille. À la fois personnage et conteuse de leur histoire. Sans elle, ils risquaient de flotter sur place, sans savoir quel sens lui donner. Vides de sens. Leurs réservoirs étaient encore pleins de magie, mais ils allaient se vider rapidement et, sans elle, ils ne pourraient plus les remplir.

Dans son cœur meurtri, Sasha savait que son père n'avait pas encore réalisé tout ça. Il s'était arrêté au piercing dans le nez et au folklore indien, aux retards incessants et aux notes irrégulières, croyant que c'était le plus important. Elle avait un jour entendu un professeur déclarer : « Les parents d'adolescents et de jeunes adultes se focalisent sur les détails les plus ineptes. » Et elle y avait souvent repensé. Son père s'était fixé sur le nez de Quinn, peut-être pour prendre un peu de distance. Pour essayer de l'aimer un peu moins, de la laisser grandir et s'éloigner de lui.

Maintenant, il ne lui restait plus qu'à tomber, encore et encore, de désillusion en désillusion, et chaque fois, ce serait un choc, un nouveau traumatisme, tandis que Sasha l'attendait déjà dans le fond.

Elle sortit sans bruit et s'engouffra dans la nuit. Il n'y avait aucune trace de Quinn dans cette maison. Sasha avait grimpé l'escalier, arpenté les couloirs, aux aguets… en vain. Quinn avait pourtant une chambre mais, depuis deux ans que Robert et Evie avaient acheté cette maison, elle n'y avait jamais passé une seule nuit. Quinn aurait encore préféré dormir sur un banc, dans le parc. Peut-être même était-ce arrivé. On pouvait compter sur les doigts d'une main les fois où elle avait dîné dans la salle à manger, et elle avait toujours l'air mal à l'aise.

Ce qui restait de Quinn dans leur ancien appartement de la 88e Rue avait été remplacé, rénové, renouvelé. Sasha éprouvait le besoin de se cramponner au peu qui restait. Les quelques traces, odeurs, réminiscences de sa sœur, il fallait qu'elle les absorbe vite, avant qu'elles ne s'effacent.

Le dernier train de nuit pour Long Island étant déjà parti, elle dut sortir la voiture du garage. Le gardien eut l'air surpris, mais ne posa pas de questions. Elle conduisit dans les rues trempées comme ce qu'elle était, exactement : une jeune New-Yorkaise qui avait son permis en poche depuis moins d'un an.

Son père aurait eu une crise cardiaque s'il avait su, sauf que son cœur était au-delà de la crise, en ce moment.

Elle savait plus ou moins par où passer. Peut-être avait-elle déjà envisagé cette escapade. Elle entra la destination dans le GPS. Elle l'avait déjà fait plusieurs fois pour son père, qui n'avait pas franchement le sens de l'orientation.

Elle se laissa guider et traversa le pont de la 59e Rue. Elle ne pouvait pas repasser par le Midtown Tunnel.

Soudain, elle s'aperçut qu'elle n'avait pas de chaussures aux pieds. À un moment, en rentrant de l'hôpital, elle avait dû ôter sa robe vert pâle pour passer un legging et une chemise à carreaux, sauf qu'elle n'en avait aucun souvenir.

Ça faisait du bien de conduire. Comme elle n'était pas très douée, cela mobilisait presque toute son attention. Elle était pratiquement seule sur l'autoroute de Montauk.

Elle était si déterminée à se rendre à Wainscott... et pourtant, dès qu'elle se gara dans l'allée, le désespoir la submergea. Qu'est-ce qu'elle venait faire là, finalement ? Elle s'affala sur son volant, brusquement vidée de toute énergie.

Lorsqu'elle se décida à sortir de la voiture, elle découvrit que la porte d'entrée était fermée à clé. Elle fit donc le tour de la maison.

Ray avait entendu une voiture arriver. Comme son cerveau fonctionnait au ralenti, cela n'avait provoqué ni étonnement ni intérêt. Tout son esprit s'était ratatiné en un petit raisin sec tout au fond de son crâne. Un raisin sec qui n'éprouvait ni curiosité, ni espoir, ni même aucune crainte.

Il arpentait la pelouse. Ses jambes n'étaient plus que des moignons épuisés, à peine connectés à son tronc. Il nota distraitement qu'il portait encore les chaussures neuves qu'il avait achetées pour la fête, un supplice. La tête lui tourna lorsqu'il essaya de les enlever. Il avait les pieds couverts d'ampoules. Ses ongles allaient sûrement noircir et tomber. Mais tant pis. De toute façon, il ne pouvait pas s'arrêter de marcher, parce que sinon, alors, et si alors, et donc voilà. Il ignorait combien de temps il pourrait continuer, mais s'il s'écroulait la réalité en profiterait pour lui jouer un tour alors qu'il n'était pas prêt. Il le savait pertinemment.

Il se traîna jusqu'au bord de l'étang pour y tremper les pieds. Il ramassa un caillou plat, couvert de mousse, et le jeta le plus loin possible. Ça faisait du bien. Il en prit un autre et encore un autre. Son bras était si lâche qu'il avait l'impression qu'il allait se détacher de son épaule et tomber dans l'eau lui aussi.

Un temps pour jeter des pierres.

D'où sortait cette phrase ? De la Bible. Il l'avait entendue à un enterrement. Celui de grand-père Harrison.

Il en jeta une autre. Si fort qu'il s'imagina qu'elle allait fendre les airs et se cogner dans la maison, de l'autre côté. Il l'entendit tomber dans l'eau comme les autres.

Même dans le noir, Sasha distinguait les vestiges du désastre sur la terrasse. Elle n'avait pas oublié, simplement enfoui tout ça sous une épaisse couche de cendre. Les souvenirs s'éveillèrent petit à petit, comme les instruments d'un orchestre qui s'accordent. Sauf qu'ils ne se changèrent pas en musique mais en une affreuse cacophonie.

Elle trébucha sur un verre de vin qui se cassa en deux. Elle le ramassa et le contempla avant de le jeter à terre où il se brisa en mille morceaux. Elle prit une profonde inspiration.

Plus loin sur son chemin se trouvait une assiette blanche. Elle la ramassa et la jeta également, à deux mains, pour qu'elle explose. Une autre assiette lui faisait de l'œil, un gros œil blanc. Elle la saisit et la cassa. Les éclats de porcelaine lui piquaient les chevilles. Elle fit un pas. Les mêmes éclats s'enfoncèrent dans ses pieds. Les assiettes étaient à sa merci, et ses pieds à la leur.

Elle était prête. Pour quoi ?

Ray entendit du vacarme en provenance de la maison. Encore, et encore. Ses jambes l'entraînèrent vers le bruit.

Le raisin sec qui bringuebalait dans son crâne n'était capable d'éprouver ni peur, ni curiosité, ni surprise. Était-ce elle ? Il lui fallut quelques secondes pour organiser les informations. Sasha, son *alter ego*, son complément parfait, était là, à Wainscott, et elle était en train de régler son compte à la vaisselle dans le noir. Le raisin sec était finalement capable de réaction.

C'était tellement évident. C'était la seule chose à faire.

Il se rua sur la terrasse et prit la première assiette qui lui tomba sous la main. Il la jeta avec un sentiment de vengeance aigu. Les éclats volèrent si haut qu'ils lui égratignèrent le front.

Sasha se figea, un plat à gâteau à la main. Elle le dévisagea. Il la dévisagea. À la faible lueur des lampes solaires, il la fixa, de son visage furieux à ses pieds blancs et nus.

Ils s'accordèrent d'un regard. Sa souffrance rejoignit la sienne. Le tremblement de son menton indiquait qu'elle luttait. Son visage à lui se crispa. Il ne pouvait pas encore se laisser aller.

À la place, il cassa une nouvelle assiette. Elle balança un pichet de limonade contre la façade façon champion de base-ball. Tous les deux, ils entonnèrent un étrange ballet, un chant de destruction, dont les échos violents se répondaient.

Le soleil finit par se lever à l'horizon et contempla le résultat. Ils s'arrêtèrent. La pluie avait cessé. Tout ce qui avait été entier était brisé.

Sans un mot, elle sortit d'immenses sacs-poubelle de la remise. Il empoigna le gros balai et se mit à balayer comme un possédé. Le premier rayon de soleil lui avait révélé les traces de sang sur la terrasse et il ne pouvait plus supporter de voir Sasha sur les bris de verre et de porcelaine.

Le second acte du ballet se déroula en silence, à l'inverse. Les tas de verre brisé, les morceaux de homard, les serviettes en papier détrempées disparurent dans les grands sacs destinés à l'herbe coupée. Les tables et les chaises se remirent sur leurs pieds. Avec le tuyau d'arrosage, il chassa le sang et les restes de nourriture.

Ensemble, ils allèrent déposer les sacs pleins dans le local à poubelles. Il admira son sens professionnel, comme souvent au Black Horse Market.

Il la suivit sur la pelouse jusqu'au petit talus surplombant l'étang, où se dressait le tilleul préféré de Quinn. En regardant bien, on distinguait encore dans ses branches les restes de son ancienne cabane.

Elle s'arrêta, il l'imita. Même s'il n'était plus qu'un raisin sec, il se surprit à lui prendre les mains. Elle eut le courage de le regarder dans les yeux et il se perdit dans les siens. Voyant son chagrin, il ne put se retenir plus longtemps. Son visage se décomposa, le sien aussi. Mais son chagrin à lui était si brut qu'il ne voulait pas lui laisser voir.

Ses jambes se dérobèrent sous lui. Il se retrouva à genoux par terre. Elle l'enlaça, il enfouit son visage dans sa poitrine. Cramponné à sa taille, il pleura.

À un moment, elle s'écroula et ils s'allongèrent dans l'herbe. Ils demeurèrent ainsi longuement, dans les bras l'un de l'autre. Ses sanglots répondaient aux siens.

Ils finirent par se taire. Quand elle se retourna, il sentit son cœur battre sous ses mains. Son corps si charmant lové au creux du sien. Il enfouit son nez dans sa nuque, juste derrière l'oreille. Cette odeur, son odeur si rassurante et si douce, dont pendant toutes ces années il n'avait eu qu'un échantillon, attisant son désir d'en avoir plus. Désormais, cette odeur l'emplissait, l'enveloppait, l'enrobait de réconfort.

Il laissa ses muscles et sa conscience se relâcher. La réalité pouvait bien se faufiler par-derrière pour l'assommer au réveil, au moins, il serait avec elle.

Sasha ouvrit les yeux. Elle émergea du sommeil lentement, avec précaution, consciente de ce qu'elle avait à redouter en s'éveillant.

Elle avait la tête dans l'herbe. Les bras de Ray autour d'elle, son visage au creux de son cou. C'était Ray. Et son poids sur elle lui disait qu'il dormait encore. Elle resta parfaitement immobile, tout en faisant mentalement le tour de leurs corps respectifs. Ses pieds à elle étaient contre ses mollets à lui, et la brûlaient atrocement.

Lentement, avec précaution, elle se repassa le fil des événements qui les avaient amenés ici. Elle ne laissa pas les faits les plus bruts se mettre en mots tout de suite. Mais les émotions, elle ne pouvait les contenir. Ses yeux s'emplirent de larmes et s'épanchèrent, encore et encore et encore. Elle s'efforçait de rester parfaitement immobile. Les larmes roulaient le long de l'arête de son nez et gouttaient dans l'herbe. Elle s'efforçait de ne pas sangloter.

Le soleil était haut dans le ciel, les oiseaux commençaient à faire un sacré raffut. Ses parents allaient s'affoler. À la lumière honnête du jour, elle comprit qu'elle ne pouvait pas ajouter à leur angoisse.

Tout doucement, elle se tourna vers Ray. Il remua dans son sommeil et la serra contre lui. Elle l'étreignit tendrement, mais fort. Elle essaya de le graver dans sa mémoire.

Elle osa déposer un baiser sur sa mâchoire, un autre près de son oreille.

– Je suis désolée, il faut que j'y aille, chuchota-t-elle en démêlant ses jambes et ses bras des siens.

– S'il te plaît, murmura-t-il.

Elle le garda donc patiemment au creux de ses bras le temps qu'il s'éveille.

Puis il eut un peu de mal à se mettre debout. Il voulut la raccompagner à sa voiture. Ils boitillèrent côte à côte, sans essayer de parler de quoi que ce soit, heureusement.

Il la regarda quitter l'allée. Il porta la main à ses yeux.

Elle eut l'impression qu'une corde les reliait, se déroulait petit à petit. Elle le laissa là, les mains dans les poches, les cheveux en pétard.

Alors qu'elle s'éloignait dans sa voiture, la corde se déploya, de plus en plus tendue, jusqu'à vibrer comme une corde de banjo. Elle faisait vibrer douloureusement son cœur, mais sans jamais claquer.

22

« ET VOICI DE LA RUE[1] POUR VOUS, ET J'EN GARDE UN PEU POUR MOI... NON, IL FAUT LA PORTER D'UNE AUTRE FAÇON[2]. »

– Je ne peux plus me marier.

Emma avait ressassé la question pendant des heures et des heures, entre veille et sommeil, émergeant puis replongeant dans une succession de rêves sans forme, de jours sans heures. Avec Jamie, ils avaient essayé de protéger ce petit quelque chose, de s'y accrocher désespérément, mais elle n'y arrivait plus. Elle ne se rappelait même plus de quoi il s'agissait.

Elle avait demandé à Jamie de ne plus venir. Il avait laissé passer quelques jours. Il lui avait fait livrer des provisions. Il lui avait fait livrer une corbeille de fruits géante. Puis finalement, il s'était livré en personne. Il l'avait prise dans ses bras sur le canapé du salon de la maison de Carroll Street.

– On n'est pas obligés d'y réfléchir maintenant, lui avait-il répondu.

---

1. NdT : Jeu de mots : en anglais *rue* signifie « repentir » et désigne également une plante qui en est le symbole dans le langage des fleurs.
2. NdT : *Hamlet*, acte IV, scène 5, William Shakespeare, traduction Yves Bonnefoy.

– Je ne veux plus te voir pendant un moment. Je veux juste rester à la maison, dans mon lit.

– OK. Je comprends.

– Je ne veux plus penser à l'avenir ni aux personnes qui en feront partie.

– OK.

Il la serrait plus fort que jamais et c'était bon. Mais c'était aussi troublant et ça lui rappelait des choses auxquelles elle ne voulait pas penser.

– Ça implique que tu me lâches et que tu t'en ailles, lui dit-elle.

– Tout de suite ?

– Oui.

– Je peux venir demain ?

– Non.

– La semaine prochaine ?

– Non. Je ne sais pas. Je ne peux pas y réfléchir maintenant. Je ne veux prendre aucune décision. Je sais juste que je veux faire un break et j'aimerais que tu m'écoutes.

– OK.

Il appuya son front contre sa joue.

– Je n'en ai aucune envie, mais je vais t'écouter.

– Merci.

– Le plus dur, c'est que mes pensées sont en permanence ici, avec toi. Je voudrais pouvoir t'aider.

– Je sais, mais c'est impossible pour le moment.

Il soupira.

– D'accord. Je vais te laisser tranquille jusqu'à ce que tu sois prête à me revoir.

– Parfait.
– En attendant, tu promets de m'appeler si tu as besoin de quoi que ce soit ? Si je peux faire quoi que ce soit ? N'importe quoi. Peu importe. Que ce soit une broutille ou un truc important.
– Promis.
– OK.
– Alors maintenant, il faut que tu me lâches, dit-elle.
Elle s'était remise à pleurer et lui aussi.
– D'accord, j'y vais.
Il écarta les bras.
– Em ?
– Quoi ? demanda-t-elle.
Il ne bougeait pas.
– Il faut que tu me lâches, toi aussi.

Au cours de ses longues heures, de ses interminables journées à somnoler, Emma repensa au petit pommier que sa mère avait offert à son père pour son anniversaire lors de leur dernière année de vie commune. C'était fin octobre, ils l'avaient donc laissé dans son carton, sous la remise, pour qu'il passe l'hiver à l'abri, afin de le planter au printemps.

Mais peu de temps après, les relations entre leurs parents s'étaient détériorées. Le printemps, puis l'été avaient passé et personne n'avait ouvert le carton. Il était resté dedans, au fil des mois.

– Il doit être mort depuis longtemps, maintenant, avait affirmé son père lorsque l'hiver était revenu.

Mais elle avait remarqué qu'il ne l'avait pas jeté.

Emma devait avoir cinq ou six ans à l'époque. Elle demandait ce que ressentait sa mère, chaque fois qu'elle venait chercher un râteau ou une pelle et voyait le grand carton marron toujours fermé. Encore un amer ratage entre ses parents, avec une victime innocente qui dépérissait à l'intérieur.

C'est Quinn qui finit par sortir le carton de la remise. Emma l'aida à l'ouvrir. Elles fermèrent toutes les deux les yeux, redoutant ce qu'elles allaient découvrir. L'arbuste était effectivement dans un triste état, misérable et déplumé, mais Quinn refusa de le jeter. Elle demanda à Adam de l'aider à creuser un trou à la lisière des bois. Ils détachèrent les racines avec précaution et le mirent en terre, sachant pourtant qu'il était mort.

– On le plante ou on l'enterre ? avait-elle questionné Quinn.

– C'est pareil, avait répondu sa sœur.

Elle restait des heures à parler à ce minuscule arbrisseau.

C'était peut-être à ce moment que Quinn l'avait embarquée dans son étrange système de croyances sur les plantes. Chaque matin, chaque soir, elles rendaient visite à leur petit arbre.

Six jours plus tard, deux petites pousses vertes étaient apparues au bout de deux brindilles sèches. Elle se rappelait le silence brumeux de cette matinée, le bruit de leur souffle, leur émerveillement. Le lendemain, il y en avait davantage. À la fin de la semaine suivante, des feuilles vert pâle habillaient chacune des branches.

Au bout d'un mois, elles avaient emmené leur père le voir, en le tenant chacune par une main.

– Ce n'est pas mon vieux pommier, si ? avait-il murmuré.

Elles avaient acquiescé solennellement.

– Impossible.

– Mais si !

Il était reparti en secouant la tête, croyant à une invention fantaisiste d'enfant.

À la fin de l'été, Lila l'avait vu également.

– Votre père s'est décidé à le planter ?

Emma avait regardé Quinn, pétrifiée, et cette dernière avait vaguement hoché la tête. C'était la seule esquisse de mensonge qu'elle ait jamais vu sa sœur proférer.

Plusieurs fois par jour, Emma s'avançait dans le couloir sombre et collait l'oreille à la porte de sa mère. Parfois, elle repartait aussitôt, affolée par les sanglots qui s'en échappaient. Parfois, le silence l'effrayait plus encore. Aujourd'hui, elle entendit un soupir qui sonnait presque comme une invitation.

– Maman ?

Elle entrouvrit la porte.

– Emma ?

– Oui.

– Entre.

Sa mère se redressa dans son lit. Les volets étaient baissés, mais pas complètement. Lila portait un T-shirt défraîchi et un pantalon de yoga. Ses cheveux blonds tournaient aux dreadlocks.

Emma la rejoignit dans le lit et demanda :

– Tu veux que je te masse le dos ?

C'était toujours ce que Lila leur proposait les jours de grasse matinée ou quand elles restaient à la maison parce qu'elles étaient malades.

– D'accord, répondit Lila.

Elle s'allongea sur le ventre, les bras croisés sous la tête.

Emma faisait glisser ses mains de haut en bas, reproduisant la technique réconfortante de sa mère.

– C'est comment dehors ? demanda celle-ci d'une petite voix.

– Comme avant. À peu près. Pour les autres. Mais moins bien pour nous.

Lila acquiesça, la tête dans son oreiller.

– Ce sera forcément moins. Mais est-ce que ça continuera à être, simplement ?

– Oui, forcément.

– Elle était si facile à vivre. Si facile à aimer. Je pensais qu'elle serait toujours là…

– Comme nous tous.

Emma se mit à pleurer.

– C'est grâce à elle que je suis devenue sage-femme, tu sais.

– Je sais.

– Elle est née dans ce lit. Ce lit-ci. C'est incroyable, non ?

Emma connaissait déjà toute l'histoire, mais elle sentait que sa mère avait besoin de la raconter à nouveau.

– Il y avait une terrible, une magnifique tempête de neige la nuit où elle est venue au monde. Ton père s'était acharné à déneiger la voiture, en vain. Puis il a voulu appeler une ambulance, mais je lui ai dit que ce n'était pas la peine. Franchement, tu imagines pire endroit pour faire avancer le travail qu'une ambulance ?

Emma ne voyait pas.

– Alors, à la place, il a déniché Monica qui habitait Union Street, à l'époque.

Emma savait qu'il s'agissait de la Monica qui avait fait naître

Mattie et Ray, qui avait formé Lila et était même devenue son associée.

– Quinn est née coiffée. Ça faisait comme un voile scintillant couvrant sa tête et son visage. Monica n'en avait jamais vu en vrai. Elle a dit que c'était un signe.

– De quoi ?

– D'un destin particulier.

– En effet.

– En effet.

La respiration de Lila ralentit. Elles restèrent allongées côte à côte un long moment dans un silence si complet qu'Emma crut que sa mère s'était endormie.

– Comment va Jamie ? demanda-t-elle à voix basse.

Elle ne dormait donc pas.

– Je ne sais pas. Je ne l'ai pas vu depuis un moment.

– À cause de moi ?

– À cause de tout.

Lila se retourna pour lui faire face.

– Tu l'aimes vraiment, non ?

– Oui.

– Ça se voit, affirma-t-elle.

– Dommage que tu ne t'en sois pas rendu compte avant.

– Moi aussi, je regrette, je peux te le dire.

Lila ferma les yeux. Des larmes s'en échappèrent quand même et roulèrent sur les draps.

Emma redressa la tête, en appui sur un coude.

– Hier, j'ai dit à Mattie que je me préférais quand j'étais avec lui. Et devine ce qu'elle a répondu ?

Lila secoua la tête.

– Elle a répondu : « Moi aussi, je te préfère quand tu es avec lui. »

Un fantôme de sourire se dessina sur les lèvres de Lila.

– C'est vrai. Je reconnais que je suis plus calme, plus douce quand il est là.

– Tu devrais le lui dire. Tu as besoin de lui.

Emma soupira.

– C'est un peu ironique venant de ta part.

Lila redressa la tête également.

– Bon sang, je sais.

Les larmes recommencèrent à couler.

– Je m'en veux. Je regrette. Tant de choses. Je passe mes journées allongée là, à ressasser mes remords.

Il y avait tant d'émotions dans ces mots, des émotions brutes, qu'Emma se mit à pleurer aussi. Sa mère n'essayait même plus de se défendre.

– Oh, maman…

– Je sais, ma chérie. Je sais.

Lila lui caressa les cheveux, écarta sa mèche de son visage.

C'était ce qu'Emma attendait, que sa mère rende enfin les armes. Mais d'un autre côté, c'était encore plus effrayant.

23

COURBANT LA TÊTE SOUS LE CIEL DÉCHAÎNÉ

– Je suis sûre que tu n'es pas obligé d'aller travailler, affirma la mère de Ray lorsqu'il entra dans la cuisine de Wainscott, enfin rasé et vêtu d'autre chose que son pyjama Batman.

– Je sais, mais je veux y aller. Emma y est retournée. Mattie aussi.

– Elles sont folles, décréta Lila.

Ils avaient passé neuf jours reclus dans le noir à Brooklyn avant que sa mère ne se sente prête à retourner à Wainscott. Il y avait eu des appels, des lettres, des fleurs, des livraisons et même quelques visiteurs, dont George Riggs, qui était venu de Californie pour leur témoigner son soutien. Après cela, ils avaient enchaîné par quatre jours dans leur maison lumineuse de Wainscott, et Lila en était sortie une seule et unique fois : pour aller voir Myrna. C'était courageux de sa part et ça rendait Ray si triste qu'il n'osa même pas demander comment elle allait.

Maintenant, on était lundi, dix heures du matin, et il était temps qu'il sorte des ténèbres. Qu'il s'éloigne un peu de ses parents.

– Ils ont besoin de faire leurs trucs de leur côté et moi du mien. Il faut que je change d'air et que je fasse quelque chose de mes mains.

Au travail, Francis et les autres lui présentèrent des condoléances gênées. C'était comme si personne en ville n'osait le regarder en face, ne se sentait capable d'affronter une tristesse de cette ampleur.

Ray se traîna, apathique, dans la réserve. Il fuma une cigarette près des poubelles avec Julio. C'était affreux, mais néanmoins le meilleur moment de sa journée.

Finalement, il rentra à la maison, et monta au premier sans adresser la parole à personne. Il retint sa respiration pour ouvrir la porte de sa chambre. Chaque fois qu'il entrait dans la pièce, il sentait son odeur, il sentait sa présence.

Je ne sais pas quoi faire, lui confia-t-il en silence.

Un impitoyable désir lui vrillait le cœur. Une douleur constante. Elle montait par vagues, dont certaines étaient insoutenables. Les événements du 9 août étaient si noirs et mystérieux qu'il finissait par douter qu'ils se soient réellement produits. Il savait seulement que Quinn n'était plus là et Sasha non plus.

Il n'arrivait pas à distinguer l'absence de Quinn de celle de Sasha, sauf que cette dernière lui semblait un peu moins irréversible. Il n'arrivait pas à distinguer sa souffrance de celle de Sasha. C'était la même douleur, le même manque. Penser à elle l'aggravait et la soulageait en même temps, bizarrement.

Il fit couler la douche. Se mit dessous et poussa l'eau chaude au maximum, savourant l'épaisse buée qui s'en dégageait et la sensation de brûlure sur son dos.

Il pensa à Sasha sous la douche. Il pensait à Sasha partout. Ses doigts tournaient ce même robinet têtu. Ses orteils endoloris foulaient le même carrelage glissant que les siens. C'était compliqué, tout ce qu'il éprouvait. Il avait quelques pensées cochonnes, d'accord, mais pas tant que ça.

Il avait l'impression qu'ils étaient tous les deux prisonniers : de leur chagrin et de leurs familles, et du chagrin de leurs familles. Il devinait que ses parents, comme les siens, ne supportaient pas qu'elle sorte de leur champ de vision. Il se posait également parfois la question de la culpabilité. Il sortit et se posta face au miroir. Ce miroir avait le droit de voir Sasha, pourquoi pas lui ?

Du bout de l'index, il écrivit dans la buée, puis il ouvrit la porte de la chambre et, sous l'effet de l'air plus frais, regarda les mots s'effacer.

Au-dessus de la ferme des Reese, le ciel avait pris une étrange teinte jaune et le vent ne cessait de tourbillonner. Mattie avait déjà rangé produits et paniers à l'abri de l'auvent.

– Tu veux que je mette tout dans la réserve cette nuit ? proposa-t-elle à Matthew.

Il revenait de la grange avec deux énormes rouleaux de bâche sous le bras, l'air inquiet.

Elle lui emboîta le pas.

– Qu'est-ce qui se passe ? On dirait qu'une grosse tempête se prépare, pas vrai ?

Son visage était toujours marqué par le chagrin. Ils osaient encore à peine se regarder en face.

– Il va grêler. C'est la cata.

– Qu'est-ce que tu vas faire ?
– Couvrir tout ce que je peux.
– Tout seul ?

Il jeta les deux rouleaux par terre à côté du carré de citrouilles.

Matthew n'était pas plus âgé qu'Emma – ils étaient nés le même mois, en fait. Elle avait vu la photo des deux mamans épuisées, avec leurs deux gros bébés. D'après Lila, Carly était restée juste le temps de prendre la photo, et c'est tout. Pourtant, parfois Matthew avait l'air d'avoir quarante ans, voire cent, et ça la rendait triste.

Mattie savait qu'il était seul. Patsy et cette naze de Dana avaient déjà fini leur contrat estival.

Elle se rappelait un soir, quelques années auparavant, où Quinn n'était pas rentrée de la ferme. Il était minuit passé et son père faisait les cent pas dans le salon lorsqu'elle était enfin arrivée, trempée et surexcitée, en leur expliquant ce qu'il fallait faire en cas de grêle.

– Je peux t'aider ? proposa Mattie.

– Tu n'étais pas censée venir du tout aujourd'hui, lui rappela Matthew.

Elle savait qu'il avait voulu la ménager, lui laisser le temps de faire son deuil. C'était Mme Reese qui avait appelé pour lui demander de se présenter au travail. Elle n'avait pas parlé de Matthew, mais Mattie savait qu'il était sous le choc, lui aussi. Il avait vraiment du mal. Comme eux tous.

– Ça ne me dérange pas.

Il secouait la tête tout en retournant vers la grange.

– C'est un gros boulot, long, salissant et éreintant.

Elle continua à le suivre.

Je t'en prie, pour une fois, ne me laisse pas m'en tirer à si bon compte.

Elle l'accompagna dans la grange où il prit de nouvelles bâches et ils retournèrent dans le verger.

– Je sais bien que je ne suis pas Quinn, fit-elle d'une voix tremblante.

Il finit par s'arrêter et se retourner face à elle. Elle n'aurait jamais cru son visage capable d'exprimer un tel désespoir. Il acquiesça.

– Tu peux me donner un coup de main si tu veux.

Au début, Mattie se contenta de le suivre pour tenter de comprendre le principe. C'était agaçant, sans doute, mais ça l'aurait été encore plus si elle avait posé mille questions. Elle l'observa attentivement tandis qu'il couvrait la première rangée de melons. Il lui permit de l'aider pour la seconde. Pour la troisième, il attacha un côté et lui laissa finir l'autre pendant qu'il poursuivait.

Au départ, la pluie se fit taquine. Elle les cinglait, chaude au début, avant de se refroidir rapidement. À l'aller-retour suivant, il rapporta de la grange une veste qui avait son odeur. Elle l'enfila tandis qu'il fixait ses pieds d'un œil sceptique. Ongles turquoise sur tongs métallisées.

– C'est quoi, ta pointure ?

C'était un chiffre qu'elle n'avait pas avoué tout haut depuis ses quatorze ans. Ni à ses amies, ni à ses sœurs, ni à sa mère et certainement pas au garçon le plus mignon de sa connaissance. Elle leva les yeux au ciel. Franchement, qu'est-ce qu'elle avait encore à perdre maintenant que le pire était arrivé ?

– Quarante-trois.

– Génial! s'exclama-t-il en toute sincérité avant de filer vers la grange. Je vais te prêter une paire à moi.

Tête baissée, Mattie continuait à travailler. Elle avait les bras qui tiraient et les pieds en compote. La peau des mains à vif. Mais en dessous, elle ressentait une douleur plus profonde, causée par les quatre derniers étés passés à parader entre les zinnias et les myrtilles à battre des cils dès qu'un client approchait.

Elle prenait la pose, elle jouait un rôle, même au boulot, rivalisant avec cette idiote de Dana à qui était la plus mignonne et la plus sexy. *Je me déteste.* Pas étonnant que Matthew secoue la tête en partant dans l'autre sens. C'était toute sa vie, ce boulot, le gagne-pain de toute sa famille. Elle s'en voulait tellement, abattue par une prise de conscience soudaine, alors qu'elle travaillait à ses côtés.

Lorsqu'il l'estima prête, il lui confia les jeunes pousses du potager et fila au verger. Elle le sentait préoccupé par le sort des fruits.

La pluie redoubla, changeant le sol en gadoue. Elle pataugeait de rangée en rangée. Elle tomba à deux reprises, à plat ventre, et s'étala de la boue jusqu'au front. C'était une petite ferme, pourtant, ce soir, elle lui paraissait immense. Aubergines, choux-fleurs, maïs, concombres, pastèques. Les bébés de Quinn, soignés tendrement par ses mains mystiques, maintenant sans défense, courbant la tête sous le ciel déchaîné. Ils lui faisaient de la peine, elle s'apitoya sur leur sort, et le sien, un peu aussi. *Tu nous manques. On a besoin de toi. Comment as-tu pu nous abandonner?*

Elle était devenue l'ombre de Matthew, son *alter ego*, sa jumelle en veste et bottes assorties, allant et venant à pas pressés entre la grange et les champs. Une rangée après l'autre et encore une autre, et une autre : tomates cerises, poivrons, pommes de terre, myrtilles, mûres, et encore des melons. Bizarrement, plus le sol devenait meuble, plus elle avait du mal à enfoncer les piquets qui maintenaient la bâche.

Il restait encore quatre rangées de myrtilles devant elle. Une sorte de frénésie, d'énergie du désespoir s'était emparée d'elle, lui permettant une intense concentration. Elle avait perdu la notion du temps. Elle ne supportait pas l'idée que la moindre myrtille, la moindre brindille ne soit pas protégée. S'il le fallait, elle serait plus rapide. Son esprit habituellement si peu réactif était dopé par ce simple but.

Elle commençait à douter que la grêle finisse par arriver, lorsque justement elle se mit à tomber. Juste quelques éclats de glace fusant de-ci de-là, au début, presque joueurs. Cette fois, Matthew ressortit de la grange armé d'un casque à vélo qu'il lui lança.

– T'es sérieux ? s'étonna-t-elle, mais il ne l'entendit pas et tant mieux.

Elle l'attacha sous le menton.

Oh, si Dana l'avait vue !

Elle ne sentait plus son corps. Juste la bâche en plastique qui s'étirait sous ses doigts. Et les picotements de la glace. Si elle les sentait, alors qu'est-ce que ça devait être pour une myrtille ?

Comme elle n'arrivait pas à finir la dernière rangée, elle s'arrêta et couvrit les trois derniers pieds en faisant un bouclier de son corps. Et elle attendit. Elle était tellement déterminée que ça l'effrayait un peu de voir de l'extérieur cette nouvelle Mattie, mère protectrice des myrtilles.

« Je ne sais même plus qui je suis », avait-elle dit à Matthew.

C'était on ne peut plus vrai. À quatre pattes au milieu des pieds de myrtilles, avec les grêlons tombant qui cognaient contre son casque à vélo et de la boue jusqu'aux sourcils, elle n'aurait su dire mieux.

Matthew vint la retrouver un peu plus tard et déclara prudemment :

– Je crois que le pire est passé.

Elle hocha la tête, se leva et rajusta son casque. Elle s'efforça de le rejoindre sans tituber. Elle avait sa dignité, tout de même.

– Ça va ? lui demanda-t-il.

Elle hocha à nouveau la tête.

Il contempla les champs d'un œil presque incrédule.

– Tu as fait un boulot *dément*.

Elle se mit à frissonner.

– Je ne sais même pas quoi dire.

Elle hocha la tête. Encore.

– Si j'avais pu me dédoubler ce soir, je n'aurais pas pu faire mieux.

Elle haussa les épaules. Elle avait du mal à trouver les mots. Elle réussit à en dégotter quelques-uns et articula péniblement :

– Tu-tu ne me connaissais pas sous ce jour, hein ?

Le visage de Matthew s'éclaira et, brusquement, il faisait tout juste ses vingt-deux ans. Il parcourut les quelques mètres qui les séparaient d'un grand pas et la prit dans ses bras. Il la serra contre lui, toute tremblante, et enfouit son visage las dans ses cheveux.

– Je ne te connaissais pas du tout.

24

LA MAGIE OPÈRE

C'était dur de revenir ici. Ils le ressentaient tous.

Cela faisait presque trois semaines. Après la panique de la première nuit, Sasha avait promis à ses parents de rester tranquille, et elle s'y était tenue.

L'été touchait à sa fin. Lila et les siens étaient revenus la semaine passée. Sans doute était-ce pour ça qu'ils ressentaient le besoin de le faire également.

Son père se traînait d'une pièce à l'autre comme un figurant dans un film. Sa posture avait changé depuis que c'était arrivé. Il disait qu'il ne digérait plus bien. Il n'avait plus la moindre petite bedaine. Son ventre était comme un trou noir où les autres parties de son corps commençaient à s'enfoncer.

Evie avait la nervosité d'un insecte.

– Il va s'en remettre. On va tous s'en remettre, répétait-elle anxieusement.

Et bizarrement, en l'entendant, Sasha avait tendance à penser le contraire.

La seule armature qui maintenait encore leurs vies était la cérémonie du souvenir qu'ils avaient prévue pour fin septembre.

Tôt le matin, Sasha avait entendu son père en discuter avec Evie au-dessus de son bol de céréales intact, comme s'ils allaient tout organiser tout seuls. Et soudain, *ding!* dans l'esprit brumeux de Sasha avait résonné la question : *Alors, on n'a rien appris de tout ça?*

Elle s'était plantée devant la table de la cuisine pour décréter :

– Il faut que tu appelles Lila pour régler les détails avec elle.

Il l'avait regardée, perplexe. Il n'avait plus aucun esprit combatif, seule tourbillonnait la poussière soulevée par sa défaite.

Plus tard dans la matinée, alors que son père errait dans la maison, elle le vit petit à petit réaliser ce qu'elle avait voulu dire. À midi, elle l'entendit parler au téléphone avec Lila. Elle guetta l'amertume et les récriminations qui perçaient habituellement dans sa voix, mais elle était juste infiniment lasse. Ensemble, ils se mirent d'accord sur les grandes lignes.

C'était difficile pour Sasha d'entrer dans sa chambre, et perturbant d'y rester.

Ray avait essayé de faire le lit. C'était sans doute la première fois de leur « cohabitation » qu'il prenait ce genre d'initiative. Un sourire rouillé mit en branle les muscles de ses lèvres. On aurait dit l'œuvre d'un gamin de cinq ans.

Elle avait peur de penser à lui. Elle avait peur de se rappeler leurs deux corps blottis l'un contre l'autre, dans l'herbe. Elle craignait que ce ne soit le fruit d'un marché qu'elle n'avait pas voulu conclure. Elle craignait d'avoir échangé à son insu sa plus grande peur contre son plus vieux désir.

Sa religion brute, basique et sans grand mysticisme requérait qu'elle sacrifie son bonheur contre un peu moins de déception et un peu moins d'angoisse. La souffrance était la monnaie qui emplissait les caisses de la grande banque cosmique. Et il y avait toujours davantage de factures à payer. Aucune joie ne pouvait sortir de ces échanges.

Mais Quinn pratiquait une religion différente. Plus courageuse et coûteuse. «Ne crains pas la souffrance, aurait-elle dit. Ne fuis pas ce que tu ressens. Ne brade pas ton bonheur. C'est ainsi que la joie sortira de tout cela.»

Sasha s'assit avec précaution sur le lit, leur lit. Dans l'air de cette fin d'été, elle sentait la présence de Quinn. Elle cessa de repousser les pensées liées à Ray. «J'aimerais qu'on arrête de diviser», avait dit Quinn le jour de l'accident. Sasha ne voulait pas que sa mort soit un prétexte supplémentaire de division.

Elle se rendit dans la salle de bains. Parfois une douche lui remettait les idées en place. Parfois une douche lui permettait de redémarrer la journée du bon pied.

Elle tourna les robinets et attendit que l'eau chauffe. Elle allait entrer sous la douche lorsqu'elle vit une phrase apparaître comme par magie dans la buée du miroir :

J'AIMERAIS POUVOIR TE VOIR.

– Comment a l'air d'aller Jamie ? demanda Emma peu de temps après être arrivée à Wainscott.

Elle ne voulait pas poser la question, mais elle ne put s'en empêcher.

Son père était assis au bord de la piscine, les pieds dans l'eau froide, le pantalon roulé sur les mollets. Il ne paraissait plus remarquer qu'elle était pleine de feuilles et de grenouilles.

Il pencha la tête sur le côté.

– Pourquoi tu me demandes ça à moi ?

Il n'allait pas lui faciliter la tâche.

– Parce que je sais que tu es passé au bureau mercredi. C'est Evie qui me l'a dit.

Il tapota le sol pour l'inviter à s'asseoir à côté de lui, ce qu'elle fit.

– Je suis passé au bureau, mais je ne l'ai pas vu, parce qu'il n'y travaille plus. Je pensais que tu étais au courant.

Elle se tourna vers lui, les yeux écarquillés.

– Non, je ne savais pas. Je ne lui ai pas parlé depuis des semaines. On fait une pause… à cause… après tout ce qui s'est passé…

Son objectif de la journée était de ne pas pleurer et elle avait tenu seulement jusqu'à seize heures.

Son père lui passa un bras autour des épaules.

– Ma pauvre chérie. Je comprends. Bien sûr.

Elle s'essuya le nez sur sa manche sans se cacher.

– Quand est-il parti ? Il a dit pourquoi ?

– Il nous a prévenus vendredi dernier. Il a fourni une explication plausible à mes associés. Et moi, il m'a appelé en affirmant que ce serait plus simple pour vous deux. Il ne voulait pas que tu penses que son travail prévalait sur sa relation avec toi.

– Il a dit ça ? Alors qu'on n'est même plus ensemble.

– Je sais… c'est pour ça que j'étais surpris.

Elle soupira :

– En fait, il ne voit pas cette pause comme une séparation…

– Et toi ?

Elle secoua la tête.

– Moi non plus. Je pense sans arrêt à lui. Il me manque affreusement. C'est juste que... en ce moment, je ne peux pas...

– Je comprends, répéta-t-il d'une voix chargée d'émotion.

Il inspira profondément. Donna un coup de pied dans l'eau et regarda les gouttes retomber.

– Je pense qu'il sera patient.

– C'est ce qu'il dit.

– Il a réagi tout à fait comme il fallait, comme on pouvait s'y attendre.

Elle sourit, appuyant sa tête contre son épaule. Avec son père, les discussions les plus importantes se déroulaient souvent côte à côte.

– Je lui ai dit que je ne le tenais absolument pas pour responsable des événements déplaisants de la fête, évidemment. Sache que je leur avais déjà présenté mes excuses, à ses parents et à lui.

Emma se rappela alors qu'elle n'avait pu se résoudre à ouvrir l'épaisse enveloppe crème qui contenait les condoléances des parents de Jamie.

En écoutant son père, elle eut l'impression que, tous les deux, ils réécrivaient ce qui s'était passé ce jour-là. À la lueur de la véritable tragédie qui avait suivi, la fête de fiançailles leur apparaissait désormais davantage comme une farce.

Elle acquiesça à nouveau.

– Et qu'est-ce qu'il a dit ?

– Qu'il comprenait, qu'il interprétait mes propos de la manière la plus généreuse qui soit. Qu'il n'avait aucune rancœur, juste de la compassion et qu'il ne quittait pas l'entreprise à cause du passé mais parce qu'il voulait faire place nette pour son avenir avec toi.

Elle haussa brusquement les sourcils.

– Qu'est-ce que tu as répondu ?

Il haussa les épaules.

– Qu'est-ce que tu voulais que je dise ? Je lui ai répondu, je cite : « Tu es un homme bien, James Hurn, et tu as raison de préférer ma fille à ce travail parce qu'elle est infiniment plus importante qu'il ne le sera jamais. »

Ray avait décidé de parler à sa mère.

Il la trouva à la table de leur petite cuisine encombrée de Brooklyn, devant une tasse de thé. Par la fenêtre, elle regardait Hank, le locataire du rez-de-chaussée, arroser le jardin.

Lorsqu'il s'assit en face d'elle, Lila lui adressa distraitement un pâle sourire.

– Maman ?

– Oui, mon cœur.

Elle était livide ces derniers temps.

– Tu te souviens, tu as dit à Adam que, comme la cérémonie du souvenir tombait notre week-end, on devrait proposer à Robert de passer la nuit du vendredi au samedi à la maison et nous celle du samedi au dimanche ? débita-t-il d'un trait.

– Oui.

– Eh bien…

Il prit une profonde inspiration.

– Je pense que ce n'est pas la bonne façon d'envisager les choses.

Elle prit sa tasse entre ses deux mains, penchant la tête sur le côté.

– Qu'est-ce que tu veux dire ?

Il s'agita sur sa chaise. Il était toujours un peu nerveux à cette table.

– Cette maison nous appartient à tous. Je pense qu'on devrait la partager.

Elle acquiesça lentement.

– Je sais. Je suis d'accord. C'est bien ce que je disais, justement.

– Non, mais pas de la manière habituelle, genre vous prenez le vendredi, on prend le samedi. Partager vraiment.

Sa mère le fixa. Elle n'avait pas l'air sur la défensive, ni agressive, plutôt comme un ordinateur qui bugue sur un nouveau programme.

– Genre on pourrait passer le week-end tous ensemble, expliqua-t-il.

Le processeur de Lila ne captait toujours pas.

– Tu sais, tous ensemble dans la maison en même temps.

Soudain, les circuits s'activèrent, bourdonnant et bipant.

– Dans la maison ? Tous ensemble ? En même temps ?

– Oui.

– Mais...

– Quoi ?

Son regard s'affola.

– Je ne...

– Maman, il y a largement la place. Chacun aura sa chambre et sa salle de bains. C'est grand. Et je ne propose pas un changement définitif de politique, ni rien. Ce serait juste pour cette fois.

Il laissa le visage de Quinn lui apparaître brièvement.
– Je pense que l'occasion s'y prête. Vraiment.
Lila porta ses deux mains à son visage. Elle ne comprenait toujours pas. Mais elle essayait, ça se voyait. Elle commençait à entrevoir ses motivations. Elle regarda par la fenêtre. Hank avait fini d'arroser.
Ses yeux étaient pleins de larmes quand elle se retourna vers lui.
– Mais tu crois que…?
Sa voix tremblait légèrement.
– Robert et Evie…
– Je pense que tu devrais appeler Robert pour lui soumettre l'idée.
Lila réfléchit, ses grands yeux humides perdus dans le vague. Son circuit imprimé émit un dernier bourdonnement.
– Et Sasha, elle dormirait où?

Ray se résolut enfin à écrire à Sasha.

Je ne sais pas quoi dire. C'est un monde trop dur.
Je veux juste vérifier que tu en fais toujours partie.
Moi, je suis toujours là. Enfin, je crois.
Je nous ai acheté un nouveau kalanchoé. Tu n'as pas besoin de l'arroser ni rien. Je l'ai choisi parce qu'il a exactement les mêmes petites fleurs orange que l'ancien.

Sasha réfléchit longuement avant de répondre.

J'aimerais pouvoir te voir aussi.

Même maillot de bain. Mêmes cheveux blonds. Mêmes grands pieds. Même plage de Ditch Plains. Néanmoins, Mattie n'était plus la même.

Jonathan Dawes fut surpris de la voir. Il lâcha immédiatement sa planche et s'excusa auprès de l'autre vieux surfeur buriné avec qui il était en train de discuter pour la rejoindre. Il la serra dans ses bras.

– Je suis désolé, Mattie.
– Je sais. Merci. Merci pour la lettre.

Il avait rempli trois pages de tous ses souvenirs de Quinn, ce petit esprit libre et sauvage, et elle les avait trempées de larmes.

Il acquiesça.

– Comment ça va ?

Après tout ce qui s'était passé entre eux, elle voulait répondre honnêtement et non se contenter de dire «bien, bien».

– Au début, c'était une infinie tristesse. Maintenant, c'est plus que... je suis... perdue, la majeure partie du temps. Mais ce n'est pas forcément une mauvaise chose.

Il effleura sa main.

– Tu fais preuve d'une grande sagesse. Et comment va ta mère ?

Mattie soupira.

– Je pense qu'elle commence à reprendre vie. Un tout petit peu.

La compassion assombrit son visage.

– Je ne peux même pas imaginer...
– Elle n'a pas quitté sa chambre pendant des jours. Mais hier matin, elle nous a fait le petit déjeuner.
– Un frémissement de vie.

– J'espère… mais aucun de nous ne sera plus jamais comme avant.

– Je m'en doute.

– Elle me manque en permanence.

Ses yeux délivrèrent leur dose quotidienne de larmes. Elle se rendit compte qu'elle avait confiance en lui. Il avait été franc avec elle. Elle continuerait à être franche avec lui.

Il semblait au bord des larmes également. Il se tut un instant, mais différentes expressions passèrent sur son visage, comme s'il essayait de mettre en mots ses pensées.

– J'avais tellement peur d'avoir mal fait en te racontant ce qui s'était passé à l'époque… et puis ensuite, il y a eu Quinn… Si j'ai aggravé les choses, j'en suis désolé.

Elle traça des ronds dans le sable du bout de son grand pied.

– Non.

Elle sentait la chaleur du soleil sur le sommet de son crâne.

– Vous n'avez pas à vous en vouloir.

Elle se posa la question : Avait-il mal fait ? Lui en voulait-elle ? Non et non.

– Vous n'avez pas mal fait, déclara-t-elle.

Elle le dévisagea avec attention.

– Je vous suis reconnaissante de m'avoir prise assez au sérieux pour me dire la vérité et… de m'avoir sortie de ma torpeur. Ça m'a obligée à me remettre en question, à revoir des attitudes que… qui n'étaient bénéfiques ni pour moi ni pour les autres.

Elle soupira.

– C'est difficile à expliquer.

Il acquiesça.

Elle prit une nouvelle inspiration.

– Je voulais aussi vous dire que malgré tout ce que j'ai appris, et malgré tous ses défauts, j'ai déjà un père.

Il hocha à nouveau la tête, la pencha légèrement sur le côté.

– J'ai déjà une fille.

Elle leva les yeux.

– C'est vrai ?

– Oui, elle s'appelle Julia. De mon premier mariage. Elle a vingt-sept ans et elle habite à LA. Je pense qu'elle te plairait.

– Waouh.

Encore une sœur potentielle, une sœur partielle. C'était fou. Et follement libérateur. Elle qui l'imaginait seul avec tous ses regrets... il avait déjà fondé une famille avant même qu'elle soit née.

– J'aimerais la rencontrer, un jour.

– Oui, ce serait chouette.

Ils se turent un moment, un silence chaleureux.

Pourquoi y avait-il des choses qu'on pouvait avoir en plusieurs exemplaires, comme des filles ou des sœurs, mais d'autres pour lesquelles c'était impossible, comme les pères ou les maris ?

– Mattie ?

– Ouais ?

– Je respecte ton choix, tu ne cherches pas un autre père. Et je ne cherche pas une autre fille non plus. Mais on peut rester amis quand même, si tu veux. Maintenant qu'on a tout mis sur la table. Mais si tu ne veux pas, je comprendrai aussi. J'aimerais apprendre à te connaître, si tu en as envie, et si tu veux me connaître aussi. Sans aucune obligation. Sans mettre aucune étiquette sur cette relation.

Elle le dévisagea. Elle ne lui en voulait plus. Elle l'aimait bien. Il avait de grands pieds.

– Ça me semble une bonne idée, déclara-t-elle.

Lorsque Ray vit le kalanchoé orange, il eut envie de la serrer dans ses bras. Il se sentait une sorte de responsabilité paternelle envers cette plante. Il la voyait depuis son lit, il s'inquiétait de son bien-être.

Comme il n'arrivait pas à dormir, il écrivit à Sasha :

J'ai repris l'habitude de me lever le matin, mais ce n'est pas facile. Et le soir, j'ai du mal à trouver le sommeil. Parfois, ça me semble impossible.
Si j'étais dans tes bras, je crois que ça irait tout seul.

Dans sa chambre, à New York, Sasha avait envie de trouver une réponse drôle, et d'ajouter un truc important. Mais en fait, elle avait surtout envie de pleurer et de ne rien dire du tout.

Si j'étais dans tes bras, je crois que je pourrais dormir aussi.

– Où es-tu ? demanda Emma au téléphone.
– Carroll Street. Juste en bas de chez toi.
– Pourquoi ?
– Parce que j'ai de la glace. Mais seulement Chubby Hubby et pâte à cookies aux pépites de chocolat.
– Jamie.
– Je sais. Mais j'ai là quelqu'un qui t'aime et qui a les bras chargés de glaces. Alors pourquoi je repartirais ?

– Parce que je te l'ai demandé.

– Certes. Mais tu as tout de même un peu besoin de moi. Et de glace, surtout.

Il lui manquait tellement qu'elle en avait mal au ventre. Que faire ?

– Bon, d'accord.

Une fois à l'intérieur, ils s'assirent par terre dans le salon et, armés de deux cuillères, mangèrent les glaces à même le pot. Elle lui demanda comment s'était passé son départ de Califax Capital.

– Certains associés étaient furieux. Lors de mon entretien de départ, ils ont menacé de retenir de l'argent sur ce qu'ils me devaient et de m'imposer une clause de non-concurrence pour que je ne puisse pas travailler dans le secteur pendant trois ans.

– Quelle horreur.

– Tu l'as dit.

– C'est la rançon de la gloire, mais ça craint ! Si tu n'avais pas été aussi doué dans ton boulot, ils t'auraient laissé partir sans problème.

– Mais attends, ensuite ça s'arrange. Parce que ton père a appris la nouvelle de mon supérieur direct, Gary. Il n'était pas très content non plus. Ton père a demandé une réunion entre associés et il est venu y assister le lundi. Selon Gary, il a rugi comme un lion. Il a dit qu'il fallait toujours se séparer des bons éléments en bons termes. Parce que ainsi ils peuvent revenir un jour. Alors que si on les saque, ils n'auront qu'une envie, c'est de se venger. Il leur a dit qu'ils avaient intérêt à me lâcher – pas de retenue, pas de clause spéciale – et qu'il allait m'écrire lui-même une lettre de recommandation interstellaire.

Emma rit.
– Ça je n'en doute pas. J'aimerais bien la voir, d'ailleurs.
– Il ne t'en a pas parlé ?
– Non.
Jamie soupira.
– Ton père est vraiment incroyable.
– Je sais, pouffa-t-elle. Si ça ne marche pas entre nous, je pense que tu devrais l'épouser.

25
LES DÉFENSES TOMBENT

Sasha avait l'impression qu'ils étaient tous passés dans l'autre monde. Ils s'y étaient introduits *incognito*, dans une version alternative d'eux-mêmes, à sa recherche. S'efforçant d'être dignes d'elle.

On ferait tout pour te retrouver, Quinn.

Son père s'était non seulement mis d'accord avec Lila, mais il était prêt à la supporter. À se tenir près d'elle dans l'étang, de l'eau jusqu'à la taille, alors qu'ils étaient réunis tous les huit pour disperser les cendres de Quinn. Qui d'autre aurait pu comprendre la beauté et la difficulté d'un tel geste ?

Bien sûr, le regard de Sasha allait à Ray. Qui d'autre l'avait compris ? C'était bon, c'était miraculeux que quelqu'un ait compris.

Ils étaient tous dans l'eau, formant une ronde, main dans la main comme s'il n'en avait jamais été autrement. Evie tenait la main de Lila, Robert était entre Lila et Adam. Robert portait la kurta que Quinn lui avait offerte des années plus tôt, comme un vrai Bengali. Mattie avait une branche de jasmin au-dessus de l'oreille, comme Quinn le dernier jour. Ils avaient pleuré.

Nous sommes un peu avec toi, Quinn, n'est-ce pas ? pensait Sasha.

Quinn aurait adoré. C'était ça, le meilleur, et le pire, que ça arrive sans elle.

Mais tu es là, non ? Je sais que oui. Tout ça, c'est grâce à toi.

La magie de Quinn était à son apogée. Étrange et indéniable. Leurs réservoirs s'étaient vidés petit à petit, mais elle leur avait laissé les moyens de s'entraider pour les remplir.

C'est toi qui as provoqué ça ? Tu voulais que ça se passe comme ça ?

Personne n'aimait davantage l'harmonie et la plénitude que Quinn. Personne ne souffrait davantage de la discorde. Pourtant, elle ne l'avait pas fuie. Elle l'avait prise à bras-le-corps, elle l'avait endurée. Elle avait eu ce courage.

Le cœur gonflé comme jamais, Sasha se repassait les images de la journée, attendant le moment où la lune serait exactement au centre de la lucarne.

Comment imaginer Lila et Robert, Adam et Evie dormant tous ensemble dans cette maison, sous le même toit ? Jusqu'au 9 août cela aurait été tout simplement inconcevable, comme tant de choses qui s'étaient déroulées ces dernières semaines, pour la plupart abominables. Mais là, c'était différent. Elle vit chacune de ces huit personnes, allongées dans le noir, les yeux grands ouverts, scrutant cette étrange nuit.

Puis elle se figura qu'ils étaient tous demeurés dans l'étang, passant par différents stades d'émotions, comme des poches d'eau froide et d'eau chaude. Mais il fallait bien en sortir un jour.

Pourraient-ils rester encore un peu, cependant ? Pourraient-ils prendre le petit déjeuner ensemble comme le dîner de la veille – tous sur leurs gardes, exagérément polis, mais plutôt chaleureux ? Son père remettrait-il son tablier pour faire griller un bout de viande ? Pourraient-ils avec Lila se rappeler, de façon hésitante d'abord, mais sans se contredire, la nuit de neige où Quinn était née dans leur lit ?

Lila serrerait-elle à nouveau la main de Sasha en disant : « Tu ressembles tellement à mes filles que j'ai l'impression de te connaître » ?

Son père et Ray iraient-ils à nouveau examiner le compresseur d'air en panne, secouant la tête de manière virile – son père reprenant petit à petit une contenance ?

Continuerait-elle à échanger des regards vides avec Ray pour faire comme s'ils se connaissaient à peine alors qu'elle mourait d'envie de l'attirer à elle et de sentir son corps contre le sien ?

Emma remarquerait-elle innocemment :
– Vous savez quoi ? Je crois que vous devriez bien vous entendre, tous les deux.

Ils s'aventuraient en eaux troubles.

Le seul problème, c'est que Ray dormait dans une chambre d'amis à l'autre bout du couloir. Elle avait l'impression d'avoir perdu une moitié d'elle-même, qui errait dans la maison comme un zombie.

Elle avait proposé de prendre la chambre d'amis, mais il s'était dévoué galamment. Quel dommage qu'en une pareille nuit elle soit là, et pas lui. Elle ne voulait plus être son négatif. Elle voulait qu'ils soient ensemble.

Il ne pourrait pas fermer l'œil ce soir, c'était sûr. C'était déjà assez difficile de trouver le sommeil en ce moment, mais là, avec Sasha à moins de dix mètres...

Et puis cette journée... si étrange et si douce. En mémoire de Quinn, il s'était efforcé d'en profiter au maximum : de prendre le pire et le meilleur, le bizarre et le stupéfiant.

Mais quand même. Il n'avait aucune envie d'être là. Dans cette pièce sans âme avec sa moquette râpeuse qui sentait le nettoyant industriel. Le couvre-lit était cartonneux, constellé d'affreuses fleurs bleues. Il ne sentait pas Sasha et c'était une raison suffisante pour le détester.

Il aurait encore préféré être à l'hôtel plutôt que sous son propre toit mais pas dans sa chambre. Il se leva et arpenta la pièce. Ses pieds étaient presque guéris. Ils étaient beaucoup moins rancuniers que lui. Hier, il avait déposé ses chaussures presque neuves dans la caisse de dons de vêtements de l'église.

Il aurait encore préféré dormir sur le canapé du salon plutôt que dans cette horrible chambre.

Il aurait encore préféré dormir dans l'herbe.

Il aurait encore préféré dormir sur le gravier dans l'ancien chenil de grand-père Harrison.

En fait, il aurait préféré dormir dans son lit. Dans le lit de Sasha. Dans leur lit, quoi. Leur lit. Avec vue sur la lune et sur leur kalanchoé.

Ils étaient sous le même toit. Au même endroit au même moment. La nuit ! Ce n'était pas censé se produire.

Sasha est dans mon lit et je n'y suis pas. C'était intolérable.

Il fixa la nuit par la fenêtre. La faible lueur des petites lampes solaires constellait le ponton. En regardant plus longuement, il distingua d'autres points lumineux, qui se déplaçaient. Des lucioles.

Il sortit de sa chambre d'hôtel et passa devant la grande chambre où dormaient Robert et Evie. Il ne l'avait jamais occupée. Il n'y avait presque jamais mis les pieds, c'était un territoire étranger. Comme la cité du Vatican à Rome, la seule partie de la maison qui appartenait exclusivement aux « autres ». Il passa devant les portes d'Emma et de Mattie. Devant celle de Quinn, il marqua un temps d'arrêt et reprit sa respiration.

Va au bout des choses, se dit-il. C'est ce qu'aurait fait Quinn. Aller au bout de ses émotions.

Il passa devant la chambre de ses parents. Il ne s'était jamais demandé avant pourquoi ils avaient la suite parentale et pas Robert et Evie. Il s'approcha de la porte de sa chambre. La chambre de Sasha.

Un détail au sujet de sa porte en dehors de cela bien ordinaire l'intrigua : elle n'était pas fermée. Elle était légèrement entrouverte.

Sasha était-elle vraiment à l'intérieur? C'était de la science-fiction. Un truc fantastique. Cependant, lui n'y était pas, ce qui le confortait dans cette hypothèse.

L'avait-elle laissée ouverte exprès? Sa respiration s'accéléra aussitôt. Il s'efforça de se calmer, agacé. *T'as quoi? Douze ans?*

Pouvait-il frapper? Devait-il frapper? Non, quelqu'un risquait de l'entendre. Pas Robert, à moins qu'il n'ait des oreilles bioniques, ni Adam, parce qu'il était un peu sourd, mais Lila, sûrement.

Il avait les mains moites. Ses pieds presque guéris aussi. Il poussa doucement la porte, qui s'ouvrit. Alors il se faufila à l'intérieur, sans être vraiment conscient de ce qu'il faisait.

Maintenant, il y était. Savoir si c'était une bonne idée ou non… peu importait. Il ne pouvait pas ne pas le faire.

Il referma la porte derrière lui. Retenant son souffle, il se tourna vers le lit. La pièce était sombre, mais un rayon de lune filtrait par la lucarne et tombait sur elle. Elle était là, comme dans un rêve. Elle portait même la petite nuisette soyeuse qu'il avait reniflée un nombre embarrassant de fois.

Il s'approcha. Il était tellement absorbé dans sa contemplation, fasciné qu'elle soit juste là sous ses yeux, qu'il avait presque oublié qu'il était là lui aussi. Et, soudain, elle ouvrit les yeux et le fixa. Ce qui signifiait qu'il était donc bien là.

Elle se redressa.

Comment allait-il pouvoir se justifier? C'était un peu tard pour lui demander s'il pouvait entrer. Il était tellement ému de la voir…

– Il y a une fille qui dort dans mon lit, chuchota-t-il.

Il écarta les mains, stupéfait.

– Comment es-tu arrivée là?

Elle rit. Elle n'avait pas l'air en colère ni gênée. Elle se poussa sur le côté.

– Viens, dit-elle en lui faisant une petite place.

C'était normal, parfaitement approprié que ça se passe là, dans leur lit. Un lit une personne où bientôt deux personnes n'en firent plus qu'une : respirant, palpitant, ondulant ensemble pour finalement former un être complet.

Il voyait ses expressions à lui sur son visage à elle, il sentait son désir à elle dans sa poitrine à lui, il entendait son émotion à lui dans sa voix à elle. Tout se mêlait, se partageait. Il ne pouvait distinguer ce qui était à lui de ce qui était à elle, et il n'en avait aucune envie.

Ce fut comme une avalanche silencieuse. Silencieuse forcément parce que leurs parents étaient au bout du couloir. Les millions de fois où il avait pensé à elle durant ces dernières années, les millions de molécules odorantes qu'il avait inspirées, tout cela sembla renforcer encore cet instant. Comme s'ils avaient pris leur élan pour ne pas trébucher.

Il ignorait qu'un corps pouvait se plier à tant de fantaisies. Il s'émerveillait de tout : qu'il soit capable de ressentir tout ça, qu'elle puisse être comme ça, sentir comme ça, bouger comme ça. Son corps, ses formes, son odeur, son goût. Jamais il n'aurait cru ça possible.

Après le déferlement vint un temps plus calme, il sentit le poids de sa tête sur son torse, son corps trempé contre le sien. Elle leva le visage vers lui et il dut détourner les yeux un instant. Il ne voulait pas laisser un seul éclat, une seule miette d'elle dans son assiette, mais il n'en pouvait plus. Trop de plaisir. Avec trop de souffrance mêlée. Ce serait toujours ainsi, les deux faces d'une même intensité.

Les miracles pleuvaient. Mattie, sa mère et Evie firent un gâteau ensemble. La gorge de Mattie se serra, émue par leur bavardage gai mais prudent : discussion sur la quantité de beurre, le nombre d'œufs, accord partagé sur les qualités de la vanille, l'impression que, pour elles toutes, ces simples mots voulaient dire beaucoup plus.

Pendant ce temps, Adam était à son bureau, en train de travailler sur son livre. Son père pêchait sur le ponton. Ray et Sasha étaient partis faire des courses. Emma et Jamie se promenaient sur la plage pour célébrer leurs refiançailles. C'était vraiment quelque chose. Qu'en aurait pensé Quinn ?

Tu es là, n'est-ce pas ? Qu'en dis-tu ?

Tout lui semblait d'une fragilité éblouissante. Elle n'osait pas respirer trop fort de peur que cette harmonie se fripe et s'envole comme une feuille morte. Alors Mattie se força à respirer à fond. Qu'avait-elle encore à perdre ?

C'était dimanche, et ce soir, après un dernier dîner en mémoire de Quinn, ils reprendraient leurs vies. Demain, ils retourneraient à la fac, au travail, à leur ancien système d'alternance une semaine sur deux.

C'était sans doute la dernière fois que Mattie pouvait avoir ses deux parents sous le même toit. Si chaleureux et généreux qu'ils se soient montrés durant ce week-end, ça ne deviendrait sûrement pas une habitude. Les désaccords reviendraient. Bien sûr. La pelouse repousserait, les feuilles tomberaient. Les factures ne seraient pas payées.

Avec un mélange d'excitation et d'inquiétude, elle s'imagina Ray et Sasha monter en voiture ensemble. Certaines choses seraient cependant changées à jamais.

Elle sortit pour rejoindre son père.

– Salut, ma puce !

Il portait son habituel short de bain à motif cachemire, un pull en coton pêche et ses Ray-Ban sur le front. Sa tenue disait son goût des traditions et son optimisme ; son visage, son chagrin.

– Salut, p'pa. Ça mord?

Elle jeta un coup d'œil plein d'espoir dans son seau.

– Pas encore.

Elle s'assit à côté de lui sur le ponton et trempa ses pieds dans l'eau comme quand elle était petite.

Il se pencha pour lui ébouriffer les cheveux.

Il faisait un temps frais d'automne. Autour de l'étang, les arbres rivalisaient de couleurs.

– J'aime bien avoir mes deux parents sous le même toit, ici, dit-elle. J'avoue. Je vous aime tous les deux. J'aime mes deux familles. J'aime cette maison.

Elle était émue, le cœur gonflé de reconnaissance, malgré tout ce qu'elle avait appris.

Il acquiesça. Comme son expression ne se durcissait pas, elle poursuivit :

– Tu crois que ça m'était déjà arrivé? Est-ce que maman et toi, vous êtes venus ici ensemble après ma naissance? demanda-t-elle.

Elle ne savait pas vraiment jusqu'où elle voulait aller.

– Pas longtemps. Peut-être deux mois. Juste le temps que tu commences à sourire.

– C'est vrai?

– Oh, oui! Tu avais un sourire radieux. En permanence.

Il sourit lui-même à ce souvenir.

– C'est ce qui nous a permis de tenir.

– Ah oui?

– Et quand je suis au plus bas, il me remonte toujours le moral.

Elle vit pointer les larmes dans ses yeux. Mais elle n'en avait plus peur. Elle s'y habituait même. Elle baissa le menton et pleura également. Les larmes constellèrent ses cuisses.

Elle sentit qu'il s'agissait d'un moment particulier, magique, où de mystérieuses voies s'ouvraient dans les airs. Qui se refermeraient bientôt. Les anciennes frontières et barrières reprendraient bien vite leur place. Il fallait qu'elle ait le courage de les franchir tant qu'elle le pouvait.

– C'est ma naissance qui a achevé de vous séparer, maman et toi ? demanda-t-elle.

Il la dévisagea, abasourdi.

– Non. Pas du tout.

Encore un peu de courage.

– Je ne ressemblais pas aux autres. Je le sais. Je ne leur ressemble toujours pas. Je sais que je suis différente.

C'était dur à dire.

Il encaissa. Mit un temps à comprendre où elle voulait en venir. Il posa sa canne à pêche. Rassembla ses esprits. Elle voyait tout cela se dérouler sous ses yeux. Elle le voyait presque écarter les roseaux, lever sa machette, prêt à débroussailler ce qu'il fallait. C'était un brave. Bien sûr qu'il savait. Depuis toujours.

Il se tourna vers elle et lui prit les mains, ses mains rose pâle dans ses mains brunes. Son regard ne vacilla pas un seul instant.

– Tu sais que j'ai été élevé, aimé, par deux personnes avec qui je n'avais aucune ressemblance physique. Tu le sais, n'est-ce pas ?

Elle acquiesça.

– Tu as vu des photos de ma chère mère, Matilda, dont tu portes le nom ?

Elle acquiesça à nouveau.

– Mon père et ma mère m'ont donné tout ce qu'ils avaient. Tout ce que je suis maintenant, je le leur dois.

Elle laissait couler librement ses larmes, maintenant, en s'efforçant juste de ne pas s'effondrer complètement.

– Ils m'ont aimé, ils ont pris soin de moi, ce qui fait d'eux mes parents. Il n'y a pas d'autres parents. C'est aussi simple que ça.

– Vraiment ?

Il l'attira contre lui pour la serrer dans ses bras.

– Je t'aime et je prends soin de toi. Depuis toujours et à jamais.

Jamie vint par le car en fin de matinée le dimanche. Emma voulait qu'il voie Brigadoon avant sa disparition. Elle passa le prendre à l'arrêt de bus pour échafauder un plan de bataille pendant le court trajet en voiture et faire leur annonce dès leur arrivée.

– Tu es prêt ? dit-elle.

C'était une vision de rêve de les voir tous amicalement rassemblés autour de la table de la cuisine en train de manger du pain perdu. Jamie avait l'impression d'halluciner.

– Bienvenue, fit Lila en se levant pour leur avancer des chaises, comme si elle avait toujours été aussi accueillante.

Jamie fixa tour à tour Lila et Robert, Adam et Evie, Ray et Sasha, incrédule. Il haussa les épaules en regardant Mattie.

– Nous allons nous enfuir ensemble en novembre, déclara Emma sans préambule. Vous pourrez tous venir assister à notre départ.

Cette annonce reçut l'approbation générale, des acclamations, et même un sifflement de la part de Ray.

– Mais pourquoi pas un mariage ? s'enquit Lila. On promet de se tenir, cette fois.

Elle jeta un regard à Robert, ajoutant plus sérieusement :

– Enfin, moi, je me tiendrai tranquille, cette fois.

Robert se tourna vers elle. Son regard n'était pas vraiment tendre, pas à ce point, mais sans amertume.

– Moi aussi.

– Je referai une salade de haricots, proposa Lila.

Emma secoua la tête.

– Pas de salade de haricots.

– Je plaisantais.

C'était un fait notable que Lila s'enhardisse à plaisanter.

Emma et Jamie échangèrent un regard.

– Eh bien, pour une fois, ce n'est pas vous le problème, expliqua-t-elle.

Jamie avait l'air peiné, mais déterminé.

– Vous serez tous invités au mariage civil.

Tu as vu, Quinn ? J'espère vraiment que tu vois tout ça.

L'auteur

ANN BRASHARES est née aux États-Unis. Elle passe son enfance dans le Maryland, avec ses trois frères, puis part étudier la philosophie à l'université de Columbia, à New York.
Pour financer ses études, elle travaille un an dans une maison d'édition. Finalement, le métier d'éditrice lui plaît tant qu'elle ne le quitte plus. Très proche des auteurs, elle acquiert une bonne expérience de l'écriture. En 2001, elle décide à son tour de s'y consacrer. C'est ainsi qu'est né *Quatre filles et un jean*, son premier roman, devenu une série culte dans le monde entier.
Aujourd'hui, Ann Brashares vit à Brooklyn avec son mari et ses trois enfants.

Visitez son site : annbrashares.com

Du même auteur
chez Gallimard Jeunesse

Quatre filles et un jean – 1
Le Deuxième été – 2
Le Troisième été – 3
Le Dernier été – 4
Quatre filles et un jean pour toujours – 5

Toi et moi à jamais
Trois amies pour la vie
L'amour dure plus qu'une vie
Ici et Maintenant

Avez-vous lu **Quatre filles et un jean**, *la série culte d'Ann Brashares ?*

Plongez-vous dans cette grande histoire d'amitié.
Vibrez avec Carmen, Tibby, Bridget et Lena,
au cœur d'étés inoubliables.

*Découvrez d'autres grands romans
d'Ann Brashares*

Riley, Alice et Paul : deux sœurs et leur ami d'enfance.
C'est l'été des retrouvailles.
Mais, entre Alice et Paul, une attirance nouvelle s'installe.
Et la tragédie frappe.

La bouleversante histoire d'une passion qui défie la mort...
Laissez-vous emporter
par une magnifique romance à travers les siècles.

Une romance impossible aux enjeux planétaires dans la société de demain, un thriller passionnant porté par deux héros inoubliables.

Le papier de cet ouvrage est composé de fibres naturelles, renouvelables, recyclables et fabriquées à partir de bois provenant de forêts gérées durablement.

Mise en pages : Dominique Guillaumin

ISBN : 978-2-07-508154-2
Numéro d'édition : 321828
Dépôt légal : mai 2017

Imprimé au Canada par Marquis